W0357129

BASTEI LÜBBE TASCHENBUCH

Von Theodor J. Reisdorf sind bei BASTEI LÜBBE erschienen:

14722 Inselmorde
14890 Letzter Törn nach Spiekeroog
14904 13 kleine Friesenmorde
15313 Der Tote im Maisfeld
15492 Friesische Todessinfonie
15661 Friesischer Tod / Mörderische Friesenhochzeit
15846 Nebeltod auf Norderney
15985 Mord in Norddeich
16430 Mörderischer Nordseewind
19574 Tödliche Teestunde
19580 Die Tote vom Nordstrand
19600 Noch mehr Friesenmorde

Theodor J. Reisdorf

Tod vor Borkum

Kriminalroman

BASTEI
LÜBBE
TASCHENBUCH

BASTEI LÜBBE TASCHENBUCH
Band 14 226

1. Auflage: Juli 1999
2. Auflage: Juni 2000
3. Auflage: August 2001
4. Auflage: März 2006
5. Auflage: Mai 2010

Vollständige Taschenbuchausgabe

Bastei Lübbe Taschenbuch
in der Bastei Lübbe GmbH & Co. KG

Originalausgabe:
© 1998 by Bastei Lübbe GmbH & Co. KG, Köln
Umschlaggestaltung: QuadroGrafik, Bensberg
Titelfoto: SKN-Bildarchiv
Satz: hanseatenSatz-bremen, Bremen
Druck und Verarbeitung: CPI – Ebner & Spiegel, Ulm
Printed in Germany
ISBN 978-3-404-14226-2

Sie finden uns im Internet unter
www.luebbe.de
Bitte beachten Sie auch: www.lesejury.de

Der Preis dieses Bandes versteht sich einschließlich
der gesetzlichen Mehrwertsteuer.

Berufsschullehrer Eilrich Buss betrat den Klassenraum. Die Prüflinge an den Tischen schauten ihn erwartungsvoll an.

»Ich hoffe, ihr seid alle gut in Form,« begrüßte sie der Pädagoge und erklärte noch einmal den Ablauf der Prüfung, die an diesem Mittag stattfinden würde. Die angehenden Angestellten im Gaststättengewerbe hörten ihm schweigend zu, und einigen von ihnen sah man ihre Nervosität deutlich an.

»Sind noch Fragen?« Buss schaute sich um. »Keine? Gut! Die Schülerinnen und Schüler der Kellnerklasse legen gleichzeitig ihre praktische Prüfung ab. Sie servieren den geladenen Gästen die Getränke und das Essen. Ich wünsche allen ein gutes Gelingen!«, sagte der Berufsschullehrer.

Die Schüler verließen die Klasse und gingen leise murmelnd zum Küchentrakt hinüber.

Im Übungsraum der Hotelfachschule in Emden speisten die geladenen Gäste, unterhielten sich glänzend und ließen es sich schmecken. Die anschließende Benotung durch die Probeesser fiel wohlwollend aus, diente aber den Prüfern nur als Hilfsmittel bei der Beurteilung der Prüflinge.

Nach dem Essen zogen sich die Juroren zurück, besprachen sich in einem Konferenzzimmer und einigten sich auf die Noten.

Einige Zeit später betrat Eilrich Buss mit guten Nachrichten die Küche, wo seine Schüler noch mit dem Abwasch beschäftigt waren.

»Niemand ist durchgefallen!« verkündete er und freute sich sichtlich an der Begeisterung der jungen Leute, die er drei Jahre lang im Theorieunterricht betreut hatte. Er trat zu Attila Geecer, seinem Lieblingsschüler. »Hast du eigentlich schon eine Stelle?« erkundigte er sich. »Wirst du übernommen?«

»Nein, mein Chef hat verkauft. Das Restaurant wird abgerissen«, antwortete der Jungkoch.

»Kennst du den Kaiserhof auf Borkum?« fragte der Lehrer.

»Natürlich, ich komme ja von der Insel!«

»Ich weiß! Schicke deine Bewerbungsunterlagen doch einmal an die Chefin, Frau Dini Hoogelycht«, sagte der Berufsschullehrer. »Ich habe mit ihr über dich gesprochen.«

Attila bedankte sich überschwenglich, denn er hatte offensichtlich davon geträumt, wieder auf die Insel zurückkehren zu können und dort zu arbeiten.

* * *

Das Klappern der Rollos, gegen die der frische Ostwind blies, weckte die zweiundachtzigjährige Chefin des Hotels ›Kaiserhof‹ aus dem Schlaf. Dini Hoogelycht stieg aus dem Bett, trat ans Fenster und zog die Rollos hoch. Der Himmel war an diesem Oktobermorgen bleigrau.

Mit Blick auf die Dünen, über die Nebelfetzen trieben, machte die noch immer sportliche alte Dame einige Kniebeugen und ließ einige Dehnübungen folgen. Dann zog sie ihr Nachthemd aus, ging ins Bad, stellte sich wie an jedem Morgen, solange sie zurückdenken konnte, unter die kalte Dusche und genoß die eisige Erfrischung.

Danach frottierte sie ihren Körper, betrat das Schlafzimmer, schlüpfte in ihre Wäsche, zog einen blauen Pulli über und entschied sich für ein teures Leinenkostüm, das sie sich zu ihrem achtzigsten Geburtstag gekauft hatte und das ihr sehr gut stand.

Sie setzte sich auf die Bettkante, streifte Seidenstrümpfe über ihre Beine und schlüpfte rasch in ihre Pumps. Auch ihre Füße machten ihr noch keine Schwierigkeiten.

Dini Hoogelycht betrachtete sich im Spiegel der Schranktür: Sie war zufrieden mit ihrem Äußeren. Die Frisörin hatte ihr am Abend zuvor das Haar gefärbt und neu gelegt, und ihre feinen Züge waren noch leicht gebräunt. Ihre grauen Augen blitzten vor Tatendrang. Nur als sie an ihre Schwiegertochter dachte, flog ein Schatten über ihre Züge. »Ulfert müßte härter durchgreifen!« murmelte sie. »Tomma hat ihn voll im Griff! Ulfert und ich, wir verrichten die Arbeit, während sie aufgeputzt die Madame spielt. Dabei wirkt sie immer noch attraktiv, eigentlich kein Wunder. Ulfert dagegen sieht man sein Alter schon deutlich an!«

Dini Hoogelycht verließ ihre Wohnung, die zu ebener Erde im hinteren, zur Ostseite hinausgehenden Anbau lag. Es war kurz vor Saisonende, und bis Weihnachten blieb das Hotel geschlossen. Die letzten Gäste würden an diesem Morgen abreisen, und dann stand nur noch ein großer Hausputz auf dem Programm, bevor auch das Hotelpersonal nach Hause gehen konnte.

Von ihrem Platz an der Rezeption aus lächelte Maike Ammermann, die Sekretärin, der Hotelchefin zu, die direkt in den Speisesaal ging. Dort setzte sie sich an den runden Tisch, den sie für die Familie reserviert hielt. Ihr Sohn und die Schwiegertochter hatten bereits gefrühstückt, die beiden Gedecke waren schon abgeräumt.

Schiri, die türkische Serviererin, brachte ihr den Tee. Dini Hoogelycht aß ein Brötchen mit Sanddornmarmelade und beobachtete dabei verstohlen die Gäste. Das Geschäft war in dieser Saison hervorragend gelaufen, nur die Kurabteilung hatte ein leichtes Minus einstecken müssen.

Als die Gäste ihre Tische verließen, erhob sich die alte Dame und verabschiedete sich mit Handschlag und guten Wünschen von ihnen. Dann trommelte sie das Bedienungspersonal zusammen und gab Anweisungen für den großen Hausputz.

Schließlich betrat Dini Hoogelycht das kleine Büro hinter der Rezeption. Maike Ammermann saß an ihrem Schreibtisch vor dem Computer und bearbeitete die Unterlagen der abgereisten Gäste.

»Na, das war es dann mal wieder«, sagte die Chefin und setzte sich an ihren Schreibtisch.

»Vom sechsundzwanzigsten Dezember bis zum Dreikönigstag sind wir voll ausgebucht«, meinte die Sekretärin.

»Das läßt sich hören! Damit sind für Januar unsere Fixkosten bereits gedeckt. Druck mir bitte eine Personalliste aus – ich muß entscheiden, wen ich bis zur Vorsaison entlassen sollte,« sagte Dini Hoogelycht.

Während die Chefin sich mit ihrer Sekretärin besprach, trugen die Putzfrauen und Zimmermädchen die Matratzen auf die Balkone, rollten die Teppiche auf, nahmen die Gardinen ab und begannen, die Zimmer auf den Kopf zu stellen.

Mittags gab es für alle einen Eintopf im Speisesaal. Die Stimmung war gut, man kam gut voran. Dini Hoogelycht, überwältigt von der Arbeitsfreudigkeit ihrer Mitarbeiter, verkündete vor versammelter Truppe, daß sie trotz der allgemein rückläufigen Wirtschaftslage das Weihnachtsgeld in gleicher Höhe wie im Vorjahr zahlen werde. Zum Nachtisch gab es Eis aus der Truhe im Plastiktöpfchen.

Dini Hoogelycht wandte sich an ihren Sohn. »Wo steckt eigentlich Tomma?« fragte sie gespielt beiläufig.

»Sie hat einen Termin beim Arzt«, antwortete Ulfert hastig. Ihm lag nicht daran, die Litanei von seiner Mutter wieder vorgebetet zu bekommen. Auch ihm hatte es nicht gepaßt, daß seine Frau sich an diesem Morgen, noch bevor seine Mutter zum Frühstück erschienen war, mit viel Wirbel von den Gästen verabschiedet und rechtzeitig vor Beginn des Hausputzes das Haus verlassen hatte. »Ich bin nicht Mutters Putzfrau«, hatte sie ihm schnippisch erklärt.

»Sie wird dann wohl heute nachmittag zum Tee zurück sein«, meinte die alte Dame.

* * *

Focko Hoogelycht verließ am Nachmittag im Emdener Hafen den Zug und ging zur Borkum-Fähre hinüber. Der anfallenden Nordwest fegte kalt über den Kai. Focko hörte das Aufheulen eines Dieselmotors und bemerkte den MAN-Sattelschlepper, der, mit Baumaterialien beladen, der geöffneten Bugklappe des Schiffes entgegenfuhr. Im Führerhaus saßen zwei junge Fahrer, und der junge Mann beneidete sie für wenige Sekunden um ihren handfesten Job.

Das würde mir auch Spaß machen, dachte er: So ganz ohne das ständige Nörgeln eines Chefs einen schweren Lastwagen über die Autobahn zu steuern – ein Wunschtraum!

Focko näherte sich, umgeben von den Zugreisenden, der Passagierbrücke. Es waren meist ältere Menschen, und ihre harmlose Aufgeräumtheit, ihre albernen Bemerkungen über die Passage bei hohem Seegang störten ihn, ohne daß er sagen konnte, warum.

Focko nahm die Stufen der Eisentreppe; ein bärtiger Matrose knipste wortlos seine Fahrkarte. Er betrat das Schiff, stieg die Treppe zum Unterdeck hinab, schritt an der Cafeteria vorbei und suchte den Salon auf. Dort stellte er den Koffer ab, zog die teure Windjacke aus, hängte sie an den Garderobenhaken und zwängte sich auf die Sitzbank eines der Fenstertische.

Er hatte in der letzten Zeit nicht nur zugenommen, sondern war regelrecht dick geworden, doch das kümmerte ihn wenig. Schließlich befand er sich ja in guter Gesellschaft, wenn man an die vielen Politiker und Stars dachte, die ganz ungeniert ihren Bauch spazieren trugen!

Im Salon saßen nur wenige Fahrgäste. Er vernahm das schrille Klingeln, das von der Brücke her in den Salon drang, und schaute auf die Uhr: Das Schiff legte pünktlich ab.

Die Bedienung trat an seinen Tisch. Die junge Frau lächelte ihn freundlich an. »Ein Kännchen Kaffee und zwei Cognac«, bestellte er und schaute durch das Fenster auf den grünen Deich, auf dem Schafe grasten.

Das Schiff näherte sich durch die Fahrrinne dem offenen Wasser. Die hübsche, junge Schiffskellnerin brachte den Kaffee, stellte auch die bauchigen Cognacschwenker auf den Tisch und kassierte sofort.

Focko Hoogelycht legte einen Zwanzigmarkschein auf den Tisch. »Der Rest ist für Sie«, sagte er.

»Danke«, erwiderte die junge Frau erfreut.

Hoogelycht schob ihr einen Cognacschwenker zu und nahm den anderen in seine Hand.

»Bitte, stoßen Sie mit mir an«, bat er die junge Frau. Er lachte schallend, als er in das entsetzte Gesicht der Bedienung blickte.

»Doch nicht im Dienst!« sagte sie leicht empört.

»Na, dann trinke ich eben mit beiden auf Ihr Wohl.« Hoogelycht grinste, setzte ein Glas an den Mund und leerte es, um dann das andere zu heben.

»Danke«, sagte die Kellnerin und ging davon.

Focko Hoogelycht war sehr zufrieden mit sich. Er steckte sich eine Zigarre an und rauchte genüßlich. Der Blick durch das Fenster auf den grauen Himmel und die kabbelige Nordsee gab ihm das Gefühl einer wiedergewonnenen Freiheit. Dabei besaß er kaum Anlaß, mit sich zufrieden zu sein, im Gegenteil. Seine Eltern hatten ihm nach dem Scheitern an der Fachhochschule in Freiburg dank ihrer Beziehungen im renommierten Hamburger Hotel ›Maple‹ eine Praktikantenstelle besorgt, aber auch dort hatte es Ärger gegeben.

Focko Hoogelycht trank den Kaffee, nippte am Cognacglas und rauchte die teure Zigarre. Dabei ließ er die turbulenten Ereignisse im Hotel ›Maple‹ noch einmal vor seinem geistigen Auge Revue passieren.

Er hatte sich mit dem angesehenen Hoteldirektor – gelinde ausgedrückt – angelegt, danach sein Zimmer geräumt und sich auf die Reise nach Hause begeben. Jetzt sann er nach einer Version der Ereignisse, die ihn entlastete und die er seiner ihm zugeneigten Großmutter, dem skeptischen und oft enttäuschten Vater und der ihm alles verzeihenden Mama anbieten konnte, ohne in das Kreuzfeuer der Kritik zu geraten. Alle die Jahre über hatte er sich nicht allzu große Mühe gegeben, die hochgestochenen Pläne seiner Eltern zu erfüllen, die nach immer neuen Wegen sannen, ihm eine angemessene Ausbildung zu ermöglichen, obwohl er schon oft versagt hatte.

Auch in Hamburg im Vier-Sterne-Hotel ›Maple‹ war Focko Hoogelycht beileibe kein Aushängeschild gewesen. Tatsache war, daß der Hoteldirektor ihn dabei ertappt hatte, wie er am fortgeschrittenen Abend während des Dienstes am Tresen der Rezeption an einem Cognacschwenker nippte, eine Zigarre rauchte und eine junge amerikanische Mitarbeiterin der *New York Times* zu überreden versuchte, ihn nach seinem Dienst in seinem Appartement zu besuchen. Er hatte sich als Sohn einer vermögenden Hoteliersfamilie bezeichnet und angeboten, ihr mit fachkundigem Rat auf ihrer Deutschlandreise beizustehen.

Diese Entdeckung hatte dem Chef die Zornesröte ins Gesicht getrieben.

»Sie können gehen – und brauchen morgen nicht mehr zu erscheinen«, hatte er gesagt und den Dienst am Tresen selbst übernommen.

Focko hatte seelenruhig das Cognacglas geleert, seine Zigarre ausgedrückt, dem Chef Platz gemacht und ihn verächtlich angeschaut. »Ich habe sowieso die Schnauze voll von Ihrer Klitsche! Sie können mich mal ...« hatte er gesagt, danach sein kleines Appartement aufgesucht und nicht einmal seinen Schrank ausgeräumt, sondern noch einige Hosen und teure Jacketts auf den Bügeln hinterlassen.

Die Fähre begann jetzt mit dem Anlegemanöver. Focko grinste in sich hinein, als er sich an die fassungslose Miene des ›großen Hoteldirektors‹ erinnerte.

Diesem arroganten Schwein habe ich es gegeben, dachte er zufrieden. In der Hoffnung, daß seine Mutter nun endlich damit aufhören würde, ihn auf immer neue Schulen und Weiterbildungs-Institute zu schikken, verließ er das Fährschiff. Er verzichtete auf ein Taxi und stieg in den bereitstehenden Zug der Inselbahn, um direkt vor dem ›Kaiserhof‹ auszusteigen.

Die Ruhe im Hause war ungewohnt – das Personal hatte bereits Feierabend. Der Speisesaal lag im Halbdunkel, und dort saßen Dini Hoogelycht, die Chefin, ihre Schwiegertochter Tomma und ihr Sohn Ulfert im Licht der herabgezogenen Schirmlampe am Familientisch. Auf dem Tisch stand das Teegeschirr mit dem Muster der ostfriesischen Rose. Im Stövchen brannte das Teelicht.

Die Chefin hatte sich nicht umgezogen und trug noch dasselbe Kostüm wie am Morgen. Ihre Schwiegertochter sah flott aus in der mit Perlen bestickten Jeansjacke. Ihr hübsches Gesicht war tief gebräunt von den regelmäßigen Besuchen im Solarium.

Ulfert Hoogelycht wirkte müde. Er trug ein buntes Flanellhemd und studierte durch seine randlose Lesebrille eine Computerliste. Schiri, die hübsche Türkin, brachte den Tee, stellte die Kanne auf das Stövchen und servierte eine Schüssel mit friesischem Teegebäck.

»Schiri, du kannst ruhig nach Hause gehen. Ich spüle die paar Tassen und Teller«, meinte Dini Hoogelycht.

»Ach, das hat keine Eile. In der Teeküche gibt es sowieso noch einiges zu tun«, antwortete Schiri und verschwand wieder in der Küche.

Die Familie bediente sich mit Kluntje. Dini Hoogelycht schenkte den Tee ein. Sie nahmen von der Sahne und knabberten das lockere Blätterteiggebäck.

»Eins muß ich sagen: Heute lief alles wie geschmiert. Das Wetter hat auch mitgespielt«, meinte die alte Dame erleichtert.

Ihre Schwiegertochter nippte an der Tasse und steckte sich eine Zigarette zwischen die geschminkten Lippen. »Gut, daß die Saison vorbei ist! Immer dieser Streß. Ich bin fertig! Ich muß mal runter von der Insel«, sagte sie und zündete die Zigarette an. Sie inhalierte und blies dann den Rauch erleichtert von sich. »Die Kur wird mir guttun!«

Ulfert stopfte seine Pfeife, steckte den Tabak an und paffte. »Die Saison war immerhin ein voller Erfolg!« sagte er nur.

Etwas später schauten sie sich überrascht an. Jemand hatte die Glocke an der Rezeption betätigt.

»Ein Gast?« fragte Dini Hoogelycht und blickte ihren Sohn fragend an. Ulfert legte die Pfeife auf den Aschenbecher, nahm noch einen Schluck von seinem Tee, stand auf, um im Flur nach dem Rechten zu sehen. Überrascht starrte er wenig später seinen Sohn an, der ihm ein wenig unsicher entgegenlächelte.

»Hallo Papa!« sagte Focko bemüht herzlich. »Nehmt ihr mich wieder in eurer Mitte auf?«

»Focko, du hier?« Ulfert Hoogelycht ahnte sofort, daß sein Sohn wieder einmal in Schwierigkeiten steckte. Der Junge bleibt ein Versager, schoß es ihm durch den Kopf.

»Papa, nun schau mich bloß nicht so an! Es lag nur an deinem sogenannten Freund, diesem aufgeblasenen Idioten!«

Ulfert Hoogelycht schwieg für Sekunden und blickte den Sohn eindringlich an. Er wartete auf eine Erklärung.

»Er hat mir das Leben zur Hölle gemacht. Na ja, und irgendwann hat es mir eben gereicht!« sagte Fokko

Hoogelycht kämpfte mit seinen Gefühlen und bemühte sich, seine Enttäuschung zu unterdrücken. Dann ging er ohne ein weiteres Wort zur Tür des Speisesaales, öffnete sie und ließ den Sohn eintreten.

Focko eilte an den Tisch. Tomma stand auf und drückte ihren Sohn an sich.

»Junge, hast du Ärger gehabt?« fragte sie voller böser Vorahnungen.

Focko gab seiner Mutter einen Kuß auf die Wange. Dann stieß er mitleidheischend hervor: »Mutter, dieser Phillip Gussmann ist ein Sadist!«

Jetzt erhob sich auch Dini Hoogelycht. Focko löste sich aus der Umarmung der Mutter und sah die alte Dame treuherzig an. »Es war einfach zu viel. Ich mußte wie ein einfacher Boy Koffer schleppen. Außerdem hatten sie keinen Fahrer für den Bulli, also habe ich auch noch den Chauffeur gespielt und die Gäste zum Bahnhof und zurück kutschiert. Ständig wurde ich zum Nachtdienst eingeteilt, und dann klingelten um Mitternacht Gäste und wünschten sich Ölsardinen! Und das alles für das bescheidene Praktikantengehalt!« Focko hatte sich in echte Empörung geredet.

»Mein Junge, ich denke, daß du in meinem Hause Sinnvolleres leisten kannst. Es ist an der Zeit, daß dein Vater dich mit verantwortungsvolleren Aufgaben betraut«, sagte Dini Hoogelycht denn auch sofort und blickte ihren Sohn auffordernd an. Tomma hatte wieder Platz genommen.

»Focko, komm, setz dich zu uns. Papa holt dir sicher ein Gedeck. Schiri ist noch in der Teeküche«, sagte sie.

Ulfert Hoogelycht erhob sich wortlos und ging zur Teeküche hinüber. Mutter hat gut reden, dachte er und überlegte, wo er den Sohn im Hotel sinnvoll einsetzen konnte, ohne ihn vor seinen Angestellten bloßstellen zu müssen. Das würde zumindest sehr schwierig werden, wie er sehr wohl wußte. Sahen denn die beiden Frauen nicht, wie blenderisch und verantwortungslos der Junge sich gebärdete?

Ulfert seufzte leise auf, bevor er Schiri in der Küche um ein weiteres Gedeck bat und wieder in den Speisesaal zurückkehrte.

Dort hatte Focko mittlerweile die beiden Frauen vollkommen von seiner Sicht der Dinge überzeugt. Er war das Opfer eines neureichen Leuteschinders geworden, dem der wohlhabende zukünftige Erbe eines Inselhotels auf Borkum ein Dorn im Auge gewesen war.

Ulfert wußte, daß es keinen Sinn gehabt hätte, dagegenzureden.

Schiri brachte das Gedeck. »Hallo«, sagte sie nur und senkte den Blick, als der Junior sie erfreut musterte; dann ging sie zurück in die Küche. Der Enkel der Altchefin besaß kein hohes Ansehen bei den Angestellten. Tomma Hoogelycht legte Kluntje in die Tasse, schenkte Focko fürsorglich den Tee ein und gab Sahne dazu.

Focko trank einen Schluck, nahm aus seiner Westentasche eine Zigarre mit Bauchbinde, steckte sie an und blies den grauweißen Qualm von sich. Noch einmal ließ er sich zu Geschichten hinreißen, die seiner Großmutter und Tomma zu Herzen gingen.

Er trug dick auf, und als er geendet hatte, begannen

die beiden Frauen wieder eifrig für ihn Pläne zu machen. Focko hörte zufrieden zu. Es hätte nicht besser laufen können. Großmutter kam ihm zu Hilfe, und das war die halbe Miete. Er schaute dem Vater zu, der die erloschene Pfeife in der Hand hielt und nachdenklich in den abgedunkelten Speisesaal blickte, als warte er auf Schiri, denn es war kein Tee mehr da. Ulferts gealtertes Gesicht war von Sorgenfalten durchzogen.

Er wird gleich Stellung beziehen und einen Vorschlag machen, wo man mich unterbringen kann, um mich vom Betrieb fernzuhalten, dachte Focko.

Jetzt erschien tatsächlich Schiri mit einer vollen Teekanne in der Hand am Tisch. Focko fiel auf, wie hübsch sie war mit ihren großen dunklen Augen. Ihr schwarzes Haar hatte sie zu einem Zopf geflochten. Ihre Jeans betonten ihre gute Figur.

»Ich dachte nur, die Kanne muß leer sein«, sagte sie freundlich und stellte den frischen Tee auf das Stövchen.

»Danke«, sagte Dini Hoogelycht. Als Schiri in die Teeküche zurückging, schaute Focko hinter ihr her. Immer noch stand der Vorschlag seiner Großmutter im Raum.

Ulfert Hoogelycht war tief in Gedanken versunken. Er hatte sich bei seinem Bekannten Gussmann für seinen Sohn eingesetzt und ihn gebeten, Focko trotz einer Vielzahl anderer Bewerber einzustellen. Wie stand er jetzt da? Er trank seinen Tee und schaute seine Mutter fragend an.

»Focko wird irgendwann unseren Betrieb übernehmen«, sagte diese. »Es wäre an der Zeit, daß er sich einarbeitet, schließlich ist er schon dreißig.«

Ulfert nickte. »Da gibt es sicher auch einiges, was er sich im Hause aneignen könnte. Ich denke zum Beispiel an den Umgang mit dem Computer. Frau Ammermann sprach von einem Programm, das speziell für die Gastronomie entwickelt wurde. Sie ist dabei, sich einzuarbeiten. Aber wir können Focko schlecht als Azubi in ihre Obhut geben«, sagte er

Dini Hoogelycht hob die Stimme. »Wann hört ihr endlich auf, an Focko zu zweifeln? Er muß hier Gelegenheit bekommen, sich zu bewähren und Erfahrungen zu sammeln.«

»Danke, gnädige Frau«, erwiderte ihr Enkel keß. »Als erstes muß heutzutage jedes Unternehmen seine Personalkosten senken, um in der Gewinnzone zu bleiben. Ein paar Erfahrungen habe ich immerhin doch schon gesammelt«, fügte er wichtig hinzu.

Ulfert Hoogelycht schaute den Sohn überrascht an. »Zuerst einmal muß Oma dir ein Gehalt zahlen, bevor du die Personalkosten abbauen kannst«, meinte er ironisch.

»Dazu bin ich gern bereit«, warf die alte Dame ein. »Die Kinder deiner Schwester Ulla haben ihre Ausbildung beendet. Swantje fängt in Hamburg bei einer Apotheke an, und Renke möchte sich nach dem praktischen Jahr im Emder Raum als Arzt niederlassen. Ich habe ihnen geholfen, und nun soll Focko in meinem Hause eine Zukunft haben.«

»Danke, Oma«, antwortete Focko. Er erhob sich, ging zu seiner Großmutter hinüber und gab ihr einen Kuß auf die Wange.

»Ich denke, daß dein Vater und deine Mutter mit meiner Entscheidung verstanden sein werden«, sagte sie. »Du könntest dich um Personalfragen kümmern.«

»Und die Fachschule? Dort würdest du sicher auch reizende Töchter aus der Branche kennenlernen!« warf Tomma Hoogelycht ein.

»Mama, ehrlich gesagt, darauf kann ich verzichten«, antwortete Focko verächtlich.

Ulfert Hoogelycht hatte sich zu einem Entschluß durchgerungen. Er setzte die Lesebrille auf, begann mit der Reinigung der Pfeife und sagte ruhig: »All up Stee! Du bist ab heute der Junior!«

»Danke, Papa, ich freue mich«, erwiderte Focko überrascht.

»Ist in Ordnung. Ich akzeptiere Mutters Entscheidung«, erklärte Ulfert schlicht.

Tomma Hoogelycht erhob sich und nahm ihren Sohn an die Hand. »Focko, komm, wir holen dein Gepäck und gehen nach oben.«

Dini Hoogelycht stand ebenfalls auf. »Ich helfe Schiri in der Küche«, sagte sie und begann abzuräumen.

Ulfert Hoogelycht ging zum Tresen und holte sich eine Flasche Bier. Dann stopfte er seine Pfeife, zündete sie an und lehnte sich gedankenverloren in seinem Stuhl zurück.

Vieles war schief gelaufen mit dem Jungen. Tomma hatte es versäumt, Focko eine Mutter zu sein. Sie kam aus einem bürgerlichen Haus vom Festland. Den Vater hatte sie früh verloren. Die Schwiegermutter hatte als Krankenschwester im Norder Krankenhaus gearbeitet und war im vorigen Jahr ebenfalls gestorben.

Tomma hatte in ihrem Drang nach Selbstverwirklichung und der Freude am Geschäft Focko meistens den Kindermädchen überlassen. Mit ihrem Charme, ihrer guten Figur und ihrem hübschen Aussehen hatte sie die Urlauber und Kurgäste schnell für sich eingenommen. Sie besaß immer noch alle Reize einer attraktiven Frau, während sein Körper schon Spuren des Alterns verriet. Damit jedoch konnte er leben. Störender fand er Tommas Bemühungen, seine alte Mutter aus der Leitung des Hotels zu verdrängen ...

An diesem Abend dachte Ulfert beim Bier über einige Dinge nach. Erst spät leerte er den Aschenbecher, löschte die Lichter und ging ins Schlafzimmer hinauf.

Unter dem Schutzdach der Bushaltestelle standen die Menschen dicht gedrängt und schauten mürrisch in den Regen hinaus. Von den Fassaden der gegenüberliegenden Gebäude fiel das Licht der bunten Neonröhren in den tristen, späten Nachmittag. Ein böiger Wind fegte durch die Straße und über den Bahnhofsplatz.

Eilige Reisende hasteten die Straße entlang. Der Taxistand war verwaist. Swetlana Roederich hatte unter dem Schutzdach gelehnt und suchte Schutz vor dem kalten, nassen Wind. Ihr war kalt. Mit klammen Fingern hielt sie die Plastiktüte mit dem Einkauf umschlossen. Unter den Wartenden entdeckte sie einige Mitbewohner, doch sie mied ihre Blicke.

Jetzt kam der Bus aus der Schleife, die an den teuren Hotels entlangführte und für den Autoverkehr gesperrt war. Die Scheibenwischer bewegten sich im Takt. Die Scheinwerfer wirkten wie starre Augen, die kalt einem Ziel entgegenblickten. Die wartenden Menschen traten in den Regen. Regenschirme spannten sich gegen den Wind und die Nässe. Der Bus hielt an der Bordsteinkante. Der Motor dieselte im Leerlauf.

Swetlana hörte das Zischen des Türöffners. Insassen verließen den Bus und fanden den Weg durch die drängende Menge. Die wartenden Fahrgäste stiegen ein, und auch Swetlana entwertete ihren Fahrausweis. Im Bus roch es nach schalem Atem, Pommes Frites und Putzmitteln. Immer mehr Menschen drängten in den Bus. Swetlana suchte mit der einen Hand Halt an einer Plastikschlaufe, mit der anderen hielt sie die Einkaufstüte.

Außer der Tatsache, daß sie zum Teil dasselbe Fahrziel hatten, verband sie an diesem Abend nichts mit den vielen Menschen um sie herum. An jeder Haltestelle stiegen mehr Fahrgäste aus als ein. Swetlana hielt sich weiter an der Schlaufe fest, obwohl es bereits freie Sitzplätze gab. Sie befand sich unter Aussiedlern, von denen sie einige schon öfter gesehen hatte. Die übrigen Fahrgäste waren junge Osteuropäer und Farbige.

Swetlana stieg am Pestalozzi-Platz aus. Der Regen hatte ihre Jacke und die Jeans durchnäßt. Ihr Haar hing ihr in Strähnen um den Kopf.

Die Straßenlaternen warfen mattes Licht auf den Gehsteig. Jenseits davon lagen von Hecken umgrenzte Schrebergärten.

Die Ausländer schritten palavernd vor ihr her. Es waren junge Menschen wie sie, die vor etwas weggelaufen waren und wie sie hinter etwas herrannten, das nur schemenhaft in ihre Nähe gerückt war. Swetlana wünschte sich eine Wohnung in einem der Viertel, wo die Deutschen wohnten. Sie haßte den Blick auf die gardinenlosen Fenster, auf den verwahrlosten Rasen und die verschmutzten Eingangstüren. Allzuoft war die Polizei im Haus. Über Nacht standen öfter teure Wagen auf den Parkstreifen.

Der Regen hinterließ Pfützen auf den Betonplatten. Durch die Ahornbäume fuhr der Wind, spielte mit den knorrigen Zweigen und trieb die Blätter vor sich her, die der Herbst bunt gefärbt hatte.

Swetlana betrat das Haus. Kinder spielten im Korridor. Sie stieg die Treppe hinauf. Jugendliche hatten die kahlen weißen Wände mit Graffiti besprüht. Die Betonstufen waren ausgetreten, die Böden uneben und fleckig. Swetlana ging zu ihrer Appartementtür, nahm den Schlüssel aus ihrer Jacke, schloß auf und betrat den engen dunklen Flur. Sie stellte die Plastiktüte ab, zog die nasse Jacke aus und hängte sie an den Garderobenhaken.

Dann öffnete sie die Tür ihres kleinen kombinierten Wohn-Schlafzimmers. Sie hatte es möbliert übernommen. Nur den Fernseher hatte sie preiswert in einem Secondhandshop erstanden. Eine Wand wurde von einem Einbauschrank und einem kleinen Herd eingenommen, an der anderen Wand stand die Schlafcouch mit einem Bücherregal und einer Leselampe darüber.

Mitten im Zimmer stand der Tisch mit einem Stuhl. In der Zimmerecke hatte der Fernseher Platz gefunden. Für das nach Westen hinausgehende Fester hatte Swetlana eine Gardine gekauft und einen bunten Vorhang genäht, um die kahle Wohnung etwas heimeliger zu machen. Der kalte, nasse Oktobertag lastete schwer auf ihrem Gemüt. Sie zog sich aus, hängte die durchnäßte Jeans über die Heizung, betrat das Bad, stellte die Dusche an und ließ das heiße Wasser auf ihren Körper prasseln.

Sie war sportlich und durchtrainiert, hatte in ihrer Heimat als Bodenturnerin Erfolge gefeiert und noch bis zu ihrer Ausreise als Trainerin eine Mädchenriege betreut.

Während sie die wohlige Wärme genoß, dachte sie an ihr Elternhaus in der Nähe von Kirkutsk, wo alles sehr einfach gewesen war. Dort hatten die Wände aus gekalktem Lehm bestanden. An kalten Herbst- und Wintertagen hatten sie und ihre Familie fröstelnd um den großen Tisch gesessen, obwohl sie den gußeisernen Ofen mit Holz bis zur Rotglut aufgeheizt hatten.

Swetlana spürte, daß das Wasser plötzlich salzig schmeckte – sie weinte, wie so oft, seitdem sie hier war. Ihr Freund Dimitri hatte versprochen, ebenfalls einen Antrag auf Aussiedlung zu stellen, um ihr zu folgen, doch inzwischen hatte ihre Großmutter ihr geschrieben, daß Dimitri in Ursk eine Anstellung als Ingenieur gefunden hatte und dort ein gutes Gehalt und zusätzliche Prämien erhielt. Er hatte aufgehört, auf ihre Briefe zu antworten, und das konnte nur bedeuten, daß er nicht mehr an eine gemeinsame Zukunft dachte. Swetlana schluchzte bei dem Gedanken an ihre Großmutter, die sich wegen ihres Alters nicht mehr hatte entschließen können, das Dorf zu verlassen, und jetzt alleine in dem heruntergekommenen Häuschen lebte. Aber immerhin hatte sie ihre Nachbarn und Freunde, den eigenen Garten und ein paar Hühner.

Swetlana stellte die Dusche ab, hüllte sich in ein Handtuch ein und frottierte sich gründlich ab. Sie sehnte sich nach einer Schulter zum Anlehnen, einem Freund, nach Arbeit und einer Perspektive für die Zukunft! Vor allem aber mußte sie Dimitri vergessen! Sie betrat das Zimmer, schlüpfte in frische Wäsche und zog eine trockene Jeans und einen Pullover über. Dann schlüpfte sie in ihre Pantoffeln, holte die Einkäufe und packte sie in den Kühlschrank. Dann ertappte sie sich erschrocken dabei, wie sie sehnsuchtsvoll Dimitris Namen aussprach. Ihr fiel ein Sprichwort ihrer Großmutter ein: »Was die Lippen so schnell von sich geben, das hat das Herz noch lange nicht vergessen!« Und doch – der Entschluß zur Ausreise war richtig gewesen!

Swetlana besaß einen deutschen Paß. Ihr Vater war deutscher Herkunft gewesen und im Afghanistankrieg als Zeitungsreporter gefallen.

Swetlana trug ihr schwarzes Haar zu einem Zopf geflochten. Sie hatte rehbraune Augen. Ihre hervortretenden Wangenknochen, ein Erbe ihrer kirgisischen Mutter, verliehen ihrem schönen Gesicht mit den vollen Lippen und der schmalen Nase einen Hauch von Fremdheit.

Sie nahm aus dem Pantryschrank einen kleinen Topf, füllte etwas Wasser ein, gab einen Schuß Rotwein hinzu und setzte den Topf auf die Kochplatte.

Sie machte sich einen Glühwein und setzte sich damit an den Tisch. Draußen regnete es noch immer. Swetlana rauchte eine Zigarette, trank den Wein in kleinen Schlücken und dachte an zu Hause.

Sie hatte als Angestellte im Büro einer Molkerei gearbeitet. Monatelang war das Gehalt ausgeblieben. Die Kolchosen hatten sich aufgelöst, die Milchlieferanten waren ausgeblieben, und schließlich hatte sie ihre Arbeit verloren. Kurz danach hatte ihre Mutter plötzlich über unerträgliche Schmerzen geklagt und war innerhalb weniger Monate an Krebs gestorben.

Swetlana spürte, wie ihr schon wieder die Träume kamen. Um sich abzulenken, griff sie nach der Zeitung und studierte die Anzeigenbeilage des Abendblattes. Sie hätte so gern wieder gearbeitet, aber ihre Aussichten waren sehr schlecht!

Ihr Blick fiel auf die Heiratsanzeigen, und sie schmunzelte über die kessen Formulierungen. Eine Anzeige erweckte ihre Neugierde, so daß sie gleich mehrmals las:

»Dreißigjähriger Mitinhaber eines alteingesessenen Hotels

auf einer ostfriesischen Insel sucht ›Sie‹, die bereits ist, sich den Aufgaben eines gutgehenden Betriebes zu stellen.

›Er‹ ist gebildet und gesellig und erwartete von ›Ihr‹ Einsatzbereitschaft und ein angenehmes Äußeres. ›Sie sollte nicht älter als dreißig sein. Heirat nicht ausgeschlossen!‹«

Swetlana ging zum Herd und füllte ihr Glas wieder mit Glühwein. Dann setzte sie sich nachdenklich an den Tisch, zündete sich eine Zigarette an, nippte am Glas und rauchte.

Sie hatte bei der Übersiedlung Mädchen kennengelernt, die den Versprechungen windiger Typen Glauben geschenkt und sich bereit erklärt hatten, Jobs als Unterhalterinnen und Kellnerinnen anzunehmen. Sie waren direkt in bereitstehende Appartements in Frankfurt, Hamburg und anderer Großstädte eingezogen, und Swetlana hatte nie wieder etwas von ihnen gehört. Swetlanas Muttersprache war Russisch, und obwohl ihre Großmutter sich bemüht hatte, ihr Deutsch beizubringen, sprach sie nicht allzu gut.

Sie hatte auch nicht die geringste Ahnung, wo sich die Ostfriesischen Inseln befanden, und wußte noch einiges zu ergründen, weshalb diese Annonce sie so aufrüttelte.

Sie hatte Dimitri geliebt und ihm die Treue gehalten, doch inzwischen war ihr klar geworden, daß er niemals kommen würde, wahrscheinlich hatte er längst eine andere kennengelernt und dachte schon gar nicht mehr an sie.

Sie war also frei – doch wo sollte sie hier in Hamburg eine neue Liebe finden!

Entschlossen ging sie hinüber zum Bücherregal, nahm den Schreibblock, auf dessen Seiten sie noch die durchgedrückten Linien ihres ersten Briefes an die Großmutter erkannte; sie gab sich einen Ruck und verfaßte einen kurz gehaltenen Lebenslauf, bemüht, die in der Volkshochschule erlernten Rechtschreibregeln zu beherzigen. Sie erklärte sich dem unbekannten Hotelier bereit, den ›gewünschten Anforderungen‹ gerecht zu werden, und legte ein Foto bei.

Dann las sie den Brief noch einmal durch, steckte ihn samt Foto in ein Kuvert, klebte den Umschlag zu und versah ihn mit der Chiffre-Nummer und der Adresse der Zeitung. Seufzend trankt sie den letzten Schluck Glühwein aus ihrem Glas und beschloß, schlafen zu gehen.

* * *

Frau Asyr Geecer drückte den Sohn an sich, gab ihm einen Kuß auf die Wange, wünschte ihm auf türkisch viel Glück und begleitete ihn zur Tür. Attila verschwand um die Hausecke herum, holte sein Fahrrad aus dem Schuppen und radelte los.

Nebel lag auf den Dünen und zog in dichten Bänken über der Reedestraße. Attila fühlt die nasse Kälte im Gesicht und trat mächtig in die Pedalen. In den trüben Herbstmorgen drang das Rauschen der Brecher, die auf dem Strand unterhalb der Kurpromenade ausrollten.

Die Spitze des Leuchtturms ragte in den Nebel hinein. Am Bahnhof stand niemand im milchigen Licht der hochstelzigen Leuchten.

Attila radelte der Lichterreklame des Kaiserhofes entgegen, die den Nebel grün färbte. Er stieg vom Fahrrad, stellte es in den Ständer und schaute auf seine Armbanduhr. Es war fünf vor neun. Er atmete tief durch und stieg die breiten Stufen der Steintreppe empor. Er griff nach der eisernen Klinke, und der stilisierte Fisch lag für Sekunden kalt in seiner Hand. Er öffnete die Tür und betrat die Empfangshalle. Auf die massive Holzplatte des Tresens fiel das Licht eines Deckenstrahlers. Seitlich standen Blumenkübel auf dem Steinboden.

Attila blickte sich im Flur um. An den Wänden hingen Bilder. Kleine Wandleuchten warfen schummriges Licht auf die Grastapete. In der Ecke befand sich eine Sitzgruppe mit Ledersofa, Ledersessel und einem Eichentisch. Eine blau lackierte Tür trug in goldenen Lettern die Aufschrift »*Speisesaal*«.

Attila trat an den Tresen und griff nach dem geflochtenen Seil der kleinen Schiffsglocke. Sie gab einen hellen dröhnenden Ton von sich.

Er mußte nicht lange warten. Aus dem Halbdunkel des Flurs näherte sich ein schwergewichtiger Mann in Bundfaltenhosen und im eleganten Strickpullover, aus dessen Aufschlägen der Kragen eines Oberhemdes hervorlugte.

Der Mann hatte ein rundes, aber nicht gutmütig wirkendes Gesicht und schon ein wenig schütteres Haar. Seine Augen blickten den Ankömmling abschätzend an. Attila schätzte den Mann auf Mitte Dreißig.

Der Mann lächelte jovial, reichte ihm die Hand. »Focko Hoogelycht! Ich bin der Juniorchef dieses Etablissements!« sagte er und ließ ein selbstzufriedenes Lachen folgen.

»Mein Name ist Attila Geecer. Ich habe mich bei Ihnen als Jungkoch beworben. Hier sind meine Papiere.« Er hob die Tasche hoch.

»Haben Sie schon gefrühstückt?« fragte der Juniorchef.

Attila nickte stumm.

»Na, dann kommen Sie mal mit«, sagte der Hotelier, ging auf die blaulackierte Tür zu, öffnete sie und ließ den Jungkoch eintreten.

Attila betrat den Speisesaal, der, das sah er auf Anhieb, für gutzahlende Gäste an Behaglichkeit nichts vermissen ließ.

Hoogelycht zeigte auf die Sitzecke. »Legen Sie am besten drüben am Familientisch die Tasche ab und begleiten Sie mich zur Teeküche. Ich denke, wir trinken zusammen eine Tasse Kaffee.«

Attila folgte dem Juniorchef in die Küche, wo dieser auf die Kaffeemaschine deutete. »Sie kennen sich ja aus mit diesen Geräten. Brühen Sie den Kaffee auf, dabei können wir uns unterhalten«, sagte Hoogelycht und schaute zu, wie Attila die Maschine bediente und sich schnell in der fremden Umgebung zurechtfand. Im Spülbecken stand Geschirr – die Eltern und seine Großmutter hatten bereits gefrühstückt, stellte Hoogelycht fest.

Der Jungkoch schien gut zurechtzukommen, den nach Minuten floß der Kaffee in die bereitgestellten Kännchen.

»Warum haben Sie sich gerade bei uns beworben?« fragte Focko Hoogelycht etwas später.

Attila blickte den Juniorchef überrascht an. »Das wissen Sie nicht?« fragte er.

»Ich gehöre erst seit kurzem zum Management des Hauses«, antwortete der Juniorchef.

»Mein Berufsschullehrer, Eilrich Buss aus Emden, hat mir den Hinweis gegeben«, sagte Attila unsicher.

Der Juniorchef lachte lauthals drauflos. »Ach ja, der gute alte Onkel Eilrich! Tja, Lehrer müßte man sein! Das ist ein bequemer Halbtagsjob!«

Attila stellte die Kännchen auf das Tablett. Im Kühlschrank fand er die Sahne. Er fragte sich verwundert, weshalb Herr Hoogelycht immer noch grinsend in der Teeküche stand, ohne ihm Anweisungen zu geben.

Doch schließlich fragte Hoogelycht:

»Sind Sie Türke?«

»Ja, das habe ich in meinem Lebenslauf erwähnt. Aber ich war noch nie in der Türkei. Ich bekomme bald einen deutschen Paß«, erwiderte Attila.

»Das ist Ihr Bier. Sie gefallen mir! Kommen Sie bitte mit zur Familienecke«, sagte der Juniorchef und schritt Attila voraus.

Eine halbe Stunde später hatte der Juniorchef die Unterlagen und Zeugnisse durchgesehen, die Attila Geecer mitgebracht hatte, und dem Jungkoch eine Anstellung und ein vernünftiges Gehalt angeboten.

Attila nickte hocherfreut. »Ich bin einverstanden«, antwortete er und schüttelte Hoogelycht die Hand.

»Dann sind wir uns also einig«, sagte dieser. »Ich lasse den Vertrag von unserer Sekretärin schreiben. Ach, und vom sechsundzwanzigsten Dezember bis zum sechsten Januar haben wir geöffnet – ich bitte Sie, uns gegen entsprechende Bezahlung zur Verfügung zu stehe. Ab dem Beginn der Vorsaison Anfang März gehören Sie voll zu unserem Team«, sagte Hoogelycht und trank seinen Kaffee aus.

Attila leerte den Rest aus seinem Kännchen in die Tasse und führte diese an den Mund. Er war überglücklich.

Hoogelycht drückte den Zigarettenstummel in den Ascher und erhob sich. »Ich rufe Sie an, wenn Frau Ammermann den Vertrag ausgestellt hat. Warten Sie, ich begleite Sie zur Rezeption«, sagte er.

Attila nahm seine Tasche und folgte ihm. Der Hotelier reichte ihm noch einmal die Hand. »Bis dann.«

»Herzlichen Dank, Sie werden es nicht bereuen, mich eingestellt zu haben«, erwiderte Attila und verließ beschwingt den ›Kaiserhof‹.

Kurz darauf betrat Focko Hoogelycht das Büro. »Moin«, sagte er und reichte Frau Ammermann die Hand. Sie mochte den Junior nicht sonderlich, bemühte sich aber sehr, ihre Abneigung nicht zu zeigen. Der süßliche Geruch seiner Zigarren setzte sich in die Gardinen und Vorhänge und drang selbst in die Stoffe ihrer Röcke und Blusen, und sein wichtiges Gehabe war ihr richtiggehend zuwider.

»Frau Ammermann, wir werden unserem Altkoch Onno Sandomir vorschlagen, einen Antrag auf vorgezogenen Ruhestand zu stellen«, sagte er.

Die Sekretärin schaute den Junior mit hochgezogenen Augenbrauen an. »Onno ist seit mehr als zwanzig Jahren bei uns, und soweit ich weiß, hat er nicht die Absicht geäußert, in Rente zu gehen«, meinte sie erstaunt.

Focko Hoogelycht grinste. »Sparen ist zur Zeit die Devise. Steuern und Personalkosten fressen den ganzen kläglichen Gewinn auf«, sagte er und nahm im Bürosessel seiner Großmutter Platz. Über seinem dikken Bauch spannte sich der Pullover. »Altgediente Kräfte sind zu teuer geworden!«

»Haben Sie mit Ihrem Vater oder Ihrer Großmutter darüber gesprochen?« erlaubte sich Maike Ammermann zu fragen.

»Ich bin hier zuständig für alle Personalangelegenheiten, daran müssen Sie sich gewöhnen!« Focko drückte den Zigarrenstummel im Aschenbecher aus.

»Ich habe hier die Unterlagen eines Jungkochs, den ich zum ersten März nächsten Jahres einstelle. Er hat die Prüfung mit ›Sehr gut‹ bestanden und besitzt die Empfehlung meines Onkels«, fügte er zufrieden hinzu. »Alles weitere entnehmen Sie diesem Schnellhefter. Wenn Sie nun bitte einen Vertrag vorbereiten werden ...«

»Wird erledigt«, gab die Sekretärin knapp zurück.

»Lassen Sie sich Zeit, ich bin sowieso gleich aus dem Haus«, meinte Focko und verließ das Büro.

Frau Ammermann wunderte sich an diesem Morgen über nichts mehr. Sie hatte nur das Gefühl, daß der schwergewichtige Enkel der Chefin dabei war, für viel Wirbel zu sorgen.

Am Nachmittag betrat Dini Hoogelycht mit einem Tablett das Büro. Sie stellte das Stövchen auf den Schreibtisch, setzte die Teekanne ab, stellte zwei Gedecke auf den Tisch und rückte Kluntjebecher und Sahnetopf zurecht.

»Mein Sohn ist zum Bootsschuppen geradelt. Er will seine Yacht warten, nachdem nun endlich der letzte Handwerker das Haus verlassen hat. Meine Schwiegertochter bereitet sich auf ihre Reise nach Italien vor. Ich vermute stark, daß ihre Rückenschmerzen einen psychischen Hintergrund haben«, sagte sie und lächelte verschmitzt. »Von zu schwerer Arbeit rühren sie sicher nicht her.«

Die beiden Frauen schwiegen eine Weile. Dann meinte die Seniorchefin: »Mein Enkel ist nach Hamburg gefahren. Er hat sich mir nicht anvertraut, aber ich gehe davon aus, daß er dort eine Freundin hat. Es wird auch höchste Zeit. Der Bengel ist schließlich schon dreißig. Er muß endlich Tritt fassen«, fügte sie nachdenklich hinzu.

»Ich habe den Anstellungsvertrag bereits ausgestellt und das Schreiben an Onno Sandomir vorbereitet«, erklärte Maike Ammermann und reichte der Älteren mit ausdrucksloser Miene die Unterschriftsmappe.

Dini Hoogelycht nippte an ihrem Tee, nahm die Mappe und schlug sie auf. »Die Einstellung des jungen Türken geht in Ordnung. Aber nehmen Sie bitte das Schreiben an Onno Sandomir heraus. Ich habe da meine eigene Vorstellungen, und mein Enkel ist noch nicht sehr erfahren«, sagte sie lächelnd und schenkte Tee nach. »Fürs erste wollen wir ihm noch ein Recht auf die eine oder andere Fehlentscheidung zugestehen!«

Maike Ammermann atmete hörbar auf.

* * *

Tomma Hoogelycht trat vor die Tür. Es war kalt. Die Blätter der Ziersträucher waren weiß überhaucht, denn es hatte in der Nacht zum ersten Mal gefroren.

Focko Hoogelycht trug die Koffer zum Porsche. Er hatte den Wagen gebraucht, aber dennoch teuer erstanden. Natürlich war sein Vater dagegen gewesen, doch Ulferts Einwände hatten Focko kalt gelassen.

»Mama, das sind aber eine Menge Klamotten für die dreiwöchige Kur«, stellte er jetzt fest, als er das Gepäck im Wagen verstaute.

»Ich weiß schließlich nicht, wie das Wetter auf Ischia ist«, meinte seine Mutter.

Ulfert Hoogelycht stand auf der Treppe und schaute belustigt zu, wie Focko sich mit den schweren Koffern abmühte. Er trug Jeans und einen Norwegerpullover. »Herr Poseidon mit seinen warmen Quellen wird es schon richten«, sagte er ironisch. »Frieren wirst du dort kaum!«

Tomma sah ihn giftig an. »Du, ja, du würdest es fertigbringen, drei Wochen in denselben Sachen herumzulaufen. Vergrab dich nur auf deinen Boot – ich wünsche dir viel Spaß dabei!«

»Und das Abschiedsküßchen?« fragte er und grinste. Er wirkte alt mit seinem fahlen, faltigen Gesicht.

Tomma küßte ihren Handrücken. »Fang es auf. wenn du nicht zu steif dazu bist«, sagte sie gehässig und bewegte ihre Hand in seine Richtung.

»Gute Erholung«, sagte Ulfert ungerührt.

Focko öffnete die Beifahrertür, und Tomma stieg ein. »Papa wird sich bestimmt nicht langweilen. Er hat ja sein Boot«, sagte er und warf die Tür zu. Dann begab er sich zur Fahrerseite und setzte sich hinter das Steuer. Er fuhr zum Fähranleger.

Tomma starrte aus dem Fenster. Ihr Sohn schwieg. Im Wagen roch es nach dem süßlichen Duft seiner Zigarren.

An der Mole lag die ›*Ostfriesland*‹ schon bereit, und eine Handvoll Wagen stand auf dem Anleger.

Focko parkte vor dem Reedereigebäude. »Mama, bleib ruhig noch sitzen, ich hole dir schon eine Fahrkarte«, sagte er und stieß die Wagentür auf. Frische Seeluft drang in den Porsche. Tomma reichte ihrem Sohn einen Hundertmarkschein, Focko stieg aus und ging schwerfällig zum Reedereibüro hinüber.

Er muß wirklich abnehmen, dachte Tomma. Aber wenn er sich ein bißchen bemüht, dürfte es ihm in seiner Position nicht schwerfallen, trotzdem eine hübsche Frau zu finden. Ob sie sich das allerdings schon so bald wünschen sollte, dessen war sich die ehrgeizige Hoteliersfrau plötzlich gar nicht mehr so sicher, denn wer wußte schon, wie sich durch ein solches Ereignis ihre eigene Stellung verändern würde?

Tomma Hoogelycht betrat das Schiff, suchte die Cafeteria auf, stellte ihr Gepäck ab, zog ihren Trenchcoat aus und hängte ihn an den Garderobenhaken. Sie nahm ihr Portemonnaie – und ging zum Tresen, wo sie sich ein Kännchen Kaffee und ein Croissant holte. Dann trug sie das Tablett an einen Fenstertisch und nahm auf der Sitzbank Platz.

Die Sonne färbte mit ihren ersten Strahlen den weiten Horizont – ein friedliches Bild. In der Cafeteria saßen außer Tomma nur wenige Gäste. Sie aß das Croissant, trank dazu den Kaffee und überließ sich ihren Gedanken, die um ihren Sohn kreisten, wie schon so oft.

Focko hatte viele Chancen ungenutzt vertan und sie und ihren Mann auch dieses Mal wieder enttäuscht. Dennoch mußte sie sich um seine Zukunft keine Sorgen machen. Es war immer sein Wunsch gewesen, das Hotel zu übernehmen. Er war noch jung. Wenn ihr Mann sich aus dem Betrieb zurückzog, dann konnte sie Focko dabei helfen, das Hotel zu führen. Ihre Schwiegermutter war zweiundachtzig Jahre alt und würde nicht ewig leben, und irgendwann war dann der Weg frei.

Die ›*Ostfriesland*‹ hatte abgelegt. Die Sonnenstrahlen spiegelten sich im ruhigen Fahrwasser des Schiffes. Tomma genoß die Überfahrt, erfüllt von Vorfreude auf die Kur. Sie hing ihren Gedanken und Träumereien nach und war für eine Weile so in sich versunken, daß sie zusammenfuhr, als die Fähre beim Anlegemanöver gegen den Steg stieß.

Kurz darauf strebte Tomma mit den Koffern in der Hand dem Passat ihrer Schwägerin Ulla zu, die auf sie wartete.

Ulla war einige Jahre älter als sie. Sie besaß wie viele korpulente Frauen ein hübsches Gesicht, das ohne Schminke auskam. Sie trug ihr graues Haar halblang und legte wenig Wert auf teure Kleidung. Sie umarmte Tomma zur Begrüßung. »Eilrich fährt bei diesem Wetter mit dem Fahrrad zur Schule. Er hat heute nur vier Stunden und müßte eigentlich schon zu Hause sein«, sagte sie und verstaute das Gepäck.

»Ulfert fährt höchstens mal mit dem Rad zum Bootsschuppen. Er ist richtig bequem geworden. Aber jetzt hat er ja Zeit und bastelt zufrieden an seinem Boot, vielleicht möbelt ihn das wieder ein bißchen auf«, sagte Tomma.

»Eilrich träumt immer noch von einem Boot. Aber die Kinder ... die Ausbildung hat eine Unmenge Geld verschlungen«, erklärte Ulla seufzend. Sie stiegen ein. Die Schwägerin lenkte den Wagen über die Umgehungsstraße und bog an der Ampel vor der Innenstadt ab. Nach wenigen Minuten fuhr sie den Passat in die Einfahrt des kleinen Hauses, das der Familie Buss gehörte.

Eilrich stand vor der Haustür, als sie vorfuhren, und trat jetzt einen Schritt vor, um Tomma zu umarmen. »Hallo Schwägerin«, sagte er. »Mein Gott, wie schick du wieder bist!«

Ihr Schwager war schlank und sah recht attraktiv aus mit den grauen Schläfen und den klaren blauen Augen.

»Tomma, laß die Koffer im Wagen, wir fahren dich dann gleich bis Amsterdam«, schlug Ulla vor.

»Das ist nicht nötig. Ich kann mit dem Zug bis zum

Flughafen fahren, ich muß nur in Groningen einmal umsteigen«, gab Tomma zurück.

»Zuerst trinken wir mal Tee, ich habe Brötchen geholt. Uns bleibt noch genügend Zeit«, meinte der Schwager.

Einige Stunden später stand Tomma Hoogelycht am Abfertigungsschalter der Martin-Air, um einzuchekken. Sie stellte die Koffer auf das Transportband und erhielt von der Angestellten die Boardcard. »Der Flug wird gleich aufgerufen«, sagte die hübsche junge Frau. »Die Maschine ist übrigens nicht ausgebucht. Ein Platz in der Reihe bleibt leer.«

»Danke«, sagte Tomma und verabschiedete sich von Ulla und ihrem Schwager, die sie schließlich doch noch nach Amsterdam gefahren hatten.

Die Abfertigungshalle glich einem Bienenkorb. Tomma warf einen Blick auf die Boardcard, die die Platznummer *47 a* trug.

Tomma schlenderte an aufgeregten Reisenden vorbei durch die Halle, horchte auf die Durchsagen und verfolgte die Ankündigungen auf einem Monitor.

Bereits nach wenigen Minuten konnte sie inmitten einer Gruppe von anderen Passagieren durch das Gate gehen. Sie schob ihre Umhängetasche zum Röntgen auf das Laufband, ließ sich von einer Angestellten nach Waffen abtasten und lief den langen Gang entlang zum Flugzeug. Es war ein Airbus 210. Eine Stewardeß wies Tomma den Weg, und so fand sie rasch ihren gebuchten Sitzplatz, auf den sie sich dankbar fallen ließ. Daneben stand ein Mann im Gang und blickte sich um. Er war groß, schlank und gutaussehend und nahm schließlich genau neben ihr Platz.

»Tomello«, stellte er sich vor. »Hoogelycht«, sagte Tomma freundlich.

»Holländerin?« fragte der Fluggast.

»Nein, Deutsche«, antwortete Tomma.

»Ich will nicht aufdringlich erscheinen, aber ich spreche gern mal wieder Deutsch. Meine Mutter kam aus Bozen, mein Vater ist in Capri geboren ...«, erklärte der Mann lächelnd.

Sein Gesicht war gebräunt, Haare und Augen dunkel. Er wirkte sehr sympathisch.

Die Passagiere hatten inzwischen alle Platz genommen. Tomma vernahm die Borddurchsage, langte nach dem Gurt und schnallte sich an. Dann blickte sie aus dem Fenster.

Der Airbus fuhr zur Startbahn. Er verharrte für Sekunden auf der Stelle, dann heulten die Triebwerke auf. Lichter flogen am Fenster vorbei, und die Maschine hob ab. Tomma schaute fasziniert auf das abendliche Amsterdam. Darüber vergaß sie all ihre häuslichen Probleme und Enttäuschungen, während der Airbus die endgültige Flughöhe erreichte.

»Frau Hoogelycht, ich habe etwas Schlaf nachzuholen. Stoßen Sie mich einfach an, falls ich schnarchen sollte«, sagte ihr Nachbar und schaute sie lächelnd an.

»Fliegen Sie oft?« erkundigte sich Tomma bei dem attraktiven Mann. Er trug einen eleganten Anzug, Oberhemd, einen Pulli und eine Krawatte.

Tomello schaute sie aus müden Augen an. »Zu oft. Ich bin Vertreter, verkaufe Espressomaschinen und Pizzaöfen und bin es langsam satt, nur noch Geld zu verdienen. Meine Landsleute sind sehr erfolgreich, die Arbeit wird immer mehr, weil überall die Pizzerien aus dem Boden schließen. Ich denke, ich werde mich bald zur Ruhe setzen«, fügte er gähnend hinzu.

Die Stewardessen traten in den Gang, um die Handhabung der Schwimmwesten zu erklären und auf die Notausgänge hinzuweisen. Anschließend wurde den Passagieren ein Abendessen serviert.

»Und was führt Sie an meine grüne Seite?« fragte Tomello.

»Ich suche für drei Wochen Abstand vom Geschäft und der Familie«, erklärte Tomma vage und bestellte bei der Stewardeß Kaffee.

Tomello wünschte Tee, und Tomma lachte, als die Stewardeß ihm einen Teebeutel und heißes Wasser servierte.

»Warum lachen Sie?« fragte der Italiener, während er die Teebeutel in den Becher tauchte.

»Ich komme aus Ostfriesland und dort stellen wir hohe Ansprüche an den Tee. Er muß immer frisch aufgebrüht sein und wird mit Kluntjes und Sahne getrunken – eine heilige Handlung, sozusagen.«

»Sie machen Urlaub in Sorent?« fragte Tomello.

»Nicht direkt«, antwortete Tomma und begann die Folie der Imbißschale zu entfernen. Sie blickte aus dem Fenster. Tief unten sah sie Lichter. Tomello hatte seine Schale nicht berührt. Sein Kopf lehnte an der Nackenstütze, sein Atem ging gleichmäßig, und er schlief tief und fest. Er wachte auch nicht auf, als die Stewardessen die Abfälle wieder einsammelten. Tomma bat die Stewardeß, den Handelsvertreter zu wekken, als sie den Flughafen von Neapel anflogen.

* * *

Focko Hoogelycht parkte den Porsche in der Nähe der alten Schule unter einer Laterne. Er nahm das Foto in die Hand, hielt es ins Licht und betrachtete noch einmal das schöne Gesicht der jungen Frau. Er hatte viele Zuschriften auf seine Anzeige erhalten und sich auf Anhieb ohne Zögern für Swetlana Roederich entschieden.

Jetzt steckte er das Foto zurück in seine Brieftasche. Es war kalt an diesem Herbstabend. Am Himmel leuchteten die Sterne und der Sichelmond. Focko merkte, wie ihn seine gewohnte Selbstsicherheit verließ, denn diese Verabredung konnte sein weiteres Leben entscheidend beeinflussen.

Er setzte seine Prinz-Heinrich-Mütze auf, zog die Schlüssel aus dem Zündschloß und stieg aus. Sein Atem gefror in der kalten Luft, und alles war schon von Rauhreif überzogen. Focko trug legere Jeans, einen marineblauen Pullover und eine lange Lederjacke mit Naturfellfütterung.

Stelzige Neonleuchten warfen ihr Licht auf eine Haltestelle. Eine Handvoll Menschen wartete auf den Bus. In den Schaufenstern eines Radio- und Fernsehgeschäftes zuckten blaue Lichtreklameblitze. Die Fenster der gegenüberliegenden Wohnblocks waren erleuchtet.

Focko näherte sich dem Café ›Melodie‹ und blickte durch die Glasscheibe. In dem Café verkehrten Studenten der Hochschule für Musik und Kunst. Sie suchten dort Ablenkung vom kreativen Studium. Einige dieser exzentrischen Kaffeehausbesucher hatten ihre Instrumente neben sich an die Stühle gelehnt.

Focko entdeckte Swetlana Roederich sofort. Sie hielt, wie vereinbart, einen Kugelschreiber in der Hand und löste zum Schein ein Kreuzworträtsel. Sie trug einen grauen Rollkragenpullover, der ihre Figur gut zur Geltung brachte, und sah jung und verletzlich aus.

Focko rückte seine Prinz-Heinrich-Mütze zurecht. Sie war auffällig genug und diente als Erkennungszeichen, denn sonst sah man im Café nur amerikanische Baseballmützen oder modischere Kopfbedekkungen.

Focko hatte richtiges Lampenfieber, und diese Erkenntnis verunsicherte ihn noch mehr. Er betrat entschlossen das Café und ging auf die junge Frau zu. Sie schaute auf und lächelte ihn freundlich an.

Focko Hoogelycht nahm die Mütze ab.

»Bitte!« sagte sie und wies auf den Stuhl ihr gegenüber.

»Mein Name ist Hoogelycht, Focko Hoogelycht«, sagte er und nahm Platz.

»Ich erst wenige Minuten hier, Serviererin noch nicht an Tisch«, sagte Swetlana. Sie sah bezaubernd aus, wie der junge Hotelier sofort feststellte. Er winkte die Serviererin heran. »Zwei Cappuccino und zwei Croissants«, bestellte er mit einem fragenden Blick zu Swetlana Roederich hinüber.

Sie nickte. Die Bedienung verließ den Tisch. Die angehenden Künstler rauchten fast alle, aber Focko Hoogelycht verzichtete an diesem Abend ausnahmsweise auf seine ›*Uppmann*‹.

»Verzeihen Sie mir meine Verlegenheit, aber ich bin entzückt ... Sie gefallen mir auf Anhieb«, sagte er plump und musterte die junge Frau mit echter Begeisterung.

»Danke, sehr nett. Aber Sie hatten Foto von mir. Ich sehe Sie nur jetzt«, antwortete sie freundlich. Einen Augenblick lang tauchte das Bild von Dimitri vor Swetlanas geistigen Augen auf, und sein sportlicher, austrainierter Körper wie sein forsches Habichtgesicht bildeten einen unglaublichen Kontrast zu dem feisten Mann, der ihr gegenüber saß und sie bereits jetzt zu umwerben begann.

Doch dann dachte sie an die Verhältnisse, in denen sie lebte, an ihre Träume, die unerfüllbar bleiben würden, wenn sie so weitermachte wie bisher.

»Ich bin an Ihrem Angebot sehr von Interesse«, sagte sie mit charmantem Lächeln, steckte den Kugelschreiber und das Rätsel in ihre Handtasche und erwiderte offen Fockos Blick.

»Das läßt mich hoffen. Ich denke, daß es Ihnen leicht fallen wird, sich in unserem Betrieb einzuleben. Immerhin verlassen Sie die Großstadt und leben auf einer malerischen Insel. Und keine Angst, Ihnen bleibt genügend Freizeit, um sich in den Dünen oder am Strand zu erholen«, erwiderte Focko Hoogelycht.

Die Bedienung trat an den Tisch und servierte den Cappuccino und die Croissants.

»Das klingt gut«, meinte Swetlana, die wartete, bis Focko seine Tasse nahm, um dann das gleiche zu tun. Dann schaute sie den jungen Hotelier erwartungsvoll an.

Er verstand – sie wollte Genaueres erfahren. »Meine Großmutter ist zweiundachtzig, und auch mein Vater ist nicht mehr jung. Ich werde das Hotel erben, ein sehr renommiertes Haus mit vermögenden Gästen. Ich suche keine Arbeitskraft – die kann mir das Arbeitsamt zu Hunderten vermitteln. Ich bin Junggeselle und hoffe, daß wir uns verstehen werden«, erklärte Focko Hoogelycht plump, aber ehrlich.

Swetlana aß die letzten Krümel des Croissants und nippte nachdenklich an ihrem Cappuccino. Sie beobachtete die jungen Leute, die sich recht albern aufführten, gelegentlich ihre Instrumente nahmen und einige Kostproben von sich gaben. Alle machten einen einigermaßen sorglosen Eindruck.

Swetlana dachte an die vielen berühmten Musiker in Rußland, die ohne Einkommen darauf warteten, eine Chance im Westen zu bekommen. Der dicke wohlhabende Mann, der neben ihr saß und sie bereits verliebt anschaute, bot ihr eine Chance. Und obwohl er alles andere als ihr Traummann war, glaubte sie doch, mit ihm auskommen zu können. Immerhin war er ehrlich gewesen und schien sie nicht ausnutzen zu wollen. »Herr Hoogelycht, ich bekomme Anstellung im Hotel, auch Lohn, aber wer sagt mir, daß Sie nicht gehen mit mir aus und Tanzen, und dann haben Sie Ihren Spaß, und danach schauen Sie, ob ich bleiben kann?« fragte sie halb komisch, halb besorgt.

»Nein, nein, so ist es nicht!« beeilte sich Focko zu versichern. »Sie bedienen die Rezeption. Sie helfen meiner Mutter, die Gäste zu betreuen, und ab und zu führe ich Sie aus!«

»Das klingt verlockend. Doch mein Deutsch, wie Sie hören, ist nicht sehr gut. Ich habe deutschen Paß, aber vielleicht stört es Gäste, wie ich spreche?« wandte Swetlana ein und krauste die Stirn.

»Darf ich Swetlana sagen?« fragte Focko ungewohnt behutsam.

Sie nickte ernst.

»Dann sag bitte auch Focko zu mir«, forderte er sie auf und fuhr fort. »Davor brauchst du keine Angst zu haben, Swetlana, du bist eine schöne junge Frau mit Charme, und unsere Gäste werden das sicher zu würdigen wissen. Du bekommst einen ordentlichen Anstellungsvertrag, wir handeln ein Gehalt aus, vereinbaren eine dreimonatige Probezeit, und du kannst dann jederzeit kündigen.«

»Das ist gut, wenn so ist. Einverstanden. Muß aber noch sehen Hotel, muß kennenlernen Mutter, Vater und Großmutter. Wenn all das stimmt, machen wir Vertrag und gehen tanzen«, meinte die junge Frau lächelnd.

»Danke, Swetlana, das wirst du nicht bereuten«, erwiderte Focko und rief nach dem Bedienungsfräulein. Er zahlte großzügig, wie es seine Art war. Swetlana ging schon vor zur Garderobe und nahm ihren Anorak vom Haken.

»Ich fahre dich nach Hause«, sagte Focko. Sie verließen das Café ›*Melodie*‹, und er geleitete Swetlana zu dem geparkten Porsche, der nicht ohne Wirkung auf ihre zukünftige Entscheidungen blieb.

* * *

Tomma Hoogelycht hatte nicht nur Glück mit der Wahl ihres Hotels gehabt, sondern auch mit dem Wetter. Morgens stieg die Sonne in einem herrlichen Morgenrot aus dem Meer. Am Tage wölbte sich der blaue Himmel über dem Golf von Neapel. Der Wind flaute gegen Mittag ab, nahm aber am Abend wieder zu und machte die Wärme erträglich.

Tomma hatte schnell zu ihrem Tagesrhythmus gefunden. Nach dem Frühstück bekam sie die vom Kurzarzt verschriebenen Anwendungen. Nach der Mittagspause suchte sie die ›*Giardini Poseidon Terme*‹ auf, die in der von Felsen umgebenen Citara-Bucht lag. In der großzügigen, weitläufigen Anlage befanden sich zwanzig Kur- und Badebecken, gefüllt mit Thermal-, Kneipp- und Meerwasser, zwischen blühenden südländischen Herbstblumen, Agaven, Pinien und Zypressen.

Nach dem Abendessen spazierte Tomma dann meistens über die Anhöhe nach Lacco Ameno. Vor dem Bergplateau genoß sie den Blick auf das Meer und die Lichter von Casamicolo Marma.

Um halb neun stieg sie in den Linienbus und fuhr zurück nach Forio.

Auch an diesem Abend betrat Tomma nach dem Spaziergang das Hotel ›Casa Rustica‹, schritt am Tresen vorbei, grüßte die Gäste, die in den Sesseln um die kleinen Tische saßen, und suchte ihr Zimmer auf. Sie zog sich um, entschied sich für Jeans und einen Troyer, der ihr einen heimatlichen Hauch verlieh, nahm eine Schachtel Zigaretten aus der Einkaufstasche, steckte das Feuerzeug ein und ging hinüber in den Salon. Dort setzte sie sich auf einen Barhocker an den Tresen und bestellte bei der Chefin, die den Ausschank versah, ein Glas Chianti.

Tomma steckte sich eine Zigarette an, rauchte und trank den Wein in kleinen Schlucken. Ihr lag nichts daran, sich an irgendeinen der Tische zu setzen, um sich mit den Gästen zu unterhalten. Es waren Engländer und Schweden, die die gemütliche Atmosphäre des Salons genossen. Sie dachte an Ulfert, schaute auf die Uhr. Um diese Zeit saß er meist mit seinen Freunden im Clubhaus, trank Bier und rauchte Pfeife, während sie – wie immer – über Boote sprachen.

Tomma schaute überrascht auf, als ein Gast den Barhocker neben ihr zurechtrückte.

»Frau Hoogelycht, was für eine Überraschung!« sagte der Gast. »Ich kann es kaum glauben.«

Tomma verschlug es die Stimme. Sie blickte verwirrt in das Gesicht des Mannes, der neben ihr im Flugzeug gesessen hatte. »Herr Tomello, Sie hier?« fragte sie ungläubig.

»Wie Sie sehen! Ich habe ausgeschlafen!« sagte er lachend und reichte ihr die Hand.

»Kaum zu glauben! Wie klein doch die Welt ist«, meinte Tomma und stimmte in sein Lachen ein.

»Der Zufall wollte es so!« antwortete der Italiener.

»Und jetzt wollen Sie dem Haus einen Pizzaofen verkaufen?« fragte Tomma und leerte ihr Glas.

Die Chefin entdeckte den Neuankömmling und trat hinter der Theke hervor. »Enrico!« sagte sie und hauchte Tomello einen Kuß auf beide Wangen. Sie unterhielt sich eine Weile auf italienisch mit ihm, dann stellte sie eine Flasche Bier und ein Glas vor ihm auf die Theke. Sie lächelte Tomma freundlich zu und ging dann in Richtung der Rezeption davon.

Marco, der jüngste der Kellnertruppe, übernahm die Bar. Er war seinem Aussehen nach ein Italiener, wie er im Buche stand, und wirkte sehr attraktiv mit seinem strahlendweißen Hemd und der schwarzen Weste.

»*Bon Giorno*«, sagte er.

»Marco, bitte ein Glas Chianti für die Dame«, bestellte Tomello. Er schaute Tomma verschmitzt an. »Mein Bruder und meine Schwägerin führen hier das Kurhotel, und laut Erbvertrag besitze ich hier im Hause bis zu meinem Tode das Appartement Nummer einundzwanzig.« Er wies mit der Hand auf die Wand, vor der ein Regal mit exotischen Fläschchen stand. »Dahinter liegt mein kleines Reich!«

»Sie machen Urlaub in Ihrer eigenen Wohnung?« fragte Tomma erstaunt.

»Bei so schönem Herbstwetter kann es nirgendwo schöner sein als hier!« antwortete er. Marco reichte Tomma das Glas, und sie bedankte sich.

»Frau Hoogelycht, auf Ischia nennen mich alle Enrico«, erklärte Tomello plötzlich, füllte sein Bierglas und hob es ihr entgegen. »Tu es auch, einverstanden?« Bittend blickte er Tomma an.

»Einverstanden, aber nur, wenn du mich auch Tomma nennst«, sagte sie und stieß feierlich mit ihm an.

Enrico neigte sich vor und küßte sie auf die Wange.

Im Salon herrschte frohe Urlaubsstimmung, und das schien ansteckend zu sein. Enricos und Tommas Blicke tauchten ineinander, und Enrico strich ihr sanft über die Wange. »Wenn du willst, kann ich dir hier alles zeigen und dir Gesellschaft leisten. Auf mich wartet niemand, ich bin Witwer. Aber vielleicht gibt es bei dir jemanden, der etwas dagegen haben könnte?«

Tomma erschrak. Es ist nur ein Flirt, fuhr es ihr durch den Kopf. Doch sie fühlte sich stark und unwiderstehlich zu diesem Mann hingezogen, obwohl sie ihn doch kaum kannte! Er besaß alles, was sie an Ulfert vermißte, und er schien ernsthaft an ihr interessiert zu sein. Leise sagte sie: »Da ist mein Mann, mit dem mich nur noch wenig verbindet. Deshalb bin ich auch hier«, sagte sie verlegen und fühlte die Hand Enricos auf ihrem Arm. »Ich habe es zu Hause nicht mehr ausgehalten!«

»Tomma, und ich habe es in meinem Beruf nicht mehr ausgehalten – meine Firma hat sich bereiterklärt, mir eine Abfindung zu zahlen, und deshalb habe ich jetzt die Mittel, mich zur Ruhe zu setzen!« Enrico strahlte. »Das muß gefeiert werden!« Er trank von seinem Bier und reichte Tomma eine Zigarette.

»Dann bist du jetzt also sozusagen Rentner, kannst lange schlafen und billiger Eisenbahn fahren«, scherzte Tomma.

»Noch nicht, noch feiere ich meinen Jahresurlaub ab«, sagte Enrico und wandte sich an den Kellner. »Marco, bitte noch einen Wein und ein Bier.«

»Ich beneide dich!« Tomma seufzte tief auf. »Wenn ich an meine Arbeit denke, wo die eigene Schwiegermutter der Chef ist, dann wird mir ganz anders!«

»Um so größer ist später die Freude, wenn sie irgendwann stirbt und ein großes Erbe hinterläßt«, meinte Enrico trocken.

»Sterben? Meine Schwiegermutter ist unverwüstlich!«

»Und dein ... Herr Gemahl?« fragte Enrico, griff nach seinem Glas und nahm einen kräftigen Schluck.

»Er ist selbst fast schon ein alter Mann und immer noch Schwiegermutters Bübchen«, erwiderte Tomma kalt, drückte ihre Zigarette im Aschenbecher aus und leerte ihr Glas.

Enrico schaute sie belustigt an, während Marco ihr Glas wieder füllte. »Aber, Tomma, warum so bitter?«

»Weil ich es leid bin, bis ins Alter für andere zu schuften; hinterher kassieren dann die lieben Verwandten ab. Ich möchte am liebsten selbst etwas anfangen, auf eigenen Beinen stehen, selbst Entscheidungen treffen!«

Marco hatte eine CD in den Plattenspieler geschoben, und jetzt dudelten alte Schlager aus den Lautsprechern.

»Warum eröffnest du dann nicht auf Borkum eine Boutique, einen Blumenladen oder ein Solarium?« schlug Enrico lachend vor. »Oder eine Pizzeria«, fügte er, ernster werdend, hinzu.

»Mein Mann ist um etliche Jahre älter und ein Waschlappen! Er wird sicher nichts Neues unternehmen. Aber ich habe einen Sohn, der das Hotel irgendwann übernehmen soll, und dabei könnte ich ihm helfen – oder mich dann selbständig machen.«

»Ach, erwarte nicht zuviel von deinem Sohn«,

meinte Enrico. »Ich habe einen, aber er meldet sich nie und schenkt mir auch keine Enkel. Meine Eltern und Schwiegereltern leben nicht mehr. Ich brauche für niemanden zu sorgen und genieße mein Leben. Wie wäre es, wenn du für ein paar Tage dasselbe tust? Du kannst sowieso nichts ändern an dem, was bei dir zu Hause geschieht«, fügte er hinzu. Dann zog er Tomma an sich und küßte sie.

Tomma erwiderte seinen Kuß mit einer Leidenschaft, die sie selbst überraschte. Sie fühlte das Verlangen, Enrico nahe zu sein. Wegträumen wollte sie sich von allem, was sie belastete. Ulfert mit seinen dauernden Vorhaltungen und seiner bedachtsamen, schwerfälligen Art, der Schwiegermutter und ihrer Kuratel, ja, sogar von Focko und der ständigen Sorge um ihn.

Sie trank, rauchte und ließ es zu, daß Enrico sie mehrmals küßte. Seine heiße Hand lag schwer auf ihrem Schenkel. Sie war nicht mehr die Jüngste, aber immer noch eine Frau mit Sehnsüchten.

Marco gab Enrico noch ein Bier und füllte ihre Gläser neu. Aus den Boxen erklang *»Rote Rosen, rote Lippen, roter Wein ...«*.

Enrico griff nach seinem Glas. »Prost! Auf die guten alten Zeiten, als das Leben noch vor uns lag«, meinte er scherzhaft.

»Wir sind noch nicht alt!« erwiderte Tomma trotzig und hob ihr Glas. Sie stießen miteinander an und tranken sich zu.

»Ein wunderschöner Abend«, meinte Tomma seufzend.

Marco kassierte, und die ersten Gäste verließen schon den Salon.

»Es ist fast Mitternacht«, sagte Enrico. »Meine Schwägerin schließt pünktlich.«

Marco schaute Tomello fragend an.

»Nein, Marco, auch für uns gilt die Vorschrift der Chefin. Die Dame war mein Gast. Gute Nacht!« sagte er und wandte sich an Tomma. »Komm, wir trinken noch einen Schluck in meinem Appartement«, sagte er.

Tomma zögerte nur Sekunden, dann nahm sie ihre Zigaretten, das Feuerzeug und den Zimmerschlüssel und folgte Enrico zur Tür. Händchen haltend gingen sie den Flut entlang und blieben wie verliebte Teenager immer wieder stehen, um sich zu umarmen und zu küssen.

* * *

Rabenschwarze Wolken zogen über den dunklen Abendhimmel, und der Ostwind fegte kalt über den Parkplatz. Focko nahm die Einkaufstüten von der Rückbank, schloß den Wagen ab, reichte Swetlana die Hand und ging mit ihr zum Haus hinüber. Im Licht der Außenleuchten lärmten Kinder.

Focko und Swetlana stiegen die Treppe hinauf und betraten wenig später das kleine Appartement.

»Ich mache uns einen Tee«, sagte Focko. Sie hängten ihre Jacken an die Garderobe und stellten die Tüten mit dem Einkauf ab. Focko füllte in der kleinen Küchenzeile den Wasserkocher, setzte das Stövchen auf den Tisch und holte das neue Geschirr mit der ostfriesischen Rose aus dem Schrank. Er hatte tief in die Tasche gegriffen und das kleine Appartement mit einigen Anschaffungen bereichert.

Für Swetlana war der neue Freund längst nicht mehr der grobschlächtige, joviale Unternehmerssohn. Im Gegenteil, Focko behandelte sie sehr gut, er verwöhnte sie regelrecht, und vor allem bot er ihr eine gesicherte Zukunft. Swetlana war dankbar und begegnete ihm inzwischen mit echter Zuneigung.

»Gemütlich ist das Zimmer geworden«, sagte sie später, als sie Tee tranken und Plätzchen dazu aßen.

»Mutter kommt übermorgen aus Italien zurück«, stellte Focko fest.

»Und du wirst ihr erzählen von mir?« fragte Swetlana.

»Wir besuchen sie am ersten Advent, und dann fahren wir zu Weihnachten wieder nach Borkum. Am zweiten Weihnachtstag kommen Gäste, da kannst du Mama helfen«, erwiderte Focko, nahm einen Schluck Tee und fischte sich eine Zigarre aus dem Etui. Swetlana nahm sich eine Zigarette. Focko reichte ihr Feuer und zündete sich dann die Zigarre an.

»Ich komme vor allem, um zu arbeiten«, wandte Swetlana ein, deren Deutsch schon ein wenig besser geworden war.

»Keine Angst, in der nächsten Woche bringe ich dir auch deinen Anstellungsvertrag mit«, beruhigte sie Focko.

Swetlana stand auf, ging in den Flur und holte die Plastiktüten. »So schöne Sachen!« sagte sie dankbar und entnahm den Tüten eine Jeans, etwas Wäsche und einen Pullover, die sie zusammen gekauft hatten. Im Zimmer hing der süßliche Geruch der ›Uppmann‹. Swetlana kippte das Fenster und zog den Vorhang zu.

Focko drückte den Stummel im Aschenbecher aus, ging zu Swetlana hinüber, nahm sie in die Arme und küßte sie. »Willst du nicht die neuen Sachen einmal anprobieren!« fragte er lächelnd.

»Im Geschäft hat alles gut gepaßt«, gab sie lachend zurück.

»Nur die Jeans«, bat Focko. »Komm, bitte zieh sie noch einmal an!«

Swetlana lächelte verführerisch, zog ihre Hose aus und streifte sich den Pullover ab.

Focko riß sie an sich, half ihr mit zitternden Fingern, sich vollständig zu entkleiden, und ließ sie dann auf die Liege sinken. Er blickte auf ihren schönen Körper hinunter und küßte sie heiß.

Swetlana hatte zu lange allein gelebt, um ihn jetzt zurückzuweisen. Sie erwiderte seine Küsse, ermutigte ihn und gab sich Focko leidenschaftlich hin.

Tomma Hoogelycht gähnte herzhaft, streckte sich wohlig und blinzelte ins helle Morgenlicht, das durch das Fenster hereinfiel. Sie ordnete ihr Haar, schob die leichte Steppdecke beiseite, unter der sie nackt geschlafen hatte, stand auf und ging zum Fenster hinüber. Die frische Luft roch nach Meer und reifen Feigen.

Enrico öffnete verschlafen die Augen.

»Das Frühstück wartet. Ich gehe rasch unter die Dusche«, sagte Tomma und verschwand im Badezimmer.

Enrico verzichtete auf ausgiebige Waschungen. Er stand auf, zog sich an, betrat das Wohnzimmer, leerte den Aschenbecher, trug die leeren Weinflaschen zum Mülleimer und spülte die Gläser.

»Es wird wieder ein wunderschöner Herbsttag«, sagte Tomma, als sie angezogen wieder erschien, und hauchte ihm einen Kuß auf die Wange.

»Morgen fährst du nach Hause«, sagte er traurig.

Tomma lächelte. »Ja, zurück in die Tretmühle. Aber ich schaue mich auf Borkum schon einmal nach einem alten Schuppen um. Und wenn du Weihnachten kommst, dann entscheiden wir, ob wir dort eine Pizzeria eröffnen oder ob ich zu dir nach Ischia komme. Auf jeden Fall starten wir zusammen einen Neuanfang!«

»Und dein Mann?« fragte Enrico leise. »Was wird er dazu sagen?«

»Er hat sein Boot, seine Bücher und seine Pfeife. Wer weiß, ob er mich überhaupt vermißt«, meinte Tomma bitter.

»Und deine Schwiegermutter?«

»Sie wird dreiundachtzig, und ich habe lange genug Rücksicht auf sie genommen. Außerdem ist sie hart im Nehmen!«

»Und unsere Söhne sind erwachsen!« murmelte Enrico, bevor er sie küßte.

Tomma löste sich aus seiner Umarmung. »Komm, das Frühstück wartet«, sagte sie.

* * *

Das Fährschiff näherte sich im kabbeligen Wasser dem Anleger. Das Licht der Bordscheinwerfer durchdrang die Regenschwaden und huschte über den Kai.

Ulfert Hoogelycht saß in seinem Mercedes und betätigte hin und wieder die Scheibenwischer. Er blickte zur Passagierbrücke hinüber, die in helles Licht getaucht war. Es war Flut, die Fähre lag hoch im Wasser. Ulfert wunderte sich über die Gelassenheit, mit der er seine Frau erwartete. Sie hatte nicht geschrieben – warum auch? Sie hatte mit seiner Mutter telefoniert, immer dann, wenn er sich im Bootsschuppen aufgehalten hatte.

Die ersten Passagiere kamen von Bord und hasteten

zur Inselbahn. Taxis warteten auf Fahrgäste. Schließlich entdeckte Ulfert auch Tomma. Sie trug einen langen Mantel, der neu sein mußte, und blickte sich suchend um. Ulfert betätigte die Lichthupe und stieg aus.

Tomma kam zum Wagen, und sie standen sich für Sekunden im Regen gegenüber.

»Hallo!« sagte Ulfert schlicht und nahm ihr das Gepäck ab.

»So ein Sauwetter!« schimpfte sie beim Einsteigen, und Ulfert hatte das Gefühl, als mache sie ihn für das Wetter verantwortlich. Er verstaute das Gepäck im Kofferraum und setzte sich hinter das Steuer.

»Willkommen daheim«, sagte er. Tomma neigte sich zur Seite und gab ihm einen Kuß auf die Wange, der so kühl war wie der Regen auf seiner Haut.

Ulfert steckte den Schlüssel ins Schloß und ließ den Motor an. »Du siehst erholt aus – und bist beneidenswert braun!« Er fuhr los.

»Es war schon anstrengend, morgens die Anwendungen und nachmittags das Baden im Heilwasser. Aber ich wäre trotzdem noch zwei Wochen geblieben«, sagte sie, während Ulfert den Mercedes auf dem Kai wendete und der Stadt entgegenfuhr.

»Warum holt Focko mich eigentlich nicht ab?« fragte Tomma nach einer Weile. »Er wußte doch, daß ich heute zurückkomme!«

»Er ist wahrscheinlich mit dem Porsche nach Hamburg gefahren«, erwiderte Ulfert.

Sie näherten sich der Stadt. Die Lichtreklamen der Hotels und Geschäfte warfen ein buntes Licht auf die regennassen Straßen. Tomma dachte für Sekunden an Agaven, Pinien und bunte, blühende Herbstblumen, an die Spaziergänge entlang der felsigen Buchten, an die heißen Quellen der Poseidontherme und an Enrico. Sinnend starrte sie in den schwarzen Abendhimmel.

Ulfert hielt vor dem Hotel. Dini Hoogelycht stand im Licht der Außenlampe auf der Vortreppe. Sie trug eine regenfeste Wetterjacke.

»Mutter wartet schon«, sagte Ulfert und holte das Gepäck aus dem Kofferraum. Tomma stieg aus und ging durch den Regen auf ihre Schwiegermutter zu. Sie reichte ihr die Hand.

Die alte Dame beugte sich vor und küßte Tomma auf die Wange. »Willkommen daheim!« sagte sie und blickte die Schwiegertochter prüfend an, als könne sie in sie hineinschauen.

Tomma stutzte und war für wenige Sekunden verwirrt. Diese Hexe, dachte sie, gab sich gelassen und schüttelte den Regen von ihrem Mantel. »Danke! Stell dir vor, ich habe gestern noch im Meer gebadet. Meinem Rücken geht es viel besser«, sagte sie.

»Du hast eine lange Reise hinter dir. Komm, ich habe uns einen Tee gemacht«, sagte Dini Hoogelycht, während Ulfert das Gepäck ins Haus trug. Tomma hängte ihren Mantel an die Garderobe. Dini Hoogelycht hatte den Familientisch im Speisesaal gedeckt. Sie hatte Schnitten gemacht und große Stücke Butterkuchen auf eine Kuchenplatte getürmt.

Tomma setzte sich an den Tisch. Sie war fast ein wenig gerührt. Als die anderen beiden ebenfalls Platz genommen hatten, meinte sie scherzhaft: »Den Tee habe ich auf Ischia mehr vermißt als euch!«

»Du hast abgenommen«, stellte ihre Schwiegermutter fest.

»Gott sei Dank! Es gab jeden Tag Salat, viel Obst und Nudelgerichte«, erwiderte Tomma und schaute Ulfert spöttisch an, der seine Weißbrotscheibe mit

Mett genüßlich verzerrte. Sein Gesicht wirkte blaß, bis auf die kleinen roten Äderchen rund um die Nase.

»Und du hast ein paar Pfund zugelegt. Deine Mutter hat dich gut bekocht, stimmt's?« fragte sie.

Dini Hoogelycht winkte ab. »Ulfert ist sehr genügsam. Wir haben hin und wieder ein Schnitzel gegessen, aber immer viel Gemüse«, sagte sie einlenkend.

Tomma entfernte mit dem Messer den weißen Fettrand vom gekochten Schinken, bevor sie eine Schnitte aß.

Und schon hat sie mich wieder auf dem Anklagebänkchen, dachte Ulfert und vergaß die Freude darüber, daß seine Frau nach langer Abwesenheit wieder am Familientisch saß.

»Ulfert hat sich gut erholt. Er ist jeden Tag losgeradelt, um an seinem Boot zu arbeiten.« Die alte Dame hatte seine düstere Miene bemerkt und ihre Schlüsse daraus gezogen.

Ulfert betrachtete seine Frau. Sie hatte ihr Haar jugendlich blond gefärbt und trug einen engen weißen Rollkragenpullover, der ihre Figur gut zur Geltung brachte. In ihrem sonnengebräunten Gesicht wirkten ihre Augen abweisend und kalt. Sie trug Jeans, die ihr jugendliches Aussehen noch unterstrichen.

»Ich weiß, es ist schade, aber mir liegt nichts am Segeln. Während der Saison arbeiten wir rund um die Uhr, und für die paar Herbst- und Frühlingstage weiß ich Besseres zu tun. Auch Focko hat mit Booten nichts im Sinn. Aber er könnte Ulfert noch mehr entlasten. Der junge türkische Koch, den Heinrich uns empfohlen hat, kann mit Sandomir den Küchenbetrieb übernehmen, und dann hat Ulfert endlich Zeit für sein Hobby! Das Hotel braucht jüngere Kräfte und frischen Wind«, sagte sie kalt.

Ulfert war irritiert. »So so, dann gehöre ich also jetzt zum alten Eisen!« brummte er, stand auf und holte sich aus der Teeküche eine Flasche Bier. Er öffnete sie und stopfte seine Pfeife.

In diesem Moment klingelte das Telefon, und Tomma hastete davon. Ulfert rauchte und trank nachdenklich das Bier. Er schaute seine Mutter an. Sie zuckte mit den Schultern und schob die restlichen Schnitten und Butterkuchenstücke zusammen auf einen Teller. »Sie meint es nicht so, nimm es dir nicht so zu Herzen!« sagte sie tröstend. »Aber ein bißchen weniger Arbeit täte dir sicher gut. Mir übrigens auch«, fügte sie augenzwinkernd hinzu. »Vielleicht ist es wirklich an der Zeit, das Hotel und seine Führung in jüngere Hände zu geben. Allerdings nur, wenn vorher alles vertraglich geregelt ist«, fügte sie nachdenklich hinzu.

»Tomma hat recht, ich bin im Rentenalter«, meinte Ulfert. »Soll Focko sehen, wie er fertig wird. Ich habe ja meine kleine Rente!«

Tomma kam zurück und setzte sich wieder an den Tisch. Sie strahlte. »Endlich einmal eine erfreuliche Nachricht! Focko hat eine Freundin, er scheint sehr verliebt zu sein. Sie hat Bürokauffrau gelernt, und Focko hat sie prompt eingestellt. Mutter, sie wird dir eine große Hilfe sein!«

Dini Hoogelycht holte eine Flasche Wein, öffnete sie und füllte die Gläser. »Dann wollen wir auf das Wohl der jungen Leute anstoßen«, sagte sie, und die drei prosteten sich zu. Ulfert leerte auch noch sein Bierglas, erhob sich und holte aus der Teeküche eine weitere Flasche.

»Focko wird seine Braut am ersten Advent vorstellen, Ulfert, bereite dich am besten schon einmal seelisch auf deinen Ruhestand vor!« meinte Tomma zufrieden.

»Es hat für mich nie außer Frage gestanden, daß Focko mein Hotel übernehmen wird. Aber noch bin ich die Chefin«, warf Dini Hoogelycht ein.

»Ich denke, daß unsere anspruchsvollen Gäste es gern sehen, wenn eine hübsche junge Frau sie empfängt«, erwiderte Tomma. »Mit Fockos Braut kann ich wohl nicht konkurrieren, also werde ich mich auch im Hintergrund halten. Aber jetzt gehe ich erst einmal zu Bett, ich bin müde von der Reise!« Damit stellte sie ihr leeres Glas auf den Tisch und stand auf. »Ulfert, ich schlafe übrigens in Fockos Zimmer. Dein Schnarchen hält mich sonst die ganze Nacht wach. Gute Nacht allerseits!«

Ihr Mann und ihre Schwiegermutter tauschten einen Blick. »Gehen wir am besten auch hinauf, über alles weitere können wir in den nächsten Tagen sprechen«, meinte Dini Hoogelycht, doch ihr Sohn schien sie nicht gehört zu haben. Er starrte geistesabwesend ins Leere. An diesem Abend saß er noch lange im Speisesaal und grübelte vor sich hin ...

* * *

Am Samstag vor dem Totensonntag peitschte der Sturm mit Windstärke sieben Schneeregen vor sich her. Die Wellen türmten sich hoch auf und ergossen sich brausend und schäumend über den ganzen Strand. Erst am Abend riß die Wolkendecke auf. Der Mond warf fahles Licht über die Insel, und es waren auch wieder ein paar Sterne zu sehen.

Tomma, die Ulferts Nähe mied und nicht mehr im gemeinsamen Schlafzimmer schlief, saß am Schreibtisch in Fockos Appartement. Sie trank Wein und blickte in den stürmischen Abend hinaus. Da Dini Hoogelycht es ablehnte, Focko und seiner Freundin im Hause ein gemeinsames Zimmer zu überlassen – immerhin waren die beiden weder verlobt noch verheiratet –, hatte Tomma vorgeschlagen, für Focko eine Eigentumswohnung zu kaufen, da nun feststand, daß er auf Borkum bleiben würde. Auch der Steuerberater hatte ihnen zum Kauf geraten, weil die Abschreibungen die Steuerlast senken würden. Er bezeichnete das Vorhaben als eine sichere Kapitalanlage.

Ulfert hatte schließlich zugestimmt, und auch seine Mutter hatte sich mit dem Erwerb einer Eigentumswohnung einverstanden erklärt. Tomma hatte nun damit begonnen, das kleine Appartement des Sohnes nach ihrem Geschmack herzurichten.

Focko lebte, da er im Moment im Hotel nicht gebraucht wurde, zur Zeit bei seiner Freundin in Hamburg, was Tomma sehr gelegen kam, denn so hatte sie selbst eine Zuflucht vor Mann und Schwiegermutter. Sie rief Enrico oft von einer Telefonzelle aus an, war verliebt wie ein kleines Schulmädchen und schrieb ihm heiße Liebesbriefe. Gleichzeitig versuchte sie unauffällig ein preiswertes Grundstück oder einen Altbau ausfindig zu machen, denn sie und Enrico hatten sich entschlossen, auf Borkum eine Pizzeria zu eröffnen. Enrico hatte über den Verkehrsverein für vier Wochen eine Ferienwohnung gebucht, und Tomma fieberte seinem Besuch schon mit jeder Faser ihrer Seele entgegen.

Ulfert Hoogelycht schreckte hoch und blickte verschlafen um sich. Er lag mitten im breiten Ehebett unter der Steppdecke. Benommen setzte er sich auf die

Bettkante, reckte sich und blickte auf den teuren Kleiderschrank und die Frisierkommode. »Das Zeug muß raus!« schimpfte er und begann zu überlegen, wie aus dem Schlafraum und dem angrenzenden Ankleidezimmer ein Appartement gestaltet werden konnte. »Als Rentner steht mir eine Bleibe in diesem Irrenhaus zu!«

Er hatte in der Wäsche geschlafen. Rasch stand er auf, ging ins Bad, tauchte die Arme und das Gesicht in kaltes Wasser, zog sich danach an und ging hinunter. Der Familientisch war schon gedeckt. Der Toaster stand bereit. Auf einer Platte waren Käse und Aufschnitt angerichtet. Im Stövchen brannte das Teelicht.

Ulfert setzte sich an den Tisch. Seine Mutter brachte den Tee und stellte die Kanne auf das Stövchen. »Irgendwie kommt mir das alles etwas überhastet vor«, sagte sie mit einem Seufzer und setzte sich auf die Bank.

»Ich werde die Möbel unseres Schlafzimmers auf Fockos ehemaliges Zimmer schaffen lassen«, meinte Ulfert. »Soll Tomma damit glücklich werden!«

»Dann schläft sie also immer noch nicht bei dir?« erkundigte sich seine Mutter beunruhigt. »Was ist nur in den letzten Wochen in sie gefahren? Überhaupt, die ganze Welt scheint verrückt geworden zu sein!«

Tomma betrat den Speisesaal und nahm am Tisch Platz. Sie trug eine weiße Bluse, einen blauen Rock und einen Blazer.

»Todschick«, stellte Ulfert beißend fest. »Willst du zu einem Ball?«

»Nein, aber ich pflege im Gegensatz zu dir auf mein Äußeres zu achten!« gab seine Frau spitz zurück.

Dini °oogelycht schenkte den Tee ein. »Heute ist Totensonntag. Ich begleite Mutter zum Friedhof«, erklärte Ulfert, und dann frühstückten sie in ungemütlichem Schweigen.

»Ulfert hat sich übrigens entschlossen, euer Schlafzimmer zu einem Appartement herrichten zu lassen. Er braucht ja schließlich auch eine Bleibe«, meinte die Seniorchefin schließlich.

Tomma schaute kaum auf. »Eine gute Lösung. Ulfert, wenn es dir während der Saison zu hektisch zugeht, könntest du ja auch auf deinem Boot wohnen«, fügte sie noch hinzu.

»Keine schlechte Idee – hier scheint mich ja niemand zu vermissen«, gab ihr Mann mit finsterer Miene zurück.

* * *

Ulfert Hoogelycht setzte sich an die Plicht des aufgebockten Schiffs und betrachtete prüfend das Deck. Er hatte es mit einer Spezialauge geschrubbt und frisch gestrichen, und er konnte mit seiner Arbeit zufrieden sein: Die Planken sahen aus wie neu.

Sein Blick fiel auf die Kajüttür, die aus einem einzigen Holzelement bestand und nur durch ein einfaches Schloß gesichert war. Er dachte an die ansteigende Kriminalität und entschloß sich, die Tür bald gegen eine Rolltür mit abschließbaren Einzelelementen auszuwechseln. »Das wird nicht billig«, stellte er murmelnd fest.

Als er das pfeifende Geräusch einer Schleifmaschine hörte, schaute Ulfert sich um. Gleich darauf sah er die sprühenden Funken im matten Licht der Halle. Er stand auf, kletterte von Bord, rollte das Kabel seiner Baustellenlampe auf und stellte es hinter die Stützbalken.

Jemand sprach ihn so plötzlich an, daß er erschrokken herumfuhr. Es war Dr. Bredefeld, der auch noch so spät in der Halle werkelte. »Sehen wir uns nachher im Clubhaus?« fragte der Zahnarzt.

Ulfert Hoogelycht schaute auf die Uhr. »Das wird mir heute zu spät. Unser Sohn reist nämlich an, um uns seine Braut vorzustellen. Morgen ist der erste Advent«, sagte Ulfert.

»Na, dann kann ich auf Sie als Gesellschaft ja nicht zählen«, erwiderte Bredefeld lachend. »Ach, übrigens, das dort drüben ist einer meiner Patienten, ein Russe, der mir hilft, mein Boot instandzusetzen. Er schläft auch unter Deck.«

Ulfert sah den gesetzten Mann im blauen Arbeitsanzug, der langsam herüberschlenderte, ein verrostetes Metallteil in der Hand. Er musterte Ulfert einen Augenblick lang und wandte sich dann an Dr. Bredefeld. »Chef, das hier muß neu, kostet wenig. Dieser Herr ist Ihr Bruder?« fragte er überrascht.

Hoogelycht lachte. »Nicht einmal verwandt«, sagte und klopfte Bredefeld auf die Schulter. »Einen schönen Abend«, sagte er noch und verließ die Halle.

Ulfert Hoogelycht radelte nach Hause. Er hatte einige Mühe, gegen den eisigen Ostwind anzukommen, und war froh, als er die Lichter des ›Kaiserhofes‹ vor sich auftauchen sah. Hoogelycht stellte das Fahrrad in den Schuppen, stieg die Treppe zu seinem Schlafzimmer hinauf, zog sich um, setzte sich dann auf die Bettkante und vertiefte sich in den Katalog des Einrichtungshauses. Er fuhr aus seinen Gedanken hoch, als das Telefon auf der Konsole läutete. Er nahm den Hörer ab.

»Junge, der Besuch ist da«, sagte seine Mutter.

Er legte den Hörer auf und wunderte sich über das

Lampenfieber, das er plötzlich in sich aufsteigen fühlte, während er langsam die Treppe hinunter und weiter zum Speisesaal ging.

Dini Hoogelycht hatte den Familientisch feierlich gedeckt. Kerzen brannten in Kristallhaltern. Über dem Tisch hing der Adventskranz. Tomma blickte Ulfert so strahlend entgegen, als gäbe es einen Neuanfang der erloschenen Liebe zu feiern.

Focko lächelte ihn stolz an, und auch seine Mutter schien sehr zufrieden. Hoogelycht bemerkte erst jetzt die junge Frau, die schüchtern aufstand. »Ich bin Swetlana«, sagte sie und reichte ihm die Hand.

Ulfert war angenehm überrascht. Swetlana war bildhübsch mit ihren warmen braunen Augen, den hohen Wangenknochen, der schlanken Nase und dem vollippigen Mund. Sie trug einen schlichten beigen Pullover, der sich eng um die jungen Brüste spannte, und enge Jeans, die ihre Figur wunderbar zur Geltung brachten. Ihr dunkles Haar hatte sie zu einem Knoten hochgesteckt, und in der Spange glitzerten Straßsteinchen.

»Fühlen Sie sich wohl im Hause Hoogelycht«, begrüßte Ulfert die junge Frau. »Sie sind mit Abstand die jüngste und auch die hübscheste Person an unserem Adventstisch!« Dazu brachte er sogar ein überaus freundliches Lächeln zustande.

»Danke«, erwiderte Swetlana Roederich verlegen und blickte zu Focko hinüber, bevor sie sich wieder auf ihren Stuhl setzte. Ulfert Hoogelycht nahm ebenfalls am Tisch Platz, und alle sprachen dem Tee und dem selbstgebackenen Klaben reichlich zu.

Swetlana war sichtlich beeindruckt. Sie blickte sich im elegant eingerichteten Speisesaal um und drückte immer wieder Fockos Hand, als müsse sie sich vergewissern, daß sie nicht träumte. Dann schaute sie die alte Dame an, die ihren Blick liebevoll erwiderte. Fokko, der sonst meistens lauthals von sich gab, was ihm gerade einfiel, saß lammfromm neben ihr und verzehrte still seine Klabenschnitte.

Irgendwann begann Tomma zu sprechen. »Swetlana, mein Sohn hat Sie eingestellt. Unser Haus gehört zu den Spitzenhotels auf Borkum, und zu unseren Gästen zählen angesehene Persönlichkeiten aus allen Bereichen des öffentlichen Lebens. Unsere Seniorchefin, meine Schwiegermutter, geht in den wohlverdienten Ruhestand, und auch mein Mann zieht sich aus dem Betrieb zurück. Focko wird mir zur Seite stehen, und Sie werden sich um die Gäste kümmern und den Rezeptionsdienst versehen«, erläuterte Tomma weiter.

Swetlana nickte brav. Sie aß die Klabenschnitte und nippte an ihrer Teetasse.

»Dienst an der Front! Der Gast ist König!« warf Fokko ironisch ein.

»Mein Enkel übertreibt. Ihre Aufgabe ist sehr abwechslungsreich. Während der Saison fällt zwar viel Arbeit an, aber das wird in der Nachsaison mit Freizeit abgegolten«, sagte Dini Hoogelycht und schenkte Tee nach.

»Ich denke, ich kann helfen, und ich hoffe, daß alle zufrieden mit meiner Arbeit«, antwortete Swetlana mit schüchternem Lächeln.

»Unser Betrieb ist ja sehr übersichtlich – meine Sekretärin, Frau Ammermann, wird Ihnen außerdem auch helfen, sich zurechtzufinden«, meinte die Seniorchefin tröstend.

»Gestatten Sie eine Frage. Ich frühstücke und speise mit Ihnen, hat Focko gesagt. Doch wo soll ich wohnen!« wollte Swetlana wissen.

»Ich schlage vor, bei mir. Ich besitze hier im Haus

ein Appartement«, meinte Focko, doch im selben Moment bemerkte er, wie sich die Miene seines Vaters verfinsterte. Swetlana blickte verlegen auf den Tisch.

»Focko, wir haben uns während deiner Abwesenheit zu einigen räumlichen Veränderungen entschlossen. Mutter ist in dein Appartement gezogen und hat sich dort eingerichtet. Ich bin dabei, unser Schlafzimmer zu einer gemütlichen Kleinwohnung umzugestalten«, erklärte Ulfert Hoogelycht und griff nach seiner Tasse.

»Ich bin also mal wieder das Opfer eurer Entscheidungen!« sagte Focko gereizt.

»Morgen ist zwar erst der erste Advent und nicht der heilige Abend, aber dein Vater zwingt mich dazu, die Karten auf den Tisch zu legen«, sagte Tomma. »Ich bitte Swetlana um Verständnis, wenn wir in ihrer Abwesenheit einige familiäre Dinge klarstellen müssen. Papa zieht sich vom Betrieb zurück und geht sicher spät schlafen, ich aber brauche meine Ruhe, erst recht während der Saison, wenn ich mich den ganzen Tag über um die Gäste kümmern muß«, sagte sie.

Focko grinste geringschätzig. »Mutter, komm zur Sache!« sagte er, doch nun mischte sich unerwartet seine Großmutter in das Gespräch ein.

»Focko, ich finde es unangebracht, wenn du und Swetlana hier im Haus zusammen wohnt. Ich weiß, daß ich altmodisch bin, aber ich habe nun mal meine Prinzipien!«

Swetlana starrte wieder verlegen vor sich hin, nur Focko war nicht im mindesten befangen. Er steckte sich eine seiner stinkenden Zigarren an, machte es sich bequem und schien gespannt darauf, was sich seine Eltern dieses Mal für ihn hatten einfallen lassen.

»Und nun habt ihr sicher für jeden von uns auf dem

Speicher eine Ecke leergefegt, zwischen den Akten und alten Bilanzen!« sagte er und lachte schallend. Die vorweihnachtliche Stimmung, die die Kerzen und der Adventskranz ausstrahlten, wich für Sekunden einer Spannung, die fast greifbar im Raum hing.

»Focko, wir haben für dich eine Eigentumswohnung im Haus Corinna gekauft, sozusagen als Weihnachtsgeschenk. Dort hast du deine Ruhe und kannst tun und lassen, was du willst!« sagte Tomma liebevoll und genoß die freudige Überraschung, die sich auf den Zügen ihres Sohnes malte.

Focko stand auf, küßte sie auf die Wange, drückte seine Großmutter fest an sich. »Danke, Papa«, sagte er dann, umarmte auch Ulfert und kehrte zu seinem Platz zurück.

»Für heute habe ich für dich das Zimmer 114 und für Swetlana das Zimmer 112 vorgesehen«, sagte Dini Hoogelycht.

»Morgen reise ich ab, wegen Deutschkursus an der Volkshochschule«, kündigte Swetlana an.

»Ich bleibe ein paar Tage hier«, meinte Focko. Ulfert Hoogelycht steckte sich eine Pfeife an, und es wurde noch ein recht friedlicher Abend.

* * *

Um fünfzehn Uhr an einem der darauffolgenden Tage hatte Tomma Hoogelycht einen Termin bei der »Borkum Immobilien-Agentur«. Das alte Haus des ehemaligen Volksschullehrers Harre Thobina stand zum Verkauf. Der Lehrer, ein Junggeselle, hatte bis Ende August in dem Häuschen gelebt, bis er nach einem Schlaganfall gestorben war. Seinen fünfundachtzigsten Geburtstag im selben Jahr hatte auf Borkum niemand zum Anlaß einer öffentlichen Würdigung genommen. Er hatte das Haus einer Nichte aus Neu-Isenburg vermacht.

Durch die graue Wolkendecke hindurch sah man ab und zu einmal die Sonne blinzeln, doch es war kalt. Die Anzeige der Digitaluhr vor der Apotheke zeigte zwei Grad an.

Tomma ging durch die Goethestraße in Richtung Leuchtturm. Die Straßen waren unbelebt. Vom Meer her wehte ein schneidender Wind, der Tomma die Tränen in die Augen trieb, während sie rasch ausschritt.

Jan Eilsen, der Inhaber der Agentur, begleitete Tomma zu dem alten Häuschen des verstorbenen Lehrers. Es befand sich in der Erftstraße, die im unteren Drittel von der Friedrich-Habicht-Straße geschnitten wurde.

Das Haus befand sich in schlechtem Zustand, wie viele alte Häuser in diesem Viertel, in dem es weder ein Café noch sonst irgendein Geschäft zu geben schien – für ein italienisches Restaurant keine schlechten Aussichten, weil es keinerlei Konkurrenz gab, wie Tomma erleichtert feststellte. Sie stand mit Eilsen vor dem Grundstück und blickte sich neugierig um.

»Meine Klientin läßt mir Spielraum, was den Preis angeht, aber sie denkt an mindestens zweihunderttausend Mark«, sagte der Makler. Er nahm den Schlüssel aus seiner Jacke und führte Tomma zur Haustür, von der der Lack abblätterte. Die kleinen Fenster mit den vergilbten Gardinen wirkten abstoßend wie tote Augen. Im Mauerwerk war der Mörtel aus den Fugen gefallen. Die alten Klinker waren zum Teil brüchig, und Unkraut wucherte vor dem nassen Sockel der Treppenstufen.

Als Eilsen die Haustür aufschloß, schlug ihnen modriger Geruch entgegen. Sie traten in den Korridor.

Die Rauhfasertapete war voller Flecken. Der Dielenfußboden war noch gut erhalten, hatte aber dringend einen Anstrich nötig. Im Wohnzimmer standen alte Möbel. Der Teppichboden war fleckig und abgewohnt. Im Schlafzimmer fraß der Schwamm an der Blumentapete. Das Bett, der Schrank und die Konsole gehörten auf den Sperrmüll. In der Küche standen ein alter Elektroherd und ein historischer Kühlschrank.

»Gehen wir noch nach oben«, sagte der Makler.

Die Stufen der steilen Holztreppe knarrten unter ihren Schritten. Sie betraten einen kleinen Korridor mit schrägen Wänden. Eine Tür führte in eine Kammer, eine Deckenlucke warf Licht auf eine Spielzeugeisenbahn.

Die zweite Tür führte zu einem Söller. Eilsen betätigte den Lichtschalter.

Gerümpel bedeckte den Dielenboden. Seitlich lag ein von Mäusen angeknabbertes Akkordeon. Daneben standen ein Notenpult und ein Christbaumständer. Aus einer Ecke voller Holzwolle ragte ein Klepperfaltboot hervor.

»Eine Menge Müll und eine schlechte Bausubstanz«, stellte Tomma fest.

»Wenn Sie das Häuschen kaufen, empfehle ich Ihnen, Dr. Rack vom Museumsverein zu einem Besuch einzuladen. Ein cleverer Antiquitätenhändler kann für Sie einige Tausender herausholen«, sagte Eilsen.

»Hören Sie, Herr Eilsen – weder ich noch mein Mann oder meine Schwiegermutter bekunden ein Interesse an diesem Objekt. Ein guter Bekannter sucht auf der Insel eine Immobilie, die er geschäftlich nutzen kann. Ich bitte Sie sehr um Diskretion. In diesem Zusammenhang interessiert mich die Höhe der Abrißkosten, und ich möchte wissen, ob der Bekannte auf dem Grundstück nach Belieben bauen kann!« erklärte Tomma.

»Das Fundament schränkt das Bauvorhaben ein. Ihr Bekannter kann das Haus abreißen lassen, die unteren Räume nach seinen Vorstellungen gestalten. Er muß den Neubau aber mit einem Sattel- oder Walmdach versehen«, sagte Eilsen.

Die Luft war stickig. »Gehen wir nach unten«, schlug der Makler vor.

Sie stiegen über die knarrende Holztreppe ins Erdgeschoß und sahen sich noch den Garten an.

»Sie garantieren dem Käufer, daß er neben der geschäftlichen Nutzung des Parterres im Dachgeschoß zwei kleine Appartements einrichten kann?« fragte Tomma.

Eilsen nickte. »Wenn Sie wollen, fertige ich Ihnen einen Entwurf an, den Sie dem Bauamt vorlegen können. Das kostet Sie tausend Mark.«

»Dann bitte ich um eine Option für vierzehn Tage«, bat Tomma den Makler.

»Einverstanden«, erklärte dieser und verabschiedete sich.

Tomma ging nachdenklich die Erftstraße hinunter und bog in die Friedrich-Habicht-Straße ein. Die mit Lichterketten geschmückten Fassaden der Geschäfte und die elektrischen Kerzen an den Tannenbäumen erinnerten sie daran, daß bald Weihnachten war und sie sich mit Enrico bis dahin entschieden haben mußte. Tomma lenkte ihre Schritte zum Haus Corinna, wo Focko gerade eine Mülltüte in den Container warf.

»Hallo, Junge! Was hältst du davon, wenn wir gemeinsam einen Tee trinken?« sagte sie und betrat mit Focko das Haus.

Die Eigentumswohnung war sechzig Quadratmeter groß und hatte einen Balkon mit Blick auf die Goethestraße. Tomma sah sich zufrieden um. Alles wirkte hell und anheimelnd. Es roch nach Farbe. Focko hatte gute Arbeit geleistet.

»Junge, es wird Zeit, daß Swetlana so schnell wie möglich hier einzieht. Die Miete in Hamburg kann sie sparen«, sagte Tomma und brühte einen Tee auf. Sie hatte eine Packung belgischer Butter-Bisquits mitgebracht, die sie jetzt in eine Schale füllte. Dann servierte sie den Tee. Mutter und Sohn genossen die Teepause, knabberten Gebäck. Sie saßen in der gemütlichen Sofaecke und blickten hin und wieder aus dem Fenster in den Spätherbsthimmel, der jetzt auch einige blaue Flecken aufwies. Focko rauchte seine dicke ›Uppmann‹.

»Du hast einige Tausender in Swetlanas Wohnung gesteckt, nicht wahr? Ich fahre nächste Woche nach Hamburg und werde per Fax eine Anzeige im ›Hamburger Abendblatt‹ aufgeben, damit ihr einen Nachmieter findet, der alles übernimmt! Das Geld kann Swetlana dann nach Rußland schicken.«

Focko strahlte. »Danke, Mama! Aber sag Papa nichts davon, sonst wird er wieder böse«, sagte Focko.

»Papa interessierten solche Dinge nicht mehr – er verbringt seine gesamte Zeit im Bootsschuppen«, antwortete Tomma Hoogelycht bitter.

* * *

Es war Flut. Das Wasser schwappte um den Anleger. Undurchdringliches Grau erstreckte sich über den ganzen Himmel bis zum Horizont. Tomma stand seitlich vom Reedereigebäude, ein wenig abseits von den Fahrgästen, die nach Emden wollten und schon auf der Mole warteten. Möwen segelten im Wind. Sie sah den Tannenbaum mit seinen Lichtern, der auf dem Dach des Steuerhauses der ›Westfalen‹ das Weihnachtsfest ankündigte. Die elektrischen Kerzen schaukelten im Wind. Sie vernahm das Aufheulen der Motoren, als die Fähre sich dem Kai näherte, und beobachtete das Anlegemanöver.

Wenige Minuten später verließen die ersten Fahrgäste über die Passagierbrücke das Fährschiff.

Tomma blickte voller Spannung auf die Ankömmlinge. Kurze Zeit später sah sie Enrico Tomello, der zwei Lederkoffer trug. Mit seinem welligen, dunklen, an den Schläfen angegrautem Haar und dem dunklen Teint fiel er unter den Inselbewohnern sofort auf.

Er schaute sich suchend um. Tomma stürzte ihm entgegen und weinte vor Glück. Sie standen im Strom der Passagiere und blickten sich unverwandt an. Auf einen Begrüßungskuß mußten sie aber fürs erste verzichten.

»Komm«, sagte Tomma nur und zog Enrico zur Inselbahn. Dort saßen sie eng nebeneinander auf der Holzbank und schwiegen, während der Zug der Stadt entgegenfuhr.

Tomma hatte mittlerweile einige bekannte Gesichter entdeckt und hielt sich daher zurück.

»Folge mir«, raunte sie Enrico zu, als der Zug am Bahnhof hielt. Dann ging sie wie unbeteiligt vor ihm her, möglichst langsam, damit er trotz seiner schweren Koffer nicht zurückblieb. Es war nur ein kurzer Fußweg bis zum gebuchten Appartement in der Viktoriastraße.

Ulfert betrat den Speisesaal, wo Tomma bereits am

Frühstückstisch saß und frühstückte. Sie hatte die Kerzen des Adventskranzes angezündet und schaute ihm entgegen.

»Moin«, sagte Ulfert und setzte sich an den Tisch. »Du hast für mich mitgedeckt?« fragte er überrascht.

»Ich habe sogar Brötchen geholt«, erwiderte Tomma. »Mutter würde es mir nicht verzeihen, wenn ich dich ohne Frühstück zum Bootsschuppen ziehen lassen würde«, sagte sie ironisch und schenkte ihm Tee ein. Ulfert bedankte sich, nahm ein Brötchen, teilte es und belegte es mit Schinken.

»Ich habe für Swetlana eine Goldkette mit einem Anhänger gekauft und habe ›Weihnachten 1996‹, Borkum, Kaiserhof eingravieren lassen«, sagte sie und biß in ein Brötchen mit Magerkäse.

»All up Stee! Wir spielen also die Rolle eines harmonischen Ehepaares, das sich über das Glück der Kinder freut«, antwortete Ulfert mürrisch und trank einen Schluck Tee.

»Das ist doch auch an dem«, erwiderte Tomma und lachte unsicher.

»Na gut, ich werde des Mädchens wegen gute Miene zum bösen Spiel machen«, meinte Ulfert. »Wir essen Fondue. Ihr trinkt einen guten Wein und ich mein Bier. Ich wette, daß die Dirn die Texte der Weihnachtslieder besser kennt als wir!« Er schaute belustigt zu, wie Tomma die Butter hauchdünn auf die Brötchenhälften strich.

»Sie wird Heimweh haben. Ich denke, wir sollten ihr einen schönen Heiligen Abend bereiten«, antwortete Tomma.

Ulfert beendete sein Frühstück, schob das Gedeck beiseite und lehnte sich zurück.

»Ich bestelle dann beim Schlachter das Fleisch und

erledige die Besorgungen. Wann kommst du zum Essen?« fragte Tomma.

»Gegen dreizehn Uhr. Ich treffe mich zuerst noch mit Dr. Bredefeld. Er bringt mir einen Prospekt einer Zubehörhandlung aus Hamburg mit; ich brauche für die Kajüte eine Rolltür mit Einzelschlössern. Bei dem gegenwärtigen Anstieg der Kriminalität muß man damit rechnen, daß jederzeit Gangster das Schloß knacken – und dann ist meine Yacht futsch«, sagte Ulfert.

»Bitte, verschone mich mit deinem Gerede über Kriminalität! Warum denkst du nicht mal an etwas Erfreuliches – deine zukünftige Schwiegertochter zum Beispiel!« meinte Tomma.

»Swetlana ist wirklich hübsch!« stellte Ulfert fest.

»Und sie liebt Focko wirklich! Am zweiten Weihnachtstag wird sie Focko und mir beistehen, die Gäste zu empfangen und zu bewirten. Du kannst im Yachtclub oder in deinem Appartement ohne Streß den Tag genießen. Deine Mutter bleibt bis Neujahr in Emden, keine Angst, wir werden das Kind schon schaukeln. So unersetzlich seid ihr nun auch nicht«, fügte Tomma befriedigt hinzu.

Ulfert ersparte sich eine Antwort. »Ich fahre zum Yachthafen«, sagte er nur.

»Grüß Dr. Bredefeld von mir«, gab ihm Tomma kichernd mit auf den Weg.

»Was gibt es da zu lachen?« fragte Ulfert verärgert.

»Ihr könntet Brüder sein, so ähnlich seid ihr euch – nur daß er Witwer ist.«

»Der weiß wenigstens, woran er ist!« antwortete Ulfert bissig und stapfte hinaus. Tomma schaute hinter ihm her. »Wenn du wüßtest«, murmelte sie.

Dem alten Lehrerhäuschen stand der Abriß bevor. Enrico Tomello hatte der Firma Gebrüder Altmann, Emden, den Auftrag erteilt, und diese schafften bereits das notwendige Gerät auf die Insel.

Einige alteingesessene Insulaner, die in den Nachkriegsjahren beim Bauen weder Rücksicht auf das historische Ortsbild noch auf irgendwelche Bauvorschriften hatten nehmen müssen, machten sich nun für die Erhaltung des verrotteten Häuschens stark.

Das Objekt, für das sich bisher nie jemand interessiert hatte, geriet nun zum Zankapfel. Das Maklerbüro bezog Stellung. Es hatte sich mit seiner Offerte im Kundenauftrag an die Öffentlichkeit gewandt, aber weder Historiker noch Mitglieder des Heimatvereins hatten Interesse bekundet. Auch die Stadt Borkum hatte vom Verkauf der Immobilie Kenntnis besessen und dem Käufer die Baugenehmigung erteilt.

Als die Firma Altmann den Kran an die Fassade fuhr und die schwere Eisenkugel das morsche Bauwerk zum Einsturz brachte, begannen Gerüchte zu kursieren. Es hieß, Tomma Hoogelycht hätte ihre Finger mit im Spiel gehabt.

Ulfert Hoogelycht hatte jedoch nur lächelnd abgewinkt, als Segelkameraden in diese Richtung weisende Bemerkungen gemacht hatten. Davon hätte er sicher gewußt – und außerdem gab es andere Probleme, die seinen Seelenfrieden störten.

Focko hatte sein Konto bei der Oldenburgischen Landesbank maßlos überzogen. Er hatte das für ihn angelegte Aktienpaket verkauft und dennoch das Limit überschritten.

Nach einigem Ärger war schließlich Dini Hoogelycht eingesprungen und hatte eine Bürgschaft übernommen.

Ulfert Hoogelycht widmete sich danach weiterhin seinem Boot und überließ den ›Kaiserhof‹ seiner Frau und seinem Sohn.

* * *

Die Senioren der Gruppe ›Sechzig plus‹ trafen sich um vier Uhr nachmittags im kleinen Sälchen des Kurhauses. Die Kurverwaltung bot während der Winterzeit im Rahmen der Altenbetreuung mehrere kostenlose Veranstaltungen an, die immer gut besucht waren, meistens Vorträge über die verschiedensten Themen.

Draußen fegte der kalte Nordwest über die Strandpromenade. Über den Winterhimmel huschten Wolkenfetzen. Im ›Sälchen‹ war es angenehm warm. Die Alten unterhielten sich laut und angeregt. Es wurde aber schlagartig still, als der Bürgermeister den Saal durchquerte und sich vorne neben der Leinwand an das Rednerpult stellte und das Wort ergriff.

»Liebe Mitbürgerinnen und Mitbürger, liebe Gäste, heute haben wir für Sie den großen Historiker Reno Precker eingeladen, der uns mit seinen Fotos auf eine Reise in das alte Borkum mitnehmen und unsere Erinnerungen wecken will. Herr Precker hat sich nach seiner Pensionierung mit viel Mühe in den Archiven der Stadt umgeschaut. Auch ich bin auf seinen Vortrag gespannt, denn ich habe in verantwortlicher Position an der neuzeitlichen, baulichen Gestaltung unserer Heimatinsel mitgewirkt. Ich wünsche Ihnen viel Freude beim Rendezvous mit Altborkum und bitte nun Reno Precker, mit seinem Beitrag zu beginnen!« Der Bürgermeister setzte sich an einen Tisch, und die Gäste sparten nicht mit Beifall.

Die Bedienung trug Platten mit Butterkuchen an die Tische und servierte Tee und Kaffee.

Reno Precker, der Realschullehrer im Ruhestand, zog die Vorhänge zu und löschte das Licht. Dini Hoogelycht saß neben Bettina von Langwarden, die wie sie selbst früh Witwe geworden war und mit der sie eine jahrzehntelange Freundschaft verband.

Bettina von Langwarden war eine gescheite Frau, offen und an allem interessiert, und über alles, was auf der Insel geschah, immer bestens informiert. Sie hatte sich das spärliche Haar blond färben lassen und war wie ihre Freundin schlank und knochig.

Sie aßen Butterkuchen, tranken Tee und zwinkerten sich zu, als die ersten Bilder auf der Leinwand erschienen. Die Photos zeigten Stiche von einfachen Siedlungshäuschen, es waren wohl eher Katen, in denen die Insulaner früherer Jahre in ärmlichen Verhältnissen gelebt hatten. Die Dörfler hatten das Land zwischen Hoge Hörn und Upholm beackert. Nur wenige Fischer hatten Boote besessen. Die meisten spannten ihre Netze und mußten sich mit dem zufriedengeben, was Ebbe und Flut ihnen hinterließen.

In diesem Zusammenhang erwähnte Precker das sagenumwobene ›Borkum-Riff‹, eine von den Wellen umtoste Felsengruppe vor der Insel.

Zur Verbesserung der wirtschaftlichen Lage der Insulaner trugen später Seeleute bei, die sich am Walfang beteiligten.

Auf der Insel entstanden die ersten Kapitänshäuser. Bild um Bild huschte über die Leinwand. Precker kommentierte spannend, erzählte Anekdoten, zeigte Bilder alter Grabsteine und nannte die Namen einiger Vorfahren Borkumer Familien.

Ärzte hatten die Heilkraft der jod- und bromhaltigen Luft entdeckt und das Baden im offenen Meer galt bald als sehr förderlich für die Immunkräfte des Körpers.

In den Anfängen waren nur reiche und angesehene Familien nach Borkum gereist, und zur Kaiserzeit hatte Borkum Norderney nachgeeifert, das in der Gunst der preußischen Regierung einen hohen Stellenwert besaß. Villen und Prachtbauten waren entstanden.

Die alten Leute folgten interessiert dem Bilderreigen.

Reno Precker kommentierte und zeigte immer neue Fotos, nun auch aus dem Borkum der Kriegs- und Aufbaujahre. Auf der Insel waren teure Hotels entstanden, und die Insulaner begannen sich den Ansprüchen der Nachkriegsgeneration anzupassen.

Schließlich erschienen auf der Leinwand moderne Appartementhäuser und einige Baustellen, wo an der Stelle alter, historischer Gebäude neue entstanden. Auch die neue Schule und das alte Lehrerhäuschen, das dem Bau eines Restaurationsbetriebes hatte weichen müssen, fehlten nicht. Viele unter den alten Leuten erinnerten sich an den Lehrer Habbo Thobinga, der erst vor wenigen Monaten gestorben war.

Als Precker den Projektor ausschaltete, sparten seine Zuschauer nicht mit Applaus.

Bettina von Langwarden beugte sich zu Dini Hoogelycht hinüber und sah diese eindringlich an. »Es wird gemunkelt, daß deine Schwiegertochter mit einem italienischen Kompagnon das alte Lehrerhäuschen gekauft hat und mit ihm dort eine Pizzeria eröffnen will«, sagte sie leise, während Precker die Vorhänge öffnete und das einfallende Licht die Hotelchefin für Sekunden blendete. Dini Hoogelycht nippte an ihrem Tee. Ihr schoß das Blut in den Kopf, denn sie dachte an Tommas Kur auf Ischia und die Kälte, mit der die Schwiegertochter seitdem ihren Sohn behandelte. Doch sie sagte energisch: »Das halte ich für ein Gerücht! Meine Schwiegertochter hat die Leitung meines Hauses übernommen. Ulfert hat sich zur Ruhe gesetzt, und Tomma und Focko haben mit dem ›Kaiserhof‹ mehr als genug zu tun. Übrigens ist seine Braut ganz reizend!« Sie hörte nicht hin, als Precker es bedauerte, daß es der Bürgerinitiative nicht gelungen war, das historische Gebäude vor dem Abriß zu retten. Es entspann sich eine erregte Diskussion.

Der Bürgermeister klopfte auf das Pult und verschaffte sich Gehör. »Wir waren und sind der Meinung, daß der Käufer, ein Italiener, mit seinem Neubau das Straßenbild architektonisch bereichern wird. Und ich betone noch einmal, wir hätten sein Vorhaben nicht unterbinden können. Es kostet uns viel Geld, alte Villen zu erhalten, deren Zimmer Urlauber nur widerstrebend buchen. Es sind die verpönten ›Hochhäuser‹, die den höchsten Zuspruch zahlungskräftiger Urlauber finden. Alte Strandvillen werden gerne fotografiert, doch nur wenige wollen in ihnen wohnen«, sagte er. »Und genauso ist es auch mit den malerischen alten Katen, deren Renovierung sehr aufwendig wäre!«

Die Serviererinnen begannen das Geschirr abzutragen, und Dini Hoogelycht erhob sich. »Ruf mich mal an!« sagte ihre Freundin beim Abschied. Dini Hoogelycht verließ den Saal, ging zur Garderobe, zog ihren warmen Wintermantel über und trat nachdenklich in die Kälte hinaus.

* * *

Der achtundfünfzigjährige Amtsarzt Dr. Hermann Bareis aus Rheine kurte im ›Kaiserhof‹. Seine Frau befand sich in Düsseldorf bei der Schwiegertochter und dem Sohn, wo ihre Anwesenheit dringend erwünscht war, denn sie war gerade Großmutter geworden und stand der jungen Mutter während der aufregenden ersten Tage bei.

Nach dem Mittagessen zog Dr. Bareis sich auf sein Zimmer zurück, öffnete die Fenster, legte sich auf das Bett und betrachtete stolz das Foto seines kleinen Enkels, während die Frühlingssonne in sein Zimmer schien.

Kurz nach vierzehn Uhr ging er ins Bad, zog sich aus, schlüpfte in seine Badehose, zog seinen Bademantel über und verließ das Zimmer, denn er hatte um vierzehn Uhr dreißig eine Anwendung. Die Massagepraxis und die übrigen Räume der medizinischen Abteilung befanden sich im Souterrain. Ihm blieb gerade noch Zeit, im Lesezimmer, das im Anbau zu ebener Erde lag, in eine Zeitung zu schauen. Er ging an der gefüllten Bücherwand entlang, nahm die Tageszeitung aus einem Ständer, setzte sich in einen Sessel und studierte ohne großes Interesse die Anzeigenseite.

Er zog die Stirn kraus, als ein Tornado der Bundeswehr über Borkum donnerte. Dann horchte er auf, er glaubte, einen Schuß vernommen zu haben. Er legte die Zeitung auf den Tisch, betrat den Flur durch die Tür neben dem Aufzug und schaute sich um. Pulverdampf stieg ihm in die Nase.

Unschlüssig näherte er sich der Tür, auf der ›*Privat*‹ stand. Er klopfte an, aber niemand meldete sich. Dr. Bareis schob die Tür vorsichtig auf und trat in einen schmalen Flur. Auf einem kleinen Eichentisch stand ein Telefon, darüber an der Wand hing ein Spiegel.

Die gegenüberliegende Tür stand einen Spalt weit offen. Der Pulvergeruch kam eindeutig aus dem Zimmer. Der Arzt näherte sich der Tür und drückte sie auf.

Er sah eine schwere Couch, auf der Stickkissen lagen. »Hallo?« rief er, bekam aber keine Antwort. Beherzt betrat er das Wohnzimmer. Mitten im Zimmer stand ein stabiler Tisch mit gedrechselten Beinen, umgeben von mächtigen Sesseln. An der Wand befand sich eine Anrichte. Chippendale, schoß es Bareis durch den Kopf. An der Wand hing ein Ölgemälde im Stuckrahmen: Klatschmohn in Rot. Sein Blick fiel auf eine Vitrine mit Glasaufsatz, deren untere Tür offenstand. Die Fenster waren ebenfalls geöffnet.

Dr. Bareis wagte sich weiter vor und im nächsten Moment blieb er stocksteif stehen. Zutiefst erschrokken starrte er auf die alte Frau, die ausgestreckt auf einem teuren Perserteppich lag. Ihr Rock mit dem ostfriesischen Webmuster hatte sich hochgeschoben und ihre verwelkten Schenkel entblößt.

»Die Seniorchefin!« murmelte der Arzt. Ihr blondgefärbtes Haar war voller Blut. Sie lag auf der linken Schulter und hatte den rechten Arm von sich gestreckt. Ihr Gesicht war nicht mehr zu erkennen.

Nur wenige Zentimeter entfernt von der ausgestreckten Hand lag die Pistole.

Dr. Bareis wandte sich ab und entdeckte auf dem Tisch einen weißen Briefumschlag. Ihn fröstelte plötzlich. Das geht mich nichts an, dachte er und kam sich in dem fremden Wohnzimmer, bekleidet mit Badehose und Frotteebademantel, seltsam unwirklich vor. Er vernahm den Schlag der Standuhr neben der offenen Flurtür. Sonst allerdings war kein Laut zu hören. Es war absolut still.

Hatte denn niemand außer ihm im abebbenden Fluglärm des Düsenjets den Schuß gehört? Rasch verließ er die Wohnung und eilte zur Rezeption. Völlig atemlos kam er wenig später dort an.

Swetlana Roederich blickte ihm überrascht entgegen. »Herr Doktor, ist nicht richtig der Termin?« fragte sie besorgt.

Doch Bareis stieß nur aufgeregt hervor: »Wählen Sie sofort die Nummer der Polizei! Die alte Frau Hoogelycht hat sich in ihrem Wohnzimmer erschossen!«

Aus den Lautsprecherboxen dudelte leise Musik, die völlig fehl am Platz wirkte. Swetlana erschrak zutiefst und starrte den Gast entsetzt an. »O Gott, wirklich?« fragte sie mit blassen Lippen, rührte sich aber nicht von der Stelle.

»Nun los! Rufen Sie die Polizei an!« befahl der Arzt.

Swetlana gab sich einen Ruck, nahm den Hörer von der Telefonanlage, wählte die Notrufnummer und reichte dem Arzt den Hörer. Ihre Hände zitterten.

»Polizeirevier Borkum?« vernahm Dr. Bareis.

»›Kaiserhof‹! Bareis ist mein Name. Ich bin Arzt und Gast hier. Schicken Sie bitte sofort einige Beamte sowie einen Wagen mit einem Sarg! Ich habe eine Tote gefunden, es scheint sich um Selbstmord zu handeln. Benachrichtigen Sie die Kripo!« Er legte den Hörer auf.

Die junge Frau hatte inzwischen zu schluchzen begonnen. Der Arzt wandte sich ihr wieder zu.

»Benachrichtigen Sie bitte Frau Hoogelycht! Ich warte im Zimmer der Toten auf die Polizei.« Damit drehte er sich um und eilte davon.

Der Aufzug im Flur neben dem Lesezimmer hielt, als Bareis daran vorbeiging, und eine grauhaarige Frau stieg aus. Sie trug wie er einen Bademantel und hatte ein Handtuch über dem Arm. »Moin«, sagte sie freundlich.

»Hatten Sie gerade eine Anwendung?« fragte Bareis, bemüht, seine Aufregung zu verbergen.

»Ja, ich habe eine Fangopackung bekommen«, erwiderte die Dame mit freundlichem Lächeln.

»Sie haben nichts gehört? Ich meine zum Beispiel einen Knall oder eine Detonation? Vor etwa fünf Minuten?« fragte der Arzt.

»Doch ja, einen Düsenjäger«, sagte die Frau. »Aber einen Knall? Nicht, daß ich wüßte!«

Bareis dankte ihr, verabschiedete sich und betrat die Wohnung der Seniorchefin.

Der Pulvergeruch war inzwischen abgezogen. Der Arzt mied den Blick auf die Tote und trat ans Fenster. Die Fensterflügel waren weit geöffnet, und man blickte über eine Rasenfläche und einen Zaun auf die Dünen an der Ostseite des Hotelgebäudes.

Die Halme des Strandhafers bogen sich im leichten Wind. Der Himmel war blau, und Möwen tummelten sich in der lauen Brise. Dini Hoogelycht hat sich für ihren Selbstmord einen sehr schönen Frühlingstag ausgesucht, dachte Dr. Bareis. In diesem Moment hörte er hinter sich das Geräusch eiliger Schritte. Ein älterer Mann in legerer Kleidung betrat den Raum und schrie leise auf, als er die Tote entdeckte. Dann kniete er sich neben die Tote, beugte sich über sie und murmelte unter Tränen: »Mutter ... Mutter!«

»Bitte berühren Sie sie nicht. Sie hat sich erschossen«, sagte der Arzt. Das Gesicht des Mannes war aschfahl. Er schluchzte leise auf, drehte sich dann um und schaute den Doktor hilfesuchend an. »Warum hat sie das getan?« fragte er und wischte sich verlegen die Tränen von den Wangen. »Und was tun Sie hier?«

»Ich bin Arzt und Gast des Hauses«, erklärte Dr. Bareis. »Ich war gerade im Lesezimmer, als ich den Schuß hörte. Tja, und dann habe ich Ihre Mutter hier so gefunden.«

Der Mann stand schwerfällig auf. »Hoogelycht, entschuldigen Sie«, sagte er. »War meine Frau schon hier?«

»Nein. Ich habe die Polizei benachrichtigt. Ihre Mutter hat sich in den Kopf geschossen, da kam jede Hilfe zu spät«, erklärte Dr. Bareis. »Mein Beileid.«

Hoogelycht blickte ungläubig um sich. Er schien noch immer nicht recht glauben zu können, was geschehen war.

Dr. Bareis schwieg. Er wartete sehnlichst auf das Eintreffen der Polizei. Etwa zehn Minuten später betrat Tomma die Wohnung ihrer Schwiegermutter. Sie trug ihr blond gefärbtes Haar zu einem Zopf geflochten und war wie immer sehr elegant gekleidet. Als sie die Tote entdeckte, schrie sie erschrocken auf und schlug die Hände vors Gesicht. Dann wurde sie blaß wie ein Leintuch, ging schwankend zur Couch hinüber und ließ sich darauf niedersinken. Schluchzend wandte sie den Blick ab.

Ulfert Hoogelycht ging zum Tisch und streckte eine Hand nach dem Brief aus. »Darf ich?« fragte er.

»Nein, bitte nicht. Überlassen Sie ihn der Polizei«, sagte Dr. Bareis leise.

»Sie glauben doch nicht etwa, daß etwas nicht stimmt?« fragte Hoogelycht fassungslos.

»Ich bin Arzt«, antwortete Dr. Bareis. »Und ich weiß ebenso wenig oder viel wie Sie!«

»Ich muß zur Rezeption – Swetlana wird außer sich sein. Und irgend jemand muß die Gäste informieren!« stieß Ulfert Hoogelycht hervor, der langsam wieder klarer zu denken schien. »Würden Sie solange hierbleiben?«

Dr. Bareis nickte stumm und blickte zu Tomma Hoogelycht hinüber, die noch immer leise vor sich hin schluchzend auf der Couch saß. Sie tat ihm leid, doch ihm fiel nichts ein, womit er sie hätte trösten können.

Nach etwa einer Viertelstunde – Ulfert Hoogelycht war noch nicht zurückgekommen – betrat ein hochgewachsener, schlanker Mann mit leicht gewellten Haaren und Oberlippenbart den Raum. Er trug eine dunkle Hose und eine Wildlederjacke und winkte zwei Polizeibeamte in Uniform in die Wohnung.

Hinter ihnen erschien der Juniorchef des Hauses, der sich trotz seiner beachtlichen Korpulenz an den Beamten vorbeidrängte und einen Augenblick stumm vor der Toten stehenblieb.

»Warum hat sie das getan?« fragte er ratlos, an den Arzt gewandt, als könne dieser ihm Auskunft über die Motive seiner Großmutter geben. Er wirkte äußerst gefaßt, aber der Schein konnte täuschen, wie Dr. Bareis wußte. Dann fiel der Blick des jungen Mannes auf die Pistole.

»Und wo in aller Welt hatte sie bloß das Schießeisen her?«

»Das werden wir gleich feststellen«, erwiderte der Kripobeamte. Doch der Junior hatte sich schon wieder abgewandt und redete auf seine Mutter ein, die sich inzwischen wieder halbwegs gefaßt hatte. »Mutter, steh auf – laß dich um Himmels willen nicht so gehen! In einer halben Stunde müssen wir unseren Gästen den Tee servieren!«

»Ihre Gäste werden den Tee ja wohl nicht hier im Wohnzimmer der Toten einnehmen«, meinte der Kommissar trocken und ging auf den Arzt zu, dem er die Hand hinstreckte. »Kriminalpolizei; mein Name ist van Elderen. Sie sind Dr. Bareis, der uns benachrichtigt hat, nicht wahr?«

»Ja, so ist es. Ich war gerade im Lesezimmer und wartete auf eine Anwendung, als ich den Schuß hörte. Die Tür war offen, ich bin herein – und da sah ich die Bescherung!«

»Das Protokoll nehmen wir später auf – aber wir könnten Ihre ärztliche Unterstützung brauchen. Vielleicht möchten Sie sich vorher umziehen?« schlug der Kommissar vor.

Dr. Bareis nickte und verließ den Raum.

Der Kommissar bat den jüngeren der beiden Polizisten, den Spurensicherungskoffer aus dem Wagen zu holen. Dann wandte er sich an Tomma Hoogelycht. »Sie haben hier im Hause mit der Toten zusammengelebt – gab es irgendwelche Hinweise darauf, daß Ihre ...« Er brach ab.

»Meine Schwiegermutter«, ergänzte Tomma.

»Ihre Schwiegermutter litt also nicht an Depressionen?«

Tomma schüttelte den Kopf.

»Wir sind alle vollkommen ratlos«, erklärte der schwergewichtige Enkel. »Sie war ein Ausbund an Energie und Lebensfreude!«

»Vielleicht finden wir hier eine Erklärung,« meinte van Elderen.

Er wartete, bis der Wachtmeister mit dem Koffer zurück war, nahm einen Gummihandschuh heraus, streifte ihn über und griff dann nach dem weißen Umschlag, aus dem er einen Briefbogen herausschüttelte.

»Der Brief ist getippt worden,« meinte er nachdenklich. »Allerdings mit Tinte unterschrieben.«

»Mutter hat alles, was sie für wichtig hielt, mit der Maschine geschrieben,« erklärte Ulfert, der mittlerweile wieder hereingekommen war.

Focko Hoogelycht trat ungeduldig von einem Fuß auf den anderen und warf ärgerliche Blicke auf die Standuhr neben der Tür. Seine Mutter saß in sich zusammengesunken auf der Couch. Sie wirkte seltsam abwesend.

»Der Brief ist ohne Anrede«, sagte der Kommissar und begann zu lesen.

»Ich habe Krebs, unheilbar, und meine Zeit läuft ab. Um mir ein langes Siechtum zu ersparen, habe ich mich entschlossen, meinem Leiden selbst ein Ende zu machen. Ich möchte meinen Kindern nicht zur Last fallen und wähle daher ein gewaltsames, aber schnelles Ende.

Mein Leben hier auf Borkum war schön und erfüllt, und ich blicke mit Stolz auf das Erreichte zurück. Mögen meine Kinder und Enkel ihr Erbe schätzen und verantwortungsvoll verwalten. Meinen letzten Willen habe ich bei meinem Notar hinterlegt. Die Pistole hat mir mein seliger Mann vermacht, und ich habe sie all die Jahre über als Andenken an ihn aufbewahrt. Nun sehe ich die Zeit gekommen, mich im Tod wieder mit ihm zu vereinen.

So verabschiede ich mich und bitte Gott, mir zu vergeben, was ich mich zu tun entschlossen habe.

Dini Hoogelycht

Der Kommissar blickte sich forschend um. Tomma Hoogelycht hielt eines der Sofakissen umklammert und schluchzte haltlos; ihr Mann starrte blicklos vor sich hin, während ihm die Tränen über die Wangen liefen. Focko, der Juniorchef, sagte ohne allzu große

Rührung in der Stimme: »Sie hat also ihren Tod regelrecht geplant!«

Van Elderen nahm eine kleine Plastiktüte aus dem Spurensicherungskoffer, hob mit seiner behandschuhten Hand die Pistole auf und ließ sie in die Tüte gleiten. »Frisch geölt für den Gebrauch!« sagte er. »Damit wäre auch die Herkunft der Waffe geklärt. Es handelt sich um eine ›Walter‹! So etwas findet man heute nur noch im Museum!«

In diesem Moment kam Dr. Bareis wieder zurück. Er trug nun ein kariertes Flanellhemd, eine Manchesterhose und feste Lederschuhe. Er hatte die letzten Worten des Kommissars mitbekommen.

Van Elderen bat die Angehörigen, die Wohnung zu verlassen, damit die Beamten mit der Spurensuche beginnen konnten. »Reine Routine,« betonte er, an Ulfert gewandt. »Ich gehe davon aus, daß Ihre Mutter ohne Fremdeinwirkung gestorben ist. Aber wir haben unsere Vorschriften,« betonte er.

Als die Familie den Raum verlassen hatte, wandte er sich an den Arzt. »Ich benötige einen Totenschein mit der mutmaßlichen Todesursache, der Todesart und dem geschätzten Todeszeitpunkt. Alles weitere wird der Gerichtsmediziner klären. Wenn Sie so freundlich sein wollen ...«

Dr. Bareis nickte und machte sich an die Arbeit. Als er fertig war, nahm der Kommissar persönlich seine Aussage auf, während die beiden Beamten den Abtransport der Toten veranlaßten.

Im Speisesaal wurde derweilen der Nachmittagstee serviert, und im ehemaligen Büro seiner Mutter saß Ulfert Hoogelycht am Telefon, um seine Schwester zu informieren und den Beerdigungsunternehmer anzurufen.

Der Betrieb im ›Kaiserhof‹ mußte weitergehen – und diese Tatsache half allen Beteiligten, mit dem Unfaßbaren fertig zu werden.

* * *

Die Urlauber nahmen an dem kühlen, aber trockenen Frühlingsmorgen keine Notiz von den vielen Insulanern, die in Trauerkleidung der Kirche am Rektor-Meyer-Pad entgegenschritten. Nicht alle fanden Platz im Gotteshaus. Einige Trauergäste warteten geduldig vor dem Portal, suchten Schutz vor dem heftigen Wind und warteten auf das Ende der Totenandacht.

In der Kirche stand der Sarg neben dem Steinaltar in einem Meer von Kränzen und Blumen.

Der Pastor, ein gesetzter Fünfzigjähriger mit grauem Bart, stand mit gefalteten Händen auf den Stufen vor dem Altar. Ernst wandte er sich an die Gotteshausbesucher.

»Liebe Trauergemeinde, Dini Hoogelycht verzeihen wir den Griff nach der Waffe ihres in Stalingrad gefallenen Mannes. Erinnern wir uns daran, daß unsere Glaubensschwester eine tatkräftige und geachtete Mitbürgerin gewesen ist. Sie hat dazu beigetragen, der Entnazifizierungswelle auf Borkum den überschäumenden Haß zu nehmen, und geholfen, den Revanchismus zu dämpfen.

Sie war nach dem Krieg die erste Bürgermeisterstellvertreterin im Nachkriegsdeutschland und genoß das Ansehen der Siegermächte. Sie hat mitverantwortlich unsere Inselzeitung ins Leben gerufen und der Besatzungsmacht die Wiederaufnahme des Fährverkehrs nach Emden abgetrotzt.

Dini Hoogelycht verdanken wir es auch, daß die Kasernen nicht geschleift wurden und viele Berliner Kinder sich auf der Insel erholen konnten.« Der Pastor blickte sich in der vollbesetzten Kirche um und fuhr fort: »Die Verstorbene war eine Demokratin und gilt als Mitbegründerin der SPD hier auf Borkum. Viele Jahre hat sie dem Vorstand angehört. Zusätzlich leitete sie in den Nachkriegsjahren uneigennützig den Hotel- und Gaststättenverband zum Wohle der Mitglieder und trug mit dazu bei, daß unsere Insel ihren Rang als Urlaubsort bis heute behalten hat. Der Verstorbenen zollen wir unseren Respekt. Wir schulden ihr unsere Hochachtung über den Tod hinaus. Sie hat sich aus Furcht vor dem Siechtum nach einem erfüllten Leben den Tod gewünscht.«

Die Trauergäste begleiteten den Sarg zum Familiengrab, in dem Dini Hoogelycht ihre letzte Ruhe fand. Und trotz der anerkennenden Worte des Geistlichen, die auch eine leise Mahnung enthalten hatten, dachte außer ihrem Sohn nach der Beerdigung nur noch selten jemand an sie.

* * *

Ulfert Hoogelycht hatte in Begleitung seiner Schwester den Notar aufgesucht. Zu ihrer Überraschung hatte die Mutter über die Jahre Aktien im Wert von mehreren hunderttausend Mark gekauft und gewinnbringend angelegt. Über dieses Aktienkapital konnte nach Dini Hoogelychts letztem Willen ihre Tochter Ulla frei verfügen. Außerdem standen Ulla zusätzlich weitere 100.000 DM am Gesamterbe zu, die Ulfert in angemessenen Jahresraten an seine Schwester auszuzahlen hatte.

Alle übrigen Rechte an dem Vermögen gingen auf Ulfert über, der, so der Wunsch der alten Dame, seinem Sohn Focko nach seinem Tode das Hotel mit entsprechendem Inventar und allen Rechten zu hinterlassen hatte. Die Eigentumswohnung fiel an den Enkel, der eine ›angemessene Abzahlung‹ an den Vater zu leisten hatte. Tomma fand keine Erwähnung im Testament, und dasselbe galt für den Schwager Eilrich Buss und Ullas Kinder.

Für Ulla und Ulfert gab es keine Probleme. Sie verfuhren genau nach den Anweisungen im Testament und erfüllten damit den letzten Willen ihrer Mutter, die sich vor allem den Zusammenhalt ihrer Kinder in Harmonie gewünscht hatte.

Ulfert zahlte den Zugewinn, der Tomma nach den gemeinsamen Jahren ihrer Ehe und ihrer Mitarbeit im ›Kaiserhof‹ zustand und der mittlerweile zu einer respektablen Summe angewachsen war, auf ein ›Anderkonto‹ seines Anwalts ein. Was dann damit geschah – daß nämlich Tomma das Kapital abzog und es in die Pizzeria investierte, erfuhr er nicht.

Ulfert war auch noch immer nicht zu Ohren gekommen, daß seine Frau ihn mit dem Italiener betrog, während er nach den Arbeiten an seinem Boot abends einsam vor dem Fernseher saß und grübelte.

Ihn beschäftigte noch immer der überraschende Tod seiner Mutter – und außerdem das Verhalten seines Schwagers. Er hatte seine Bank beauftragt, einen Teil der im Testament festgelegten Summe als erste Rate auf das Konto seiner Schwester zu überweisen. Doch die Gesamtsumme war Schwager Eilrich Busse zu wenig gewesen. Er hatte mehr erwartet und meinte, seine Kinder seien im Vergleich zu Focko zu kurz gekommen. Doch die Juristen, die er aufgesucht hatte, hatten abgewunken. Der letzte Wille der Verstorbenen sei ausschlaggebend, und nicht das Aufrechnen von Teilbeträgen des Erbes.

Ulfert fand kein Verständnis für die Haltung seines Schwagers, und er war außerdem zutiefst enttäuscht über seine Frau und seinen Sohn. Sie schienen ihn völlig vergessen zu haben, und das nagte an seinem Selbstbewußtsein.

Weder Focko noch Tomma kamen zu ihm, um darüber zu sprechen, wie es nun weitergehen sollte, und schließlich ergriff er selbst die Initiative. Er besprach sich mit seinem Steuerberater, fertigte Anstellungsverträge aus, die großzügig für Tomma ein Geschäftsführergehalt mit Gewinnbeteiligung vorsahen und auch für seinen Sohn und Swetlana recht lukrativ gestaltet waren.

Ulfert wollte nicht kleinlich sein, es kam ihm nur darauf an, klare Verhältnisse zu schaffen. Schließlich war er der Eigentümer des ›Kaiserhofs‹, und sowohl Tomma wie auch Focko und Swetlana seine Angestellten.

Als alles geregelt war, machte er er sich mit neuem Eifer an die Arbeiten auf seinem Boot, denn nun braute er sich um gar nichts anderes mehr zu kümmern.

Ulfert Hoogelycht saß in der Plicht und genoß den milden Frühlingsabend. Die untergehende Sonne färbte den Himmel altrosa, und ein lauer Wind war aufgekommen. Die ›*Kaiservogel*‹ schaukelte leicht im auflaufenden Wasser der Flut. Hoogelycht rauchte seine Pfeife, trank Bier und blickte auf die Stege. Im Clubhaus waren die Fenster schon erleuchtet, aber trotz des schönen Wetters herrschte im Yachthafen noch nicht allzu viel Betrieb.

Plötzlich entdeckte der Skipper nicht weit entfernt Schiri, die langsam über den Steg schlenderte. Sie trug Jeans und einen gelben Anorak. Hoogelycht schaute auf die Uhr. Im ›Kaiserhof‹ begann sein Sohn sich jetzt auf den Abendbetrieb vorzubereiten.

Was geht mich das noch an? dachte er und sah, wie Schiri auf dem Steg stehenblieb. Überrascht schaute sie zu ihm herüber und winkte ihm lächelnd zu. »Hallo, Chef!« rief sie.

Ulfert mochte das türkische Mädchen sehr, denn Schiri war bescheiden und pflichtbewußt und immer freundlich.

»Schiri! Schön, dich zu sehen«, rief er und stand auf.

»Wie geht es Ihnen?« fragte sie und blieb vor der Bugspitze der ›*Kaiservogel*‹ stehen.

»Soweit ganz gut! Komm doch für einen kleinen Klönschnack an Bord!« rief er ihr zu.

Schiri nickte, kletterte an Bord und näherte sich über das Deck. Sie setzte sich zu Hoogelycht in die Plicht.

»Ich kann einen Tee aufbrühen! Oder möchtest du eine Dose Cola?«

»Danke, Chef, ich hab' nicht viel Zeit. Ich bin mit Attila verabredet«, erwiderte das Mädchen schüchtern.

»Ihr könnt euer Rendezvous doch auch hier bei mir an Bord abhalten! Ich bin ein alter Mann und freue mich über jede Ablenkung. Außerdem ist Attila ein netter Junge, ich mag ihn sehr«, sagte der Skipper.

Aber Schiri winkte ab. »Attila wird sicher ärgerlich sein, wenn er sieht, daß ich bei Ihnen auf dem Schiff bin«, sagte sie mit einem hastigen Blick in Richtung Clubhaus.

»Schiri, er wird doch wohl nicht eifersüchtig sein? Ich bin doch keine Konkurrenz für ihn!« scherzte Hoogelycht.

»Nein, nein, das ist es auch nicht. Aber er hat mir neulich etwas erzählt, das mit Ihnen und dem ›Kaiserhof‹ zu tun hat. Eigentlich soll ich es nicht sagen, aber wenn Sie mir versprechen würden, nicht darüber zu reden ...«, Sie blickte sich gehetzt um.

Hoogelycht blickte in das hübsche, junge Gesicht der Türkin und nahm ihre Hand. »Schiri, mein großes Ehrenwort!« sagte er lächelnd. Doch als das Mädchen zu sprechen begann, verschwand das Lächeln aus seinem Gesicht und machte sehr rasch einer recht düsteren Miene Platz ...

* * *

Tomma Hoogelycht schritt nach dem Abendessen noch einmal durch den Speisesaal, um nach dem Rechten zu sehen. Danach sprach sie mit Swetlana und gab ihrem Sohn einige Anweisungen. Sie war sehr zufrieden mit dem Betrieb, der trotz des Todes der Seniorchefin reibungslos weitergelaufen war. Die medizinische Abteilung war trotz der Einschränkungen durch die Gesundheitsreform ausgebucht, die Gäste strömten auch weiterhin in den Kaiserhof, und der Getränkeumsatz hatte ihre Erwartungen weit übertroffen. Tomma zog ihren italienischen Trenchcoat über und verließ das Haus.

Ulfert hatte ihr einige Tage zuvor aus heiterem Himmel eine Szene gemacht, sie beschimpft und ihr die Schuld am Selbstmord seiner Mutter gegeben, als sie morgens allein am Frühstückstisch gesessen hatte. Sie legte keinen Wert auf eine weitere Zusammenkunft. Als seine Frau hatte sie sich schon lange nicht mehr gefühlt. Sie fungierte als seine Geschäftsführerin, bezog ihr Gehalt und ging Ulfert, so gut sie es vermochte, aus dem Weg.

Urlauber spazierten über die Promenade. Es war Hochflut, das Meer rauschte in der Dunkelheit.

Am Tag zuvor hatte Enrico mit den Handwerkern Richtfest gefeiert, doch Tomma hatte aus Rücksicht auf die bestehende Ehe nicht daran teilgenommen, um den mittlerweile aufgekommenen Gerüchten nicht noch neue Nahrung zu geben.

Tomma blickte in den dunklen Abendhimmel. Am Horizont sah sie die Lichter der vorüberziehenden Schiffe. Sie rang mit sich. So konnte es nicht weitergehen, sie mußte Ulfert gegenüber Farbe bekennen und endlich klare Verhältnisse schaffen. Anfang Juni wollten sie die Pizzeria eröffnen; doch bis dahin blieb ihr noch etwas Zeit.

Am Kaapdelle verließ sie die Strandpromenade und erreichte über die Geert-Bakker-Straße den Seusenweg. Sie freute sich auf den Abend mit Enrico. Morgen würde sie nach Hamburg fahren, um dort die passenden Modelle für die Bestuhlung der Pizzeria auszusuchen.

Tomma Hoogelycht betrat das Haus Dünennest und fuhr in den ersten Stock, ohne von irgendwelchen Bekannten gesehen zu werden.

Der frische Nordwest trieb weiß-graue Wolken über den Himmel. Es war kühl, aber immerhin regnete es nicht.

Im Yachthafen schaukelten die Schiffe im kabbeligen Wasser, Stahltrossen schlugen im Wind klirrend gegen die Alumasten, und die Kajüttüren der meisten Yachten waren verschlossen.

Kommissar van Elderen schritt über die Stege und blickte sich suchend um. Der Wind zog und zerrte an ihm, während er stehenblieb, um sich zu orientieren.

Er machte sich nichts aus Segeln. Er war in Norden aufgewachsen, hatte die Polizeischule Hamburg besucht, war in Hannover zur Kripo gekommen und hatte dann in Leer zwei Jahre der Sonderkommission ›Rauschgift‹ angehört, bevor er sich um die Stelle auf Borkum beworben hatte. Seine Frau unterrichtete an der Grundschule, und das Ehepaar fühlte sich mittlerweile sehr wohl auf der Insel.

Van Elderen entdeckte die Yacht ›*Kaiservogel*‹, wechselte den Steg und ging zu ihrem Liegeplatz hinüber.

Dort kletterte er an Bord, betrat die Plicht und rief nach dem Skipper.

Kurz darauf erschien Ulfert Hoogelycht an Deck und blickte den Kommissar überrascht an. »Wer sind Sie?« fragte er.

»Van Elderen, Kripo«, erwiderte der Kommissar.

»Richtig! Entschuldigen Sie, ich habe Sie nicht sofort erkannt. Kommen Sie!« bat Hoogelycht den Beamten.

Van Elderen stieg durch das Luk die Treppe hinunter in die Kajüte.

»Nehmen Sie doch Platz«, sagte Hoogelycht und zeigte auf die Rundbank im Bug.

Der Kommissar blickte sich um. »Seeromantik! Richtig gemütlich hier! Ich war noch nie auf einem Segelschiff«, sagte er.

Der Skipper trat an die Pantry und hantierte mit einem Topf, in dem offensichtlich Wasser kochte.

»Und ich war bisher viel zu wenig an Bord meiner ›*Kaiservogel*‹. Aber jetzt bin ich ja Rentner. Hier habe ich meine Ruhe und werde hoffentlich noch einige Törns unternehmen«, erklärte er.

»Ich will Ihren Frieden auch nicht stören«, antwortete der Beamte. »Ich bin auf dem Wege nach Hause und wollte Ihnen nur sagen, daß der Staatsanwalt die Akte geschlossen hat. Am Selbstmord Ihrer Mutter besteht kaum ein Zweifel. Die alte Dame können wir nicht mehr wegen unerlaubten Waffenbesitzes belangen. Wenn Sie als Erbe des historischen Schießeisens, es handelt sich übrigens um eine Walter der ehemaligen deutschen Wehrmacht, Ansprüche darauf erheben wollen, dann müssen Sie einen Waffenschein vorweisen.«

Hoogelycht lachte. »Ich war in jungen Jahren Jäger. Ich habe im Spätherbst Kaninchen geschossen, aber das ist lange her.«

»Das reicht. Sie können die Waffe auf Antrag in Aurich beim Gericht anfordern«, sagte van Elderen.

»Weder meiner Schwester noch mir liegt etwas an der Pistole, und um zu verhindert, daß jemand sie benutzt, überlasse ich sie wohl am besten der Behörde«, erklärte Hoogelycht.

»Dann wandert sie ins Kriminalmuseum«, erwiderte der Kommissar und erhob sich. »Na, dann – alles Gute, Herr Hoogelycht – und allzeit gute Fahrt, so sagt man doch, nicht wahr?« Van Elderen stieg die Treppe hinauf an Deck und verließ das Schiff.

Ulfert Hoogelycht nahm die Schale mit dem Fertiggericht aus dem Wasserbad, entfernte die Folie und verzehrte mit Heißhunger ›Weinkraut mit Kassler und Kartoffelpüree‹.

Dr. Lothar Bredefeld stand auf dem überdachten Balkon seiner Eigentumswohnung und starrte nachdenklich in den grauen Himmel, der langsam dunkler wurde. Der Abend war trist und regnerisch, und auf den Straßen herrschte kaum Betrieb.

Er hatte seinem jungen Kollegen ein günstiges Angebot für den Kauf seines Hauses samt Praxis unterbreitet, weil er ganz nach Borkum ziehen wollte.

Sein Steuerberater betreute für ihn noch zusätzlich ein Stadthaus in der Clemens-Schulz-Straße in St. Pauli-Nähe. Doch Dr. Bredefeld war bescheiden geworden. Ihm lag nichts mehr an den Ablenkungen der Großstadt. Über das Gerede von der Einsamkeit auf der Insel, vor allem im Herbst und Winter, konnte er nur lachen. Seit dem Tod seiner Frau Clara vor einigen Jahren hatte er sich daran gewöhnt, allein zu sein, und hatte damit wenig Probleme. Jetzt ging er zurück ins Wohnzimmer, schloß die Tür, setzte sich in den Sessel und vertiefte sich in das Wirtschaftsmagazin.

Er fuhr überrascht aus seiner Lektüre hoch, als das Telefon neben ihm läutete.

»Dr. Bredefeld, Borkum«, sagte er und vernahm eine fremde Männerstimme, die laut an sein Ohr drang.

»Ich wissen von Wohnung auf Borkum! Habe viel Geld und will kaufen Haus auf Clemens-Schulz-Straße bei St. Pauli. Unten ist Geschäft mit Foto. Läuft nicht! Oben alte Wohnungen werden umgebaut! Kann machen großen Umsatz. Nennen Preis!«

Dr. Bredefeld rang nach Luft. Für Sekunden verschlug es ihm die Stimme. Als er wieder sprechen konnte, fragte er: »Darf ich erfahren, wer Sie sind?«

»Bin Käufer von Haus. Anwalt macht mit Notar. Grundbuch korrekt! Zahle hohe Summe! Alles korrekt!« antwortete der fremde Anrufer.

»Ich sehe keine Veranlassung, das Haus zu verkaufen!« sagte Dr. Bredefeld verärgert in die Muschel.

»Will kaufen, ist Anlaß genug! Ist sonst Risiko! Gebe Zeit bis Frühjahr! Fragen dann nach Preis! Bekommen viel Geld und kaufen anderes Haus! Ist gefährlich für Leben, wenn nicht machen!« sagte der Unbekannte.

»Das können Sie sich abschminken! Ich verkaufe nicht!« schimpfte Bredefeld, aber er bekam keine Antwort, der seltsame Anrufer hatte aufgelegt.

»Ein Scherzbold!« murmelte der Zahnarzt nachdenklich, legte den Hörer zurück auf die Gabel, ging in die Küche und holte sich eine Flasche Bier aus dem Kühlschrank. Damit setzte er sich ins Wohnzimmer und steckte sich eine Pfeife an. Die freche und dreiste Art des Anrufers beunruhigte ihn. Ihm wurde erst jetzt bewußt, daß der Unbekannte, vermutlich ein Osteuropäer, ihm gedroht hatte. Doch den Gedanken, die Kripo zu benachrichtigen, verwarf er bald wieder. Sicher würde er dort mit seiner Geschichte nur ausgelacht! Er holte einen Schreibblock aus dem Schrank und fertigte über das Gespräch ein Protokoll an. Dann griff er wieder nach der Zeitschrift und bemühte sich, den Anrufer zu vergessen.

Der Iveco-Sattelschlepper stand genau vor der Pizzeria und blockierte die kleine Altstadtstraße. Er trug ein italienisches Kennzeichen. Der Fahrer bediente den Ladekran und lud in Plastik eingeschlagene Kisten auf einen Gabelstapler.

Die Fracht bestand aus Marmorplatten, Pizzaöfen und Zubehör. Monteure der Firma Tonio Rossino waren bereits am Vortag angereist, um die Einrichtungsarbeiten zu erledigen. Handwerker installierten Heizungen. Elektriker hielten Zeichnungen in den Händen und verlegten Anschlüsse. Es ging sehr geschäftig zu im Rohbau an der Erftstraße.

Enrico strahlte. »In acht Wochen können wir unsere Pizzeria eröffnen«, sagte er und küßte Tomma Hoogelycht vor allen Leuten auf den Mund.

»Fein«, erwiderte sie und unterdrückte den Wunsch, sich in das Geschehen einzumischen.

»Hast du inzwischen mit Ulfert gesprochen?« fragten Enrico.

»Das hat noch Zeit«, erwiderte sie. »Aber du hast recht – so langsam könnte ich mir zumindest einen Anwalt suchen!«

»Du wirst es schon recht machen«, sagte Tomello und drückte sie zärtlich an sich, bevor er sich wieder dem Geschehen auf der Baustelle zuwandte.

* * *

Dr. Bredefeld radelte am Nachmittag zum Yachthafen. Die Sonne schien. Ein milder Frühlingswind strich über Borkum, und der Zahnarzt war mit sich und der Welt zufrieden. Der Anrufer hatte sich nicht wieder gemeldet, was ihn weder beruhigte noch beunruhigte. Er hatte sich mit seinen Töchtern besprochen und war bereit, sich bei einem entsprechenden Angebot von dem Wohnhaus in Kiez-Nähe zu trennen.

Er stellte sein Fahrrad vor dem Clubhaus ab, betrat die Stege und grüßte die Segelkameraden, die sich an Bord ihrer Schiffe befanden.

Auch Ulfert Hoogelycht bemerkte er, der in der Plicht seiner Yacht ›*Kaiservogel*‹ saß und Tee trank.

Er rief ihn an. Der Hotelier schreckte aus seinen Gedanken hoch und wirkte fröhlich, als er den Zahnarzt erkannte.

»Moin, Dok! Eine Tasse Tee?«

»Da sage ich nicht nein«, antwortete Dr. Bredefeld. Er stieg über den Bug an Deck und setzte sich zu Hoogelycht in die Plicht. Hoogelycht holte aus der Kajüte ein Gedeck, stellte es auf den kleinen Klapptisch und nahm wieder Platz.

»Bitte, bediene dich«, sagte er, langte nach seiner Pfeife, zündete den Tabak an und paffte genüßlich vor sich hin.

»Ein herrliches Panorama«, sagte Dr. Bredefeld und schenkte sich Tee ein.

»Tja, hier läßt sich's leben, nicht wahr?«

Hoogelycht seufzte zufrieden.

»Wem sagst du das! Ich habe meine Praxis verkauft, für die Kinder ist gesorgt – jetzt kann ich an mich denken. Wir müssen die Jahre nutzen, die uns noch bleiben«, erwiderte der Zahnarzt.

Ulfert Hoogelycht schaute über die Boote hinweg auf die Hafeneinfahrt. Die ›*Westfalen*‹ fuhr dem Festland entgegen. »Das Wetter lädt zu einem Törn ein«, sagte er.

»Tja, das schon. Aber mir fällt es schwer, die ›Clara‹ allein zu segeln. Sie ist für mich eine Nummer zu groß geworden. Ich war auf der Bootsmesse in Düsseldorf«, erzählte Dr. Bredefeld.

»Und?« fragte Ulfert neugierig und nippte an seiner Teetasse.

»Ich habe eine Atlanta IV gekauft. Ein Einhandsegler, einfach wunderbar!« Der Zahnarzt geriet ins Schwärmen.

»Und, hast du einen Käufer für die ›Clara‹?« fragte Ulfert und klopfte seine Pfeife im Aschenbecher aus.

»Der Vertreter der Werft hat mir einen guten Preis gemacht. Sie geht nach Flensburg«, sagte Dr. Bredefeld.

»Und der Liefertermin der Atlanta?«

»Leider erst Ende August. Wie wäre es, wenn wir zusammen mit meinem Boot einen Törn nach Helgoland machen?« fragte Dr. Bredefeld.

»Ich bin mit von der Partie.« Hoogelycht war begeistert. Sie saßen nebeneinander in der warmen Frühlingssonne und überlegten eifrig, wann sie losfahren sollten und welches Ziel sie ansteuern wollten.

Der Hafenmeister schritt über den Steg und grüßte freundlich.

»All up Stee?« fragte er.

»Wir planen einen Törn«, klärte Dr. Bredefeld ihn auf.

»Na, denn man to«, antwortete der Hafenmeister. »Die Wetterlage ist stabil.« Damit setzte er seinen Rundgang fort und überließ die beiden erfahrenen Skipper ihren Planungen.

Schiri betrat das Appartement, um das Frühstücksgeschirr abzuräumen. Der Seniorchef hatte bereits seine Tasche gepackt und trug die blaue Seglerjacke mit dem Emblem des Yachtclubs.

»Herr Hoogelycht, Sie haben ja nur ein Brötchen gegessen«, sagte Schiri vorwurfsvoll und schaute in das gutmütige Gesicht ihres Chefs.

»Kind, unser Kühlschrank an Bord quillt über! Ich bin für eine Woche außer Haus«, sagte Hoogelycht, nahm die gepackte Reisetasche und setzte die Prinz-Heinrich-Mütze auf.

»Dann gute Reise«, wünschte Schiri.

»Danke! Du vergißt am besten das, was du mir mitgeteilt hast, und grüß Attila von mir!« Ulfert verließ das Appartement. Er wählte den Seitenausgang und warf auf dem Weg zum Fahrradschuppen noch einen

Blick auf die Wohnung seiner Mutter. Die Jalousien waren herabgelassen.

Hoogelycht stellte die Tasche unter die Klemme des Gepäckträgers, stieg aufs Fahrrad und fuhr zum Yachthafen. Der Wind hatte merklich aufgefrischt und kam aus Nordwesten. Sie würden gute Fahrt machen!

Im Yachthafen herrschte bereits Betrieb. Ulfert stellte sein Fahrrad ab, nahm seine Reisetasche und ging zum Kai. Dr. Bredefeld stand schon an Bord der ›*Clara*‹. Er trug Jeans und Troyer.

»Hallo, Lothar!« grüßte Hoogelycht und stieg über die Bugspitze an Deck.

»Moin, Ulfert! Bring deine Sachen am besten gleich unter Deck«, sagte der Zahnarzt. »Du kannst wählen, wo du schlafen willst!«

Hoogelycht betrat die Plicht und stieg über den Niedergang nach unten. Die ›*Clara*‹ besaß in der Bugspitze zwei Schlafplätze. An der Backbordseite befand sich die Navigationsecke. Gegenüber standen eine Rundbank und ein Tisch. Hinter der Sitzecke war die Pantryküche mit Herd, Spüle und Schränken installiert.

Hoogelycht betrat den Gang, der steuerbords an dem Niedergang vorbeiführte, und öffnete die Zwischentür. Eine Wand wurde von einem Regal eingenommen. Gegenüber befand sich eine Koje. Ulfert packte seine Tasche aus und verstaute seine Wäsche, Socken und Pullover in einem Eckschrank. Das Schiff besaß achtern eine weitere Doppelkabine, und dazwischen befand sich die Toilette mit der Dusche.

Ulfert Hoogelycht schaute sich zufrieden um und ging dann an Deck. Dr. Bredefeld hatte die Segel schon hervorgeholt und schaute ihm fröhlich entgegen. »Hast du dich einquartiert?«

»Ja – ich habe mich für die Koje steuerbords entschieden. Dein Schiff muß eine Menge Geld gekostet haben«, sagte Ulfert bewundernd.

Dr. Bredefeld lachte. »Dafür habe ich auch eine Menge Zähne gezogen. Doch Spaß beiseite: Ich muß in den Maschinenraum, die Ventile öffnen«, sagte er und verschwand nach unten.

Unter Deck gab es einen Dieselmotor, so daß das Boot auch ohne Segel bei Wind und Wetter wie ein Fischkutter hochseetüchtig war. Nur bei extremen Stürmen mußte es einen schützenden Hafen anlaufen.

Die ›Clara‹ im Wind zu segeln, dazu gehörte neben dem Skipper ein erfahrener Segler. Und den hatte Dr. Bredefeld in Ulfert Hoogelycht gefunden.

Eine halbe Stunde später legten sie ab. Hoogelycht ging zum Bug, kletterte auf den Steg, nahm die Leine vom Poller und warf sie auf das Deck. Er schob die ›Clara‹ an, stieg an Deck und rollte das Tau auf, während Bredefeld am Ruder stand und den Motor zündete. Die Schrauben wirbelten das Wasser auf. Die Yacht glitt im Rückwärtsgang aus dem Pulk der Schiffe.

Hoogelycht zog die Fender ein und setzte sich dann an die Plicht. Bredefeld schaltete den Motor und steuerte die ›Clara‹ mit hoher Bugwelle aus dem Yachthafen. Sie liefen unter Motor der Leuchtbake entgegen und nahmen Kurs auf die Hornbalje.

Nach einer weiteren Seemeile setzten sie beide Segel. Hoogelycht bediente das Großschoot. Der Wind straffte das flatternde Tuch, während Bredefeld den Motor abstellte. Sie verließen unter Segel das Wattenmeer.

Die beiden Männer verstanden sich ohne Worte. Ulfert erriet im voraus die geplanten Manöver des Skippers. Sie sprachen wenig, genossen still und jeder für sich die Fahrt durch den späten Frühlingsnachmittag, den Wind, der die Segel füllte, und das regelmäßige Auf und Ab der Bugspitze, die die Wellen durchschnitt.

Die Sonne sank und begann am westlichen Horizont den Himmel rot zu färben. Die beiden erfahrenen Segler waren in ihrem Element.

* * *

Focko Hoogelycht hatte nach wochenlangem Studium unzähliger Aufgebote die Vertreter der Firma mit den besten Konditionen zu einem geschäftlichen Gespräch in das Clubzimmer des Emder Hotels ›Erbprinz‹ eingeladen. Er plante, im ›Kaiserhof‹ die Wohnung seiner verstorbenen Großmutter in eine Sauna- und Solarienabteilung zu verwandeln. Bei Tee und Butterkuchen ging es schon nicht mehr um Preis und Kosten, sondern um Terminabsprachen und die Koordinierung der Baumaßnahmen.

Die Räume lagen an der Ostseite des Gebäudes zu ebener Erde. Die geplanten baulichen Veränderungen sollten den normalen Hotelbetrieb nicht beeinträchtigen und vor dem Beginn der Hauptsaison abgeschlossen sein.

Focko Hoogelycht, all die Jahre vom Vater als unreifer verwöhnter Nichtskönner abgestempelt, genoß seine Rolle als Auftraggeber. Er rauchte seine dicke ›Uppmann‹, trank Tee, bediente sich reichlich beim Kuchen und überließ den eingeladenen Geschäftspartnern untereinander die Terminfindung. Was sonst nur wenigen Bauherrn gelang, nämlich eine Abstimmung der Baumaßnahmen mit allen Beteiligten, das brachte er zustande.

Am späten Nachmittag nahm er die von allen unterschriebenen Ablaufpläne entgegen und verabschiedete seine Gäste.

Dann begab er sich zur Rezeption und meldete sich vom Abendessen ab. Der jungen Frau am Tresen steckte er einen Zwanzigmarkschein zu und verließ fröhlich pfeifend das Hotel. Die Angestellte blickte hinter dem schwergewichtigen Gast her und sah durch das Fenster, wie er in seinen Porsche stieg und davonfuhr.

Hoogelycht und Bredefeld kontrollierten in regelmäßigen Abständen ihre Position und segelten im Wind. Der aufgefrischte Nordwest umwehte ihre Gesichter, das Spritzwasser näßte ihre Haut. Nur hin und wieder wechselten sie ein paar Worte, sonst hingen beide ihren Gedanken nach.

Erst als die Sonne in einem herrlichen Abendrot unterging, wandte sich Bredefeld an seinen Freund. »Wie wäre es mit einem Tee? Wir machen sechs Seemeilen die Stunde und haben bald die Hälfte der Strecke hinter uns!«

»Eine Tasse Tee wäre jetzt schon nicht schlecht!« sagte Hoogelycht und nahm das Fernglas. An der Steuerbordseite lag die Spitze der Insel Norderney. Der Leuchtturm warf bereits seinen Strahl über die Dünen. Baltrum war nur mehr ein kleiner gelblicher Klecks mit roten Flecken vor dem dunkler werdenden Horizont.

Ulfert Hoogelycht legte das Fernglas wieder ab. »Soll ich einen Tee aufbrühen?«

»Ja, gern. In der Pantry müßtest du dich schnell zurechtfinden.«

Ulfert nickte und verschwand unter Deck. Er trat

an die Pantry und schaute sich um. Im unteren Schrankteil fand er einen Topf, füllte ihn mit Wasser, stellte ihn auf den Gasherd, der sich leicht zünden ließ. Er entnahm dem oberen Schrankteil das Geschirr, fand die Teedose, den Kluntjetopf. Im Kühlschrank stand auch noch ein Fläschchen Teesahne. Er lud das Geschirr auf ein Tablett, trug es an Deck und stellte es auf den Boden der Plicht. Die ›Clara‹ lag leicht schräg im Wind, dennoch fanden Teetassen, Zucker- und Kluntjebecher genügend Halt. Er begab sich wieder unter Deck und ließ den Tee auf einem Stövchen ziehen, goß ihn um, siebte die Blätter ab und trug die Kanne nach oben. »Echt ostfriesisch«, sagte er und schenkte ein. Auch das Kännchen fand Halt an der Plichtwand. Ulfert reichte Bredefeld die Tasse und setzte sich auf die Bank. Sie tranken den heißen Tee, der ihnen guttat. Er stillte den Durst und wärmte sie auf.

Sie segelten im Küstenbereich, nur wenige Seemeilen von der Schiffahrtsstraße entfernt.

Die Sonne war mittlerweile völlig untergegangen, der Nordwest hatte zugelegt. Hoogelycht stellte das Geschirr auf das Tablett.

»Laß, Ulfert, übernimm du das Ruder. Ich nehme das Geschirr mit unter Deck. Wir werden in etwa vier Stunden Helgoland anlaufen. Ich setze die Positionslichter, erledige die Logbucheintragungen und höre den Wetterfunk«, erklärte der Zahnarzt.

Hoogelycht übernahm das Ruder, während Bredefeld nach unten ging. Er trug das Geschirr zur Pantry, ließ heißes Wasser ins Spülbecken laufen, gab einen Spritzer Pril hinzu und erledigte den Abwasch. Anschließend schaltete er die Positionslichter ein, setzte sich auf den Stuhl in der Navigationsecke, schlug das

Logbuch auf und hörte den Wetterbericht des Seefunks. Dann erledigte er Eintragungen.

Hoogelycht blickte auf die eingeschalteten Positionslichter. Er bediente das Ruder und blieb genau auf Kurs. Die ›*Clara*‹ schnitt die anrollenden Wellen und schaukelte sanft auf und ab. Es war mittlerweile vollkommen dunkel geworden.

Nach einer Weile horchte Ulfert auf: Er hörte leises Brummeln, das langsam lauter wurde und nur von einem Motorboot stammen konnte. Er maß dem Motorengeräusch zuerst keine weitere Bedeutung zu, und dann, als der auf Hochtouren laufende Motor ihn neugierig machte, dachte er an ein Zollboot.

Er sah sich um und entdeckte eine Motoryacht, die sich mit eingeschalteten Scheinwerfern und hoher Bugwelle näherte.

Ulfert hielt den Kurs. Das Motorboot überholte ihn backbords und kreuzte den Kurs der ›*Clara*‹.

Zu einer Überraschung drosselte der Skipper des unbekannten Bootes die Geschwindigkeit. Hoogelycht war irritiert. Das Motorboot zog einen Bogen um die Yacht und schob sich dann langsam heran. Der Motor des Bootes erstarb. Hoogelycht ließ die ›*Clara*‹ um einige Grad abfallen und lockerte die Schooten ein wenig. Das fremde Boot kam trotzdem immer näher. Ulfert rief nach seinem Freund, und es gelang ihm gerade noch, eine Kollision zu verhindern. Er fluchte laut und schimpfte, als er auf dem Deck des anderen Bootes eine Bewegung wahrnahm. Ja, dort stand jemand, er hielt etwas in der Hand.

Ulfert starrte in die Dunkelheit, ohne zu ahnen, was der fremde Skipper vorhatte ...

Dr. Bredefeld schaute überrascht auf und horchte. Vielleicht war Ulfert für Sekunden vom Kurs abgekommen, jedenfalls begannen die Segel im Wind zu schlagen. Das war ungewöhnlich! Die ›*Clara*‹ krängte stark! Bredefeld hastete zum Niedergang und stieg an Deck. Ihm blieb fast das Herz stehen, als er sah, daß Ulfert Hoogelycht zusammengesackt an der Plicht lehnte. Sein Gesicht war aschfahl, und er sah seltsam fremd und reglos aus.

Bredefeld blickte sich um und entdeckte nicht weit entfernt ein Motorboot, das mit hoher Geschwindigkeit ohne Positionslichter davonfuhr. Der Zahnarzt begriff zwar nicht, was geschehen war, doch er wußte instinktiv, auch ohne ihn zu untersuchen, daß sein Freund tot war.

Er handelte wie in Trance. Er griff das Ruder, versuchte das Boot wieder in den Wind zu drehen, doch es war umsonst: Das Vorsegel riß mit lautem Knall. Wie ein Traumwandler lief der alte Mann über das Deck und zog die Segel an. Dann ging er zurück zur Plicht und beugte sich über Ulfert Hoogelycht. Er sah Löcher in der Segeljacke des Freundes, aus denen Blut quoll, und entdeckte einige Einschußlöcher in der Plichtwand.

Die ›*Clara*‹ schaukelte gefährlich auf den Wellen, doch ein paar Minuten lang vergaß der Zahnarzt alles um sich herum in seinem Schock über das Geschehene. Er setzte sich neben den toten Freund an die Plicht und starrte vor sich hin, während die ›*Clara*‹ ohne Segel führungslos im harten Wind der Insel Langeoog entgegentrieb.

Frachtschiffe zogen am Horizont vorbei. Steuerbords sah Bredefeld den zuckenden Lichtstrahl des Leuchtturms der Insel. Er erwog und verwarf den Gedanken, Notsignale zu setzen, denn seine Yacht besaß ja einen starken Motor.

Der Zahnarzt, der langsam wieder klarer denken konnte, raffte sich auf, holte eine Decke und schob sie unter Ulferts Kopf, als befürchte er, sein Freund könne schlecht schlafen.

Er spürte nicht den Wind auf seinem Gesicht, auch nicht die Tränen, die ihm über die Wangen liefen. Er mußte etwas tun, jemanden benachrichtigen, wußte er. Schließlich stieg er unter Deck, ließ sich müde auf den Stuhl in der Navigationsecke fallen und griff nach dem Funkgerät.

Der Seenotrettungskreuzer ›*Bernhard Gruben*‹ von Norderney meldete sich sofort.

»Hier Bredefeld, Skipper der ›*Clara*‹, Heimathafen Borkum, melde Überfall. Habe einen Toten an Bord. Erbitte Hilfe!«

Die ›*Bernhard Gruben*‹ hatte verstanden. Dr. Bredefeld gab die Position der ›Clara‹ durch. Dann stieg er wieder an Deck, vermied es aber, zur Plicht zu schauen. Er startete den Motor, griff zum Ruder, brachte das Schiff auf Kurs und ließ es im kleinen Gang laufen. Es tat gut, etwas zu tun! Bredefeld schaltete das Radargerät ein und richtete die Scheinwerfer auf das Fahrwasser.

Es waren nicht die Segel gewesen, die im Wind geknallt hatten, wie er naiv angenommen hatte. Jemand hatte auf Ulfert geschossen! Bredefeld brach der Schweiß aus, als er endlich begriff. Seine Hände krampften sich förmlich um das Ruder. Das konnte nur die Mafia gewesen sein, dachte er. Und ... Er stöhnte auf: Sie hatten sicher ihn selbst umbringen wollen! Bredefeld hielt sich am Ruder fest und kämpfte gegen Schock und Erschöpfung an. Die Zeit schien stillzustehen. Erst nach einer Ewigkeit sah er die Positionslichter, die sich näherten. Sie verschwammen vor seinen Augen. Er bemerkte Lichtsignale und schaltete den Motor ab, als die Scheinwerfer des Seenotrettungskreuzers ›*Bernhard Gruben*‹ seine Yacht abzutasten begannen.

Kurz darauf betraten zwei Besatzungsmitglieder der ›*Bernhard Gruben*‹ das Deck der ›*Clara*‹. Lothar Bredefeld stierte die Männer mit leerem Blick an.

* * *

Attila Geecer war das erste Mal in seinem Leben verliebt. Seine Romanze mit Schiri hatte bei einem gemischten Eis mit Sahne in Zanettis Eissalon begonnen.

Jetzt spazierten die beiden Hand in Hand durch den Yachthafen. Die Dämmerung breitete sich aus, und schon warfen die Laternen ihre runden Lichtkegel an den Kai. Es roch nach Watt und Meer.

Der böige Abendwind ließ die Flut gegen die Kaimauer schwappen. Der Mond schob sich über den Horizont. Attila blieb stehen, legte seinen Arm um Schiri, drückte sie an sich und näherte seinen Mund ihren vollen Lippen.

Sie küßten sich voller Leidenschaft, und Attilas Umarmungen wurden immer drängender.

Schließlich setzten sie sich auf einen der Poller und Attila zog Schiri an sich. Sie sahen sich verliebt an.

Irgendwo im Hafen tuckerte ein Außenbordmotor, der jedoch ganz plötzlich verstummte.

Attila horchte auf und blickte zum benachbarten Steg hinüber, dessen Ende im Dunkeln lag. Er hörte Schritte.

»Was ist?« fragte Schiri und küßte ihn.

»Nichts, außer daß dort jemand vorbeiging. Ich habe ihn aber nicht erkannt«, meinte er.

»Hast du Angst?« wollte Schiri wissen. »Ja, ich habe Angst, daß ich dich eines Tages vor lauter Liebe auffresse«, erwiderte er und zog sie noch enger an sich. Er wagte nicht, seine Hand unter ihren Blouson zu schieben, um ihre jungen Brüste zu berühren.

Schiri schaute auf ihre Armbanduhr. »Ich muß gehen, mein Vater hat morgen frei und schaut sicher fern. Ich muß um zehn zu Hause sein!« sagte sie und löste sich von ihm. Attila schaute noch einmal über den Steg auf die Boote, dann nahm er Schiri an die Hand. Sie verließen den Kai und spazierten der Straße entgegen.

»Wann hast du wieder Zeit für mich?« fragte Attila und schaute überrascht hinter einem Wagen her, der am Parkplatz des Clubhauses vorbeifuhr. »Das war die Chefin«, sagte er.

»Und es saß noch jemand drin«, fügte Schiri hinzu.

»Vielleicht der Junior. Sie haben uns nicht bemerkt«, sagte Attila. Auf dem Weg zur Siedlung ›Ostdünen‹, wo Schiris Familie wohnte, bemerkten sie einen Streifenwagen, der in Richtung Yachthafen fuhr.

Van Elderen hatte nach dem Abendessen den Abwasch erledigt. Er setzte sich im Wohnzimmer in einen Sessel und sah fern. Seine Frau besprach mit dem Sohn im Kinderzimmer die Schularbeiten. Als das Telefon läutete, erhob van Elderen sich und betrat das Arbeitszimmer, wo das Telefon auf dem Schreibtisch stand. Als er abgenommen hatte, hörte er: »Revier Borkum, Betke. Herr van Elderen, da läuft eine Fahndung nach einem Motorboot. Die Wasserschutzpolizei rief an. Der Seenotrettungskreuzer von Norderney schleppt eine Yacht in den Hafen. Ein Mitsegler ist an Bord erschossen worden.«

»Das ist ja furchtbar! Welcher Arzt hat Spätdienst?« fragte der Kommissar.

»Dr. Hünemann. Ich benachrichtige ihn«, sagte Betke.

»Und unsere Bereitschaft?« fragte der Kommissar.

»Paul und Sammusch. Beide sind bereits informiert«, antwortete Betke.

»Sie sollen einen Sarg und den Spurensicherungskoffer mitbringen! Rufen Sie Eilt Dreesen an, er soll die Fotos machen! Ich fahre zum Hafen!« sagte van Elderen. Er legte den Hörer auf und stierte für Sekunden auf den GEW-Kalender, der über dem Schreibtisch hing. Auf dem Schreibtisch lagen Klassenarbeitshefte, die seine Frau korrigieren wollte.

Er ging zum Schrank, nahm seine Diensttasche und verließ das Arbeitszimmer.

»Marion«, rief er, nahm seine Lederjacke vom Haken, fühlte nach der Brieftasche, nahm die Autoschlüssel vom Schlüsselbrett.

Seine Frau erschien sofort, sichtlich alarmiert. »Was ist?«

»Ein Mann an Bord einer Yacht. Mehr weiß ich nicht«, sagte ihr Mann und gab ihr einen Kuß auf die Wange. »Es kann spät werden!«

Dann verließ er die Wohnung und eilte über die Treppe nach unten. Er ging um den Bock zu den Garagen. Es war kalt, der Himmel sternenklar.

Tönjes van Elderen stieg in seinen Wagen und fuhr zum Yachthafen.

Nur wenige Spaziergänger waren unterwegs. Im Clubhaus des Yachtvereins waren die Fenster erleuchtet. Van Elderen lenkte den Golf auf den Kai und parkte ihn in der Nähe der Stege. Er schaltete die Scheinwerfer auf und blickte über den Yachthafen. Die

Silhouetten der Boote hoben sich gerade noch gegen den dunklen Himmel ab. Der Mond stieg auf, alles lag friedlich da.

Der VW-Bus näherte sich ohne Eile und ohne Blaulicht und parkte hinter dem Golf.

Van Elderen stieg aus, als die Beamten auf ihn zu kamen. »Wir müssen uns noch gedulden«, sagte er und zeigte auf die Positionslichter, die sich der Einfahrt des Yachthafens näherten.

In der Nähe parkte ein BMW, dem der kräftige dreiundsechzigjährige Dr. Hünemann entstieg. Der grauhaarige Mediziner kam auf die Beamten zu und stellte seine Tasche ab. »Guten Abend, die Herren«, sagte er. »Hünemann. Worum geht es?«

»Herr Doktor, drüben vor der Hafeneinfahrt nähert sich der Seenotrettungskreuzer«, erklärte der Kommissar. »Er hat eine Yacht im Schlepp, auf der ein Segler erschossen wurde. Der Skipper kommt von Borkum. Alles weitere erfahren wir in wenigen Minuten.«

Es war Flut. Das Wasser schwappte an die Kaimauer. Die Boote näherten sich mit eingeschalteten Bordscheinwerfern und legten hintereinander an der Kaimauer an. Die Motorengeräusche verhallten. Ein Mann sprang von der Yacht und vertäute sie. Ein Besatzungsmitglied der ›*Bernhard Gruber*‹ tat dasselbe mit dem Seenotrettungskreuzer.

»Der Tote befindet sich auf der Yacht!« rief er den Beamten zu. Die beiden Wachtmeister Paul und Sammusch entnahmen dem VW-Bus den Sarg und den Spurensicherungskoffer und begaben sich zum Anlegeplatz der ›*Clara*‹.

»Kommen Sie an Bord! Ich habe das Schiff in den Hafen gesteuert«, rief ihnen ein Mann von Bord zu. »Mein Name ist Bonnings. Ich bin Offizier auf dem

Seenotrettungskreuzer«, sagte er. Der Offizier trug eine Uniformhose und einen Troyer. Sein Haar war kurz geschnitten. »Der Skipper befindet sich ebenfalls an Bord. Sie können ihn befragen.«

Die Beamten kletterten an Bord der ›Clara‹ und betraten die Plicht. Dr. Hünemann näherte sich dem Opfer.

»Herr Doktor, einen Moment noch! Eilt Dreesen steigt gerade an Bord. Er muß zuerst seine Aufnahmen machen«, ordnete der Kommissar an.

In diesem Moment erschien ein hochgewachsener, älterer Mann an Deck. Er wirkte alt, blaß und fahrig.

»Bredefeld, ich bin der Skipper«, stellte er sich mit müder Stimme vor.

»Van Elderen, Kripo«, sagte der Kommissar. »Wer ist der Tote?«

»Mein Mitsegler, Ulfert Hoogelycht«, antwortete Dr. Bredefeld.

»Vom ›Kaiserhof‹?« fragte der Beamte entsetzt.

Bredefeld nickte schwach.

Eilt Dreesen schoß seine Fotos, dann trat er zurück und nickte dem Arzt zu.

»Hat er hier so gelegen, als Sie ihn fanden?« fragte der Kommissar.

»Ja, ich habe ihm nur die Decke unter den Kopf geschoben«, sagte Dr. Bredefeld.

»Können Sie einen Scheinwerfer auf ihn richten?« fragte Dr. Hünemann.

Der Offizier verschwand für einen Moment, und nur Sekunden später lag das Opfer im hellen Licht eines Strahlers. Van Elderen betrachtete die Einschußlöcher oberhalb der Plicht. Dann erklärte er, an den Zahnarzt gewandt: »Herr Dr. Bredefeld, ich suche Sie gleich unter Deck auf!«

Der Arzt öffnete seine Tasche, entnahm ihr eine Schere und schnitt die Seglerjacke samt Unterwäsche auf. Er entfernte die Textillappen und wischte das Blut weg, als lebe der alte Mann mit dem bleichen starren Gesicht noch. Die Untersuchung dauerte nicht lange. »Herr Kommissar, Ihre Mitarbeiter können den Sarg an Bord bringen«, sagte er wenig später.

Van Elderen gab den Beamten ein Zeichen.

Die Beamten und der Offizier trugen den Sarg über das Deck und schafften ihn auf den Kai. Dann brachten Paul und Sammusch den Sarg zum VW-Bus und fuhren ihn zum Krankenhaus.

Der Offizier kam zurück. »Die Wasserschutzpolizei ist informiert. Sie bekommen von uns ein Protokoll. Wir dampfen jetzt wieder ab nach Norderney«, sagte er

»All up Stee, Herr Bonninga«, erwiderte van Elderen. »Und vielen Dank!«

»Auch ich melde mich ab«, erklärte der Fotograf und nickte den Beamten zu, bevor er von Deck sprang und in der Dunkelheit verschwand.

»Herr Kommissar, meine Schnellmeldung«, sagte Dr. Hünemann.

»Da hat jemand mit einem Schnellfeuergewehr für klare Verhältnisse gesorgt. Ein Geschoß zerriß vermutlich die Herzklappen, zwei weitere zertrümmerten den Brustkorb des Opfers.« Er wies auf die Einschußlöcher. »Ein Streufeuer«, sagte er. »Ich schaue mir das Opfer im Krankenhaus genauer an.«

»Danke, Herr Doktor«, sagte der Kommissar und ging zum Niedergang hinüber. Unter Deck saß Dr. Bredefeld auf der Bank am Eßtisch der luxuriös eingerichteten Yacht.

»Nehmen Sie bitte Platz«, sagte der Zahnarzt müde

und zeigte auf die Ruhebank. Er nippte an einem Cognacschwenker. Van Elderen nahm Platz. öffnete seine Tasche, entnahm ihr Notizblock und Kugelschreiber.

Bredefeld deutete hinüber zur Navigationsecke. »Da liegt das Logbuch! Wir hatten Tee getrunken, und als es dunkel wurde, habe ich gespült, die Positionslichter eingeschaltet, den Wetterfunk des Seedienstes gehört und das Logbuch ergänzt. Die Eintragungen nehme ich immer sehr ernst, man weiß ja nie. Aber daß so etwas passieren würde, damit konnte wirklich niemand rechnen!«

»Sie befanden sich auf einem Törn?« fragte der Kommissar.

»Ja, wir wollten nach Helgoland. Wir befanden uns im Fahrwasser nordöstlich von Norderney. Ich hörte so etwas wie ein entferntes Knallen und dachte, Ulfert hätte die Segel bei einer Kursänderung aus dem Wind gedreht. Bei einer plötzlichen Bö kann das leicht passieren, wenn die zweite Hand fehlt«, sagte Dr. Bredefeld. Er nahm einen Schluck und fuhr fort: »Als das Schiff zu krängen begann, bin ich aufgeschreckt an Deck gestiegen. Die ›Clara‹ war aus dem Ruder gelaufen. Sie hielt dem Sturm nicht stand. Das Vorsegel riß, also habe ich die Segel eingezogen. Ulfert lag tot in der Plicht. Ich sah eine Seemeile backbords ein Motorboot, das in der Dunkelheit ohne Positionslichter davonschoß. Ulfert war tot. Jemand hatte wohl von dem Motorboot auf ihn geschossen. Dabei galt der Anschlag mir! Mich wollte jemand ermorden, Herr Kommissar«, sagte Bredefeld. Er senkte den Kopf und schluchzte verzweifelt auf.

»Wer wollte Sie denn umbringen? Und warum sollte jemand das tun?« fragte van Elderen skeptisch.

Der Zahnarzt wischte sich mit dem Ärmel seiner

Jacke die Tränen vom Gesicht und bemühte sich um Haltung.

»Der Mörder hat ihn mit mir verwechselt. Ich besitze auf St. Pauli in der Nähe des Kiezes ein Haus. Es handelt sich um ein älteres Wohnhaus mit Mietwohnungen und einem Laden. Ich bekam einen Telefonanruf eines Osteuropäers, der das Haus unbedingt haben wollte und mich bedroht hat, weil ich mich geweigert habe, es an ihn zu verkaufen.«

»Interessant«, murmelte van Elderen.

»Ulfert und ich hatten Ähnlichkeit miteinander, zumindest, wenn man uns nur oberflächlich kannte«, antwortete der Zahnarzt.

»Sie haben recht. Jetzt, wo Sie es sagen, pflichte ich Ihnen bei«, sagte der Kommissar. »Ich werde mich an die Hamburger Kollegen wenden und das LKA einschalten. Immerhin tappen wir nun nicht völlig im Dunkeln.« Er notierte sich Stichworte für das Protokoll. »Wie hat der Fremde Sie bedroht?« fragte van Elderen.

»Ich habe mir eine Aktennotiz gemacht und sie meinem Steuerberater anvertraut. Da weitere Anrufe ausblieben, maß ich dem Vorfall keine Bedeutung mehr zu«, sagte Bredefeld. »Er hat gesagt, es sei gefährlich, wenn ich nicht verkaufen würde.«

»Sie wohnen auf Borkum?« fragte der Kommissar.

»Ich habe meine Zahnarztpraxis in Hamburg verkauft und bin nach Borkum gezogen«, antwortete Bredefeld. »Werden Sie den Unbekannten finden?«

»Soweit ich informiert bin, läuft die Fahndung nach dem Motorboot bereits auf Hochtouren. Der Seenotrettungskreuzer hat Ihre Position zum Zeitpunkt des Überfalls an die Wasserschutzpolizei weitergegeben. Wenn Sie möchten, dann bringe ich Sie nach Hause«, bot van Elderen dem Zahnarzt an.

»Danke, das ist nicht nötig. Ich bleibe noch eine Weile an Bord. Mein Fahrrad steht am Clubhaus«, sagte Dr. Bredefeld.

»Dann brauche ich noch rasch die Anschrift Ihres Steuerberaters. Rufen Sie uns an, wenn irgend etwas Sie beunruhigen sollte«, meinte der Kommissar und verabschiedete sich. Er verließ die Kajüte, betrat das Deck, schaute sich noch einmal die Einschußlöcher an und kletterte an Bord.

Der Skipper blieb wie betäubt auf der Bank sitzen und bemühte sich zu begreifen, was geschehen war.

Van Elderen blickte in den sternenklaren Himmel. Es war seine Pflicht, Tomma Hoogelycht die Todesnachricht zu überbringen. Nachdenklich ging er zum Parkplatz. Im Clubhaus saßen Segler beim Bier. Die Nachricht von dem feigen Mord hatte sie noch nicht erreicht. Der Kommissar stieg in seinen Golf und fuhr zum ›Kaiserhof‹.

Er parkte den Wagen vor dem hellerleuchteten Hotel, nahm die Stufen und betrat die Rezeption. Dort hinter dem Tresen stand eine hübsche junge Frau, die ihm freundlich zulächelten.

»Guten Abend, bitte, Sie wünschen?« fragte sie.

»Van Elderen. Ich hätte gern Frau Hoogelycht in einer dringenden Angelegenheit gesprochen«, sagte der Kommissar.

»Ich weiß nicht, Chefin kam gegen elf Uhr, machte Rundgang, saß noch bei den Gästen und ist dann gegangen«, erklärte die Empfangsdame mit charmantem Lächeln.

»Befindet sie sich im Haus?« fragte van Elderen.

»Warten Sie«, sagte die Angestellte und drückte einige Knöpfe der Telefonanlage.

Dann horchte sie in den Hörer, und schüttelte schließlich den Kopf. »Chefin nicht da«, sagte sie.

»Und der Junior?« fragte van Elderen.

»Ist auf dem Festland. Hat Gespräche mit Handwerkern und Vertretern. Wegen Umbau der Wohnung der Seniorchefin.«

»Ich warte im Restaurant auf Frau Hoogelycht. Eine Portion Tee würde mir guttun«, meinte der Kommissar und ging ins Restaurant hinüber.

Die meisten Tische waren besetzt, doch er fand einen freien Tisch in der Nähe des Tresens. Die Bedienung fragte ihn nach seinen Wünschen, und er bestellte einen Tee. »Ich warte auf Ihre Chefin«, sagte er.

»Die Chefin kommt oft erst sehr spät«, erwiderte die Bedienung und verließ den Tisch, um gleich darauf mit einem Kännchen wiederzukommen, das der Kommissar sofort bezahlte. Er trank den Tee und wartete. Es wurde spät, doch Tomma Hoogelycht ließ sich nicht blicken. Van Elderen wurde unruhig. Schließlich verließ er den Tisch, ging zur Rezeption.

»Um diese Zeit Chefin sonst im Hause. Vielleicht hat sie getroffen Bekannte und feiert Geburtstag«, sagte Swetlana.

»Teilen Sie Frau Hoogelycht bitte mit, sie möchte mich morgen anrufen«, sagte van Elderen und verließ das Hotel.

* * *

Tönjes van Elderen war früh zum Dienst gefahren. Er tippte das Protokoll und legte eine frische Akte an. ›*Mord an Bord der Clara*‹ schrieb er auf den Aktendeckel.

Er schaute auf die Uhr, als das Telefon läutete. Es

war acht Uhr dreißig. »Polizeirevier Borkum, van Elderen«, meldete er sich.

»Hoogelycht. Sie baten mich, anzurufen«, sagte die Frau des Opfers.

»Ach, Sie wissen also noch gar nicht ...?« fragte der Kommissar und atmete tief durch, um sich für das Kommende zu wappnen.

»Was soll ich denn wissen?« fragte Frau Hoogelycht.

»Ihr Mann ist gestern abend gegen achtzehn Uhr an Bord der Segelyacht ›Clara‹ ermordet worden. Man hat ihn erschossen. Bitte entschuldigen Sie, daß ich ... Es tut mir leid, Ihnen das sagen zu müssen!« Der Kommissar vernahm einen Schrei, dann hörte er entfernte Stimmen. »Hallo?«, fragte er, ohne eine Antwort zu bekommen. Er legte auf.

»Das muß sie erst einmal verkraften. Zuerst die Schwiegermutter und jetzt ihr Mann; dabei hat sie das Haus voller Gäste,« murmelte van Elderen und beendete das Protokoll. Dann fügte er die Anschrift des Steuerberaters des Zahnarztes hinzu, ging ins Schreibzimmer, zog einige Kopien und faxte den Text dann an die Staatsanwaltschaft in Aurich und an das Hamburger Polizeipräsidium.

Tomma Hoogelycht trug das Kostüm, das sie sich für die Beerdigung ihrer Schwiegermutter gekauft hatte. Ihr langer blonder Zopf stach ab vom Schwarz der Trauerrobe. Sie empfing den Kommissar mit Leidensmiene und führte ihn zum Familientisch im Speisesaal.

»Herr Kommissar, nehmen Sie bitte Platz«, sagte sie und setzte sich auf die Sitzbank. »Mein Sohn wird gleich kommen.«

»Mein Beileid, Frau Hoogelycht«, sagte van Elderen mitfühlend.

Tomma senkte den Blick. »Danke, Herr Kommissar. Darf ich Ihnen etwas anbieten. Vielleicht einen Tee?«

»Wenn es Ihnen keine Umstände macht«, sagte der Kommissar.

Tomma Hoogelycht bestellte bei Schiri den Tee und betrat dann gleichzeitig mit ihrem Sohn den Speisesaal. Der Kommissar erhob sich und reichte dem Sohn die Hand. »Auch Ihnen mein aufrichtiges Beileid, Herr Hoogelycht«, sagte er. Dann nahmen sie alle drei Platz.

»Herr Kommissar, Sie sitzen auf dem Stuhl, auf dem mein Papa all die Jahre gesessen hat«, erklärte Focko »Unvorstellbar, daß er nicht mehr da sein soll!« Er zeigte auf das Ecksofa. »Und dort hat meine Großmutter immer gesessen. Haben Sie wegen Papa schon irgendwelche Hinweise?«

»Wir gehen im Augenblick den Hinweisen des Zeugen Dr. Bredefeld nach. Sie wissen ja, daß der Zahnarzt glaubt, der Todesschütze habe ihn erschießen wollen und nicht Ihren Herrn Gemahl und Vater«, sagte van Elderen.

»Es gibt keine andere Erklärung. Mein Mann hatte keine Feinde! Wahrscheinlich hatte die Mafia es auf diesen Zahnarzt abgesehen!« meinte Tomma Hoogelycht.

Schiri brachte den Tee, stellte die Stövchen, die Kännchen, Sahnetopf und Kluntjebecher auf den Tisch. Sie warf dem Kommissar einen eigenartigen Blick zu und verließ wortlos den Speisesaal.

»Bitte, bedienen Sie sich«, sagte Frau Hoogelycht.

»Danke«, erwiderte van Elderen, nahm Kluntje, goß

sich den Tee ein, gab Sahne dazu und wandte sich dann an den Junior.

»Herr Hoogelycht, ich entnehme Ihren Äußerungen, daß Sie über die näheren Umstände des Mordes an Ihrem Vater Bescheid wissen.«

»Herr Dr. Bredefeld hat uns aufgesucht. Er fühlte sich schuldig an dem Tod meines Mannes. Ulfert war ihm ein Freund«, erklärte Tomma Hoogelycht an Fokkos Stelle.

»Sie waren abends nicht im Hause, als ich Ihnen die Nachricht vom Tod Ihres Mannes überbringen wollte«, stellte der Kommissar fest.

»Das konnte ja auch niemand ahnen. Ich war erst spät zurück, und mein Sohn befand sich in Emden«, erwiderte Tomma Hoogelycht. Sie nippte an ihrer Tasse.

Auch van Elderen trank seinen Tee; Focko Hoogelycht rauchte genüßlich und sagte erläuternd: Ich plane, die Wohnung meiner Großmutter zu einer Saunaanlage mit Solarium umzubauen. Deshalb habe ich mich in Emden in einem Hotel mit Handwerkern und Lieferanten getroffen. Mit Beginn der Hauptsaison müssen die Räume fertig sein«.

»Mein Mann hinterläßt eine schmerzhafte Lücke, menschlich gesehen. Organisatorisch läuft das Geschäft weiter wie bisher«, meinte Tomma.

Van Elderen trank seinen Tee aus und stand auf. »Wir werden alles daran setzen, den Mörder zu überführen. Über unsere Fortschritte werde ich Sie auf dem laufenden halten!«

»Herr Kommissar, wir danken für Ihren Besuch«, meinte Focko Hoogelycht und begleitete den Kommissar zur Tür.

Vier Tage später wurde Ulfert Hoogelycht in kleinem Kreise beigesetzt, und niemand außer Swetlana vergoß an seinem Grab auch nur eine Träne.

* * *

Kommissar van Elderen begleitete zwei Kollegen, die aus Hamburg angereist waren, zum Yachthafen und führte sie zum Boot des Zahnarztes. Sie untersuchten die Einschußlöcher und gruben mit Spezialwerkzeugen nach Projektilen.

Später erhielt van Elderen ein Fax. Die Kommissare Harald Münter und Klaus Bresser vom Dezernat Rauschgift- und Bandenkriminalität in Hamburg hatten mit den Recherchen begonnen. Sie teilten ihm mit, daß der Steuerberater ihnen eine Kopie der Aktennotiz ausgehändigt hatte. Er hatte ihnen zusätzlich mitgeteilt, daß Dr. Bredefeld während der Herbst- und Wintermonate einen russischen Handwerker, er hieß Iwan Maslow, beschäftigt hatte, der ihm bei Überholarbeiten an seiner Yacht geholfen hatte.

Iwan Maslow hatte in keinem Heim und in keiner Notunterkunft gewohnt und war auch nicht gemeldet. Von Hamburg nach Borkum verzogen war hingegen eine Deutsch-Russin mit dem Namen Swetlana Roederich. Die Kollegen baten um entsprechende Recherchen.

An den Tischen des Seglercafés saßen die Gäste und genossen das schöne Frühjahrswetter. Der Himmel war blau. Juist zeichnete sich als dunkler Fleck am Horizont ab. Vor der Skyline von Norderney fuhr ein Fährschiff der Reederei Frisia. Segelschiffe kreuzten zwischen den Inseln im Wind. Im Yachthafen schaukelten die Boote an den Stegen im auflaufenden Wasser. Möwen segelten im Wind, der mit Stärke vier aus östlicher Richtung blies.

Hafenmeister Broer saß an seinem Schreibtisch. Er schaute aus dem Fenster und bemerkte eine Yacht, die die Fahrrinne ansteuerte. Die Crew begann die Segel einzuziehen, um mit Hilfe des Außenbordmotors einzulaufen. Broer schaute auf die Heckfahne: Ein Gastsegler. Das Boot kam aus Dänemark. Er nahm das Fernrohr vom Regal und beobachtete das gekonnte Manöver der Besatzung.

Holländer legten öfter in Norddeich an, gelegentlich auch Engländer. Dänische Segler aber hatte er noch nicht betreut. Er setzte das Fernrohr ab und betrachtete die Belegungsliste. Für Gastsegler hielt er immer Anlegeplätze frei. Er beobachtete, wie die Dänen das Boot in eine Lücke an den Steg steuerten. Die Crew bestand aus drei jungen Männern, von denen zwei von Bord gingen und sich seinem Büro näherten. Es waren sportliche junge Männer. Sie traten durch die geöffnete Tür an den Tresen.

»Wir sind dänische Studenten. Wir möchten eine Nacht bleiben. Morgen wollen wir weitersegeln«, sagte einer von ihnen in erstaunlich gutem Deutsch.

Broer nahm die Prinz-Heinrich-Mütze vom grauen Schopf. Er drückte die Kippe in den Aschenbecher, entnahm der Schublade einen Hafenplan, setzte ein Kreuzchen neben den Steg B und unterstrich die *Nr. 129*. Dann stellte er eine Quittung aus und kassierte die Gebühr.

Broer begleitete die Studenten über die Stege. »Ihr habt drüben im Bereich C angelegt.« Er zeigte die Richtung. »Ich gehe jetzt zum Steg B. Ihr könnt mich nicht verfehlen.«

»Nette Jungs«, murmelte er und ging zum Liegeplatz 129. Er vernahm das Knattern des Außenbordmotors. Die Dänen zogen mit ihrem Boot einen Halbkreis und winkten ihm zu.

Broer winkte zurück und zeigte auf den Liegeplatz; dabei entdeckte er ein Motorboot, das ein Skipper am Steg der Nummer 128 vertäut hatte, ohne seine Genehmigung zu besitzen. Es war eine Motoryacht mit viel Komfort und einem starken Motor. Er wunderte sich, daß die Heckbuchstaben entfernt worden waren. Durch übermalte Klebereste hindurch war der Heimathafen nicht mehr zu erkennen.

Die Dänen stellten ihren Außenbordmotor ab und steuerten ihr Boot an den Steg. Es war eine hochseetüchtige Yacht eines schwedischen Herstellers.

Broer winkte ihnen zu und kletterte auf den Bug der unbekannten Motoryacht. Das Boot schaukelte auf den Wellen. Er verließ den Bug und näherte sich dem Cockpit, über dem ein Regen- und Schlechtwetterverdeck lag.

Broer lauschte und schaute durch die Scheiben ins Cockpit, aber es schien niemand an Bord zu sein. Die Kajüttür ließ sich öffnen, sie war nicht abgeschlossen, und am Rahmen waren Kratzspuren zu sehen. Jemand hatte mit einem Werkzeug am Schloß manipuliert, ohne es zu zerstören.

Broer betrat die Kajüte und schaute sich um. Er stutzte, bückte sich und sah Geschoßhülsen, die auf dem Boden lagen. Mein Gott, durchfuhr es ihn. Unglaublich, ich befinde mich auf dem Mörderschiff!

Im Vorschiff stand ein Tisch mit Sitzbänken, die zu Schlafplätzen umfunktioniert werden konnten. Seitlich neben dem Abstieg befand sich eine Pantry, gegenüber das Klo. Das Schiff befand sich in einem guten, gepflegten Zustand.

Um keine Spuren zu verwischen, verzichtete der Hafenmeister auf weitere Untersuchungen und ging von Bord.

»Gute Reise«, rief er den Dänen zu, dann suchte er sein Büro auf. Er setzte sich an den Schreibtisch, fand im Telefonbuch die Rufnummer des Polizeireviers Borkum und griff zum Telefonhörer.

Van Elderen saß am Schreibtisch. Die Zeitungen hatten über die Ereignisse an Bord der Yacht ›*Clara*‹ berichtet. Bisher hatte sich kein Zeuge gemeldet.

Das Telefon läutete. Der Kommissar nahm den Hörer ab. »Kripo, van Elderen«, meldete er sich.

»Broer, Norddeich, ich bin Hafenmeister. Vor zwanzig Minuten habe ich einer Crew aus Dänemark einen Gastliegeplatz zugewiesen. Dabei stieß ich auf eine Motoryacht, die ohne Angaben des Heimathafens, ohne Namen und ohne Genehmigung hier bei uns im Hafen liegt. Ich bin an Bord gegangen und habe mich kurz umgesehen. Im vorderen Kajütbereich liegen Geschoßhülsen.«

Van Elderen schaute auf die Uhr. Die ›*Ostfriesland*‹ legte in einer Stunde von Borkum ab.

»Herr Broer, in etwa drei Stunden, so gegen neunzehn Uhr, bin ich bei Ihnen«, sagte der Kommissar.

»All up Stee! Ich schließe mein Büro erst um dreiundzwanzig Uhr«, antwortete der Hafenmeister.

»Bis dann!« sagte van Elderen, langte zum Telefonbuch, fand unter ›*Norden*‹ die Teilnehmernummer des Hotels ›*Fährhaus Norddeich*‹ und ließ sich ein Einzelzimmer für die Nacht reservieren.

Danach benachrichtigte er seine Frau, trug den Spurensicherungskoffer zum Wagen und fuhr nach Hause, um seine Reisetasche zu holen.

Drei Stunden später bog der Kommissar in Norddeich vor dem Schiffsanleger ab und lenkte den Golf am Deich entlang zum Yachthafen. Die Sonne schickte gerade ihre letzten Strahlen über das Watt. Der Kommissar parkte vor dem Gebäude des Yachtclubs, entnahm dem Wagen den Spurensicherungskoffer und ging zum Büro des Hafenmeisters.

»Moin, mein Name ist van Elderen, Kripo«, sagte er.

Der Hafenmeister erhob sich. »Broer, angenehm, wir haben miteinander telefoniert«, sagte er und reichte dem Kommissar die Hand. Broer war groß und kräftig, sein Haar voll und von grauen Strähnen durchzogen. »Ich führe Sie am besten gleich zu der Motoryacht. Es ist nicht weit«, sagte er, griff nach seiner Prinz-Heinrich-Mütze und setzte sie auf. Der Kommissar nahm den Spurensicherungskoffer und begleitete Broer an Schiffen entlang über die Stege zum Liegeplatz 128.

»Das ist es«, sagte Broer.

Van Elderen schaute auf das Heck des Schiffes. »Da hat jemand manipuliert«, stellte er fest. »Tja, und auch die Kajüttür hat jemand gekonnt geöffnet«, sagte Broer.

Van Elderen entnahm seinem Koffer einen Fotoapparat und machte einige Aufnahmen.

»Können Sie mir Angaben zum Bootstyp machen?« fragte der Kommissar. Der Hafenmeister erteilte willig alle geforderten Auskünfte. Dann sagte er: »Ich bin in meinem Büro, falls Sie mich brauchen.«

Van Elderen kletterte über die Bugspitze an Bord und trug den Sicherungskoffer zur Plicht. Er suchte die Türen nach Spuren ab, fand die Geschoßhülsen, las sie auf und steckte sie in eine Plastiktüte. Danach schaute sich der Kommissar in der Kajüte um. Er schob die Plastikauflagen der Rundbank beiseite und durchsuchte den Stauraum. Dort fand er Ölzeug, Rettungswesten und technisches Gerät, aber nichts, was ihn weitergebracht hätte. Kein Schlafsack, keine Handtücher, keine Stiefel. Hatte der Mörder das Schiff aufgeräumt, um Spuren zu verwischen, oder hatte er alles mitgenommen, um es irgendwo zu versilbern?

Van Elderen nahm die Stufen des Abstiegs und betrat das Cockpit. Seitlich des Armaturenbrettes lagen Seekarten. Er nahm sie in die Hand und schaute überrascht auf die holländische Küste und die westfriesischen Inseln.

Eine Finte? fragte er sich. Die Ausbeute war gleich Null. Er pinselte das Pulver an markante Ecken, an die Türgriffe und Armaturen, um nach Fingerabdrücken zu suchen, und ließ keinen Hebel aus. Selbst in der Pantry gab er sich mit Geduld seiner Arbeit hin.

Die Spule blinkte, das Geschirr befand sich aufgeräumt im Schrank. Der Kühlschrank war leer. Im Müllbehälter befand sich kein Abfall. Die Aschenbecher waren nicht benutzt worden.

»Ein Geisterschiff«, murmelte van Elderen und nahm sich die Toilette vor.

Der kleine Raum war eng. Van Elderen hob mit dem Fuß die Brille des Sitzbeckens hoch, nichts zu sehen.

Er riß ein Blatt von der Papierrolle und betrachtete es. In regelmäßigen Abständen waren der Abdruck einer ausgestreckten Hand und darüber das Wort ›*Help*‹ darauf gedruckt.

»Eine seltene Marke«, stellte er fest und steckte einige Blätter ein. Dabei stieß er mit dem Fuß gegen den Ständer der Klobürste und sah einen Fetzen Papier auf dem Boden liegen. Er bemerkte große Druckbuchstaben und hob das aus einer Zeitung herausgerissene Stück Papier auf, sah *›Jever Pilsener‹*, dann *›Villa‹* und Preisangaben. Die Rißkanten liefen quer durch ein Sonderangebot eines Marktes.

Van Elderen wendete den Fetzen und bemerkte ein Bild. Er hielt es gegen das Licht, nahm seine Lesebrille und betrachtete es. »Das darf doch nicht wahr sein«, sagte er überrascht.

Lange starrte er auf die Ablichtung, die Dr. Bredefeld zeigte. Er las Wortfetzen, die darauf schließen ließen, daß der Zahnarzt irgendwo ein Interview gegeben hatte.

Dem Mörder hat das Foto als Zielvorgabe gedient, dachte van Elderen. Dabei war es dem Unbekannten gelungen, mit der Motoryacht dem Radar der Wasserschutzpolizei zu entkommen. Eiskalt hatte er während der aufkommenden Dunkelheit das Schiff in den Norddeicher Hafen gesteuert und unbemerkt an den Steg gelegt.

Der Kommissar steckte den ausgefransten Papierfetzen in eine Plastikhülle. Irgendwo wird die Yacht vermißt, irgendwo muß sie gemeldet worden sein, dachte er, schloß den Spurensicherungskoffer, klebte ein Siegel auf die Kajüttür und stieg von Bord.

Vom Nachbarboot drangen Stimmen zu ihm. Die Hafenleuchten waren bereits eingeschaltet. In den Kajüten einiger Boote brannte Licht. Van Elderen suchte den Hafenmeister auf.

»Herr Broer, halten Sie das Boot bitte im Auge. Wir bemühen uns, den Eigentümer ausfindig zu machen«, bat der Kommissar.

»Das geht klar, keine Angst. Schönen Abend noch!« wünschte Broer zum Abschied.

Van Elderen trug den Spurensicherungskoffer zum

Wagen, deponierte ihn unter der Heckklappe und fuhr zum Hotel ›*Fährhaus*‹.

* * *

Am nächsten Morgen parkte van Elderen den Wagen in Aurich unter den Bäumen der Schloßallee, legte die Parkerlaubnis der Stadt Borkum, die sein Wagen als Dienstfahrzeug auswies, unter die Windschutzscheibe und ging dem Schloß entgegen.

In den Beeten des Schloßparkes blühten die frühen Sommerblumen. Der Rasen war frisch gemäht. Am Himmel trieben weiße Wolken. Van Elderen betrat die Vorhalle und folgte dem Hinweisschild ›*Staatsanwaltschaft*‹. Am Ende des Flures fand er das Zimmer des Staatsanwaltes, klopfte an die Tür des Vorzimmers und betrat das kleine Büro.

Die Sekretärin saß am Schreibtisch vor einem Terminal und schaute ihn fragend an.

»Van Elderen, Kripo Borkum«, stellte der Kommissar sich vor.

»Einen Augenblick«, sagte sie, erhob sich und betrat das Dienstzimmer des Staatsanwaltes. Kurz darauf erschien sie wieder, hielt die Klinke der geöffneten Tür in der Hand und winkte ihm, einzutreten.

Staatsanwalt Tomko Grothuis hatte hinter seinem Schreibtisch gesessen, erhob sich aber, um seinen Besucher zu begrüßen. Er trug Bundfaltenhosen, einen Ausschnittpullover und darunter ein weißes Oberhemd mit einer Strickkrawatte. Sein offenes, gebräuntes Gesicht wirkte sympathisch. Er trug sein gelichtetes, angegrautes Haar kurzgeschnitten und mochte um die Fünfzig sein.

»Moin«, sagte er und reichte dem Kommissar die

Hand. »Nehmen Sie bitte Platz.« Damit zeigte er auf die Sessel, die in der Nähe des Schreibtisches um einen Tisch standen. Der Kommissar setzte sich, während Grothuis am Schreibtisch Platz nahm.

»Herr van Elderen, es freut mich, Sie kennenzulernen. Wir werden an diesem Fall sicher noch hart zu beißen haben«, sagte er.

»Ich komme gerade von Norddeich, Herr Staatsanwalt«, erklärte van Elderen. »Der Mörder hat die Motoryacht im Norddeicher Yachthafen festgemacht. Der Hafenmeister hat sie erst gestern entdeckt, und ich bin gleich hingefahren.«

»Und der Name der Yacht?« fragte der Staatsanwalt.

»Sowohl der Name als auch der Heimathafen sind übermalt worden. Ich habe das Schiff nach Fingerabdrücken abgesucht, aber keinen Hinweis auf den Täter gefunden. Ich denke, daß der Mörder das Boot gestohlen hat. Im vorderen Teil der Kajüte lagen Geschoßhülsen. Auf der Toilette fand ich einen Fetzen Zeitungspapier mit der Ablichtung des Zahnarztes«, berichtete van Elderen.

»Hervorragend! Das läßt ja hoffen«, erwiderte Grothuis.

»Ich muß allerdings die Spurenauswertung abwarten. Ich gehe davon aus, daß wir keine Fingerabdrükke finden. Da waren Profis am Werk. Diese Mafiosi haben den Mord bis ins Detail geplant. Dabei haben sie nur übersehen, daß Hoogelycht das Ruder bediente und nicht Dr. Bredefeld«, meinte der Kommissar.

»Die Hamburger Kollegen vermuten da einen Zusammenhang. Dr. Bredefeld hat bei der Renovierung seiner Yacht einen russischen Gehilfen beschäftigt«, sagte Grothuis.

»Ich weiß! Dr. Bredefeld hat mir davon erzählt. Diese Swetlana Roederich ist übrigens die Braut des Sohnes des Opfers. Sie ist polizeilich gemeldet, absolut unbescholten – da sehe ich keinen Zusammenhang«, sagte van Elderen.

»Gab es auf dem ›Geisterschiff‹ noch weitere Hinweise?« wollte der Staatsanwalt wissen.

Der Kommissar entnahm seiner Tasche das Toilettenpapier. »Das fand ich an Bord auf dem stillen Örtchen. Die Mafia scheint doch nicht alles bedacht zu haben«, sagte er.

»Interessant! Schicken Sie die Patronenhülsen und das Papier an das Labor des Landeskriminalamtes«, sagte der Staatsanwalt.

»Ich werde den Zeitungsartikel an die Kollegen in Hamburg weitergeben«, antwortete van Elderen. »Außerdem habe ich das Boot fotografiert und mir vom Hafenmeister in Norddeich Angaben über den Bootstyp geholt«, sagte van Elderen.

»Das ist recht. Ich werde das Revier in Norden benachrichtigen und die Beamten bitten, bis zur Klärung hin und wieder ein Auge auf die Motoryacht zu werfen«, sagte Grothuis. Er erhob sich. »Benachrichtigen Sie Bresser und Münter. Sie hören von mir.« Damit war die Unterredung beendet. Die beiden Männer schüttelten sich die Hand, der Kommissar verließ das Schloß, ging zum Parkplatz und fuhr zurück zum Schiffsanleger nach Emden.

Kommissar Klaus Bresser saß in seinem Dienstzimmer im vierten Stock des Polizeipräsidiums am Schreibtisch und studierte konzentriert einige Unterlagen. Sein volles, trotz seiner fünfzig Jahre faltenloses Gesicht wirkte angespannt, die hohe Stirn und die glatten Wangen rosig überhaucht. Im Dienstzimmer war es angenehm warm, denn wegen des kühlen Schauerwetters wurde kräftig geheizt, obwohl es schon Anfang Mai war.

Das Telefon läutete. Bresser nahm den Hörer von der Gabel. »Dezernat Rauschgift und Bandenkriminalität, Bresser«, meldete er sich.

»Van Elderen, Revier Borkum«, vernahm er und hörte interessiert zu, als der Kollege ihn vom Fund der Mörderyacht und den an Bord aufgetauchten Geschoßhülsen unterrichtete und ihm die Zusendung des vorgefundenen Zeitungsfetzens mit der Ablichtung des Zahnarztes ankündigte. Außerdem avisierte van Elderen ihm ein Fax und verabschiedete sich kurz darauf.

Bresser legte den Hörer auf. Er setzte sich an den kleinen Bürotisch, legte den Schutzdecke der Schreibmaschine beiseite und fertigte eine Aktennotiz an. Sein Kollege Münter betrat das Zimmer und setzte sich an seinen Schreibtisch.

Harald Münter hatte kurzgeschnittenes Haar. Er war mittelgroß, schlank und drahtig, was durch den Oberlippenbart in seinem schmalen Gesicht noch unterstrichen wurde. Er war nur wenige Jahre jünger als sein Kollege.

»Wo warst du denn so lange?« fragte Bresser. Münter lachte. »Man darf doch wohl noch pinkeln gehen!«

Bresser reichte Münter die Aktennotiz und zündete sich ein Zigarillo an. »Der Mörder hat die Flotte der Wasserschutzpolizei schön aufs Kreuz gelegt. Die dampfte nach Helgoland, und er steuerte sein Boot hinter ihrem Rücken nach Norddeich«, sagte er.

»Nehmen wir den Zug oder fahren wir mit dem Auto?« fragte Münter.

»Du denkst an weiße Dünen und Brandung, Sonne und Strandkorb?« frotzelte Bresser.

»Wenn der Strandkorb einem Hamburger Zahnarzt gehört, der durch puren Zufall einer Hinrichtung entgangen ist, dann steht dem doch nichts im Wege, oder?«

»Gibt es sonst noch ernstzunehmende Argumente für einen Ausflug nach Borkum?« fragte Bresser und drückte seinen Zigarillo im Aschenbecher aus.

»Ja, wir müssen unbedingt mit Fedor sprechen. Ich denke, daß wir unserem V-Mann eine Fahrkarte und Reisegeld in den Briefkasten legen: Stichwort ›*Haus im Kiez*‹ und Verbindungen der Mafia nach Borkum.«

»Und wie und wo nehmen wir dann mit ihm Kontakt auf?«

Bresser streckte sich. »Am besten fahren wir am Freitag morgen nach Borkum. Wir nehmen das erste Schiff. Treffpunkt ab fünfzehn Uhr stündlich vor dem Kur-Café.«

»Ich bereite den Auftrag für Fedor vor«, erwiderte Münter und machte sich an die Arbeit.

* * *

Die Pressekonferenz fand im kleinen Sitzungssaal im hinteren Flügel des Auricher Schlosses statt. Staatsanwalt Grothuis hielt es trotz der knappen Finanzmittel mit der ostfriesischen Gastlichkeit. Er ließ den Vertretern der Medien Tee in Wärmekannen servieren. Als er in Begleitung des Kommissars den Sitzungssaal betrat, waren die Stühle fast alle besetzt.

Nicht nur die Journalisten der ostfriesischen Zeitungen waren der Einladung gefolgt. Der Rundfunk hatte Korrespondenten geschickt, und auch Fernsehteams zeigten Interesse an dem Fall. Grothuis und van Elderen nahmen an der Stirnseite der zu einem Viereck zusammengestellten Tische Platz.

Der Staatsanwalt begrüßte die Teilnehmer, die dankbar den heißen Tee tranken, denn draußen hatte die ›Kalte Sophie‹ während der Nacht noch einmal mit Frost zugeschlagen.

»Meine Damen und Herren, Kommissar van Elderen wird jetzt ein Informationsblatt verteilen, das über den bisherigen Verlauf unserer Recherchen im Mordfall Hoogelycht Auskunft gibt. Die beiliegenden Bilder zeigen die Motoryacht, deren Eigentümer wir suchen.« Er blickte in die Runde. »Erst vor wenigen Tagen entdeckte der Hafenmeister im Norddeicher Hafen das Motorboot. Es war fachmännisch vertäut, der Motor war ohne Beschädigungen gezündet worden. Die Buchstaben am Heck sowie der Name an den Bugwänden sind überpinselt und unleserlich gemacht worden. An Bord haben wir Patronenhülsen gefunden, die der Mörder vermutlich dort zurückgelassen hat. Es besteht der berechtigte Verdacht, daß die an Bord der ›*Clara*‹ aus der Plichtwand herausgeholten Projektile zu den Patronenhülsen gehören. Die Ergebnisse der labortechnischen Untersuchung stehen noch aus.« Der Staatsanwalt gab den anwesenden Journalisten einen kurzen Überblick über die Erkenntnisse und die Vorgehensweise der Polizei. Dann zeigte er ihnen noch das Blatt Toilettenpapier und das Bild des Zahnarztes, das bei einem Vortrag entstanden war und das der Kommissar an Bord des Bootes gefunden hatte. Ein Fernsehreporter stellte Fragen bei laufender Kamera. Die Pressekonferenz geriet zu einem Interview.

»Nein, der Zahnarzt hat keinerlei Verbindung zum

Rotlichtmilieu«, erklärte der Staatsanwalt. »Es gibt keine Spur, die nach Borkum führt. Herr Hoogelycht hat sein Leben auf Borkum verbracht, das bekannte Familienhotel geführt und hatte sich kurz vor dem Mord zur Ruhe gesetzt. Sein Sohn und seine Frau leiten den Betrieb. Dr. Bredefeld hatte seine Praxis in Hamburg verkauft. Er und der Hotelier waren beide Mitglieder des Borkumer Yachtclubs.« Und auf eine andere Frage erwiderte er: »Ja, ein Russe, sein Name ist Iwan Maslow, ein Patient des Zahnarztes, half ihm gegen Bezahlung bei den Überholungsarbeiten der Yacht. Wir bemühen uns zur Zeit, ihn ausfindig zu machen. Ein Foto von Maslow besitzen wir leider nicht.«

Um zwölf Uhr dreißig beendete der Staatsanwalt die Pressekonferenz und begab sich wieder in sein Dienstzimmer.

Bresser und Münter verließen in Emden den Zug und betraten die Mole. Eine Schlechtwetterfront zog über die ostfriesische Küste, und der eisige Regen traf sie voll, als sie mit ihren Reisetaschen dem Fährschiff entgegenhasteten. Sie stemmten sich gegen den Sturm, nahmen die Stufen der Passagierbrücke, betraten das Schiff, stiegen über die Bordtreppe nach unten und suchten im Unterdeck den Salon auf.

»Nix drin mit Strandkorb und Idylle«, sagte Bresser und rieb sich die Nässe aus dem Gesicht. »Ich hoffe nur, der Kapitän hat die Heizung anstellen lassen«, warf Münter ein. Sie hängten ihre Wetterjacken an die Garderobe und setzten sich an einen Fenstertisch. Dann bestellten sie bei der Bedienung zwei Kännchen Ostfriesentee.

»Fedor kommt übrigens mit der nächsten Fähre«, sagte Bresser.

Die hübsche Serviererin brachte den Tee. Sie stellte die Stövchen auf den Tisch, zündete die Teelichter an, stellte die Kännchen auf die Stövchen und setzte den Kluntjebecher und das Sahnetöpfchen daneben. »Ich kassiere dann später«, sagte sie und eilte weiter, denn es war zu voll geworden.

Der Schiffsgong ertönte. Die ›*Ostfriesland*‹ legte ab. Die Beamten bedienten sich und nippten zufrieden an ihren Tassen. Bresser zog einen Zigarillo hervor, steckte ihn an und reichte Münter Feuer, der eine Zigarette rauchte.

Sie blickten durch das Fenster auf den Deich, der sich sattgrün vor dem dunklen Himmel abhob. Steuerbords lag das VW-Werk, das Emden weltweit bekannt gemacht hatte.

Münter nahm den Inselplan aus seiner Reisetasche, während das Schiff der offenen See entgegenstampfte.

»Wir wohnen im Haus *Barke*, Fedor im *Strandflieder*, das liegt gleich um die Ecke. Hier befindet sich der Leuchtturm«, sagte Münter und reichte Bresser den Plan.

Bresser studierte diesen und fand die Straße, in der Dr. Bredefelds Eigentumswohnung lag. »Ich hatte an Fahrräder gedacht; doch bei diesem Schmuddelwetter werden wir wohl mit einem Taxi bei dem Zahnarzt vorfahren müssen«, sagte er und drückte seinen Zigarillo im Aschenbecher aus.

Münter packte den Stadtplan in seine Tasche. Das Fährschiff schaukelte im Wellengang heftig auf und nieder, und Gischt spritzte gegen die Fenster.

»Hoffentlich treffen wir keinen Eisberg!« sagte Münter mit schiefem Grinsen.

Die Beamten tranken Tee und lasen in der Zeitung,

die Münter in Hamburg am Hauptbahnhof gekauft hatte. Sie sprachen nicht viel miteinander.

Als die Fähre anlegte, hatte es aufgehört zu regnen, und die Wolkendecke war aufgerissen. Sie gingen im starken Wind zur Inselbahn hinüber, stiegen ein, setzten sich auf die Holzbänke, schauten durch das Fenster und genossen die Fahrt mit der historischen Bahn zum Zentrum.

Das Haus ›*Barke*‹ erreichten sie vom Bahnhof in wenigen Minuten zu Fuß.

Das Hotel bot durchschnittlichen Komfort. Das Doppelzimmer mit Ehebett, großem Kleiderschrank, kleinem Tisch, zwei Stühlen, Klo, Dusche und Fernseher war nicht sehr modern, aber hell und gemütlich eingerichtet.

»Schicken wir dem Chef eine Ansichtskarte?« scherzte Münter und packte seine Reisetasche aus. Draußen war der Sturm abgeflaut, und es regnete auch nicht mehr.

Bresser warf einen Blick hinaus.

»Der Himmel klärt auf«, sagte er.

»Ich denke, wir machen zuerst einmal ein Nickerchen und begeben uns dann zur Kurpromenade«, sagte Münter und warf sich in Jeans auf das Bett. Gleich darauf hörte man ihn leise schnarchen. Bresser runzelte die Stirn, doch dann beschloß er, es seinem Kollegen gleichzutun.

Fedor Iwitschkow hatte Anglistik und Germanistik studiert. Seine Mutter war eine Rußlanddeutsche, sein Vater Georgier. Dieser hatte an der Moskauer Universität einen Lehrstuhl für slawische Sprachen inne. Er galt in Fachkreisen als Kapazität und verfügte über Kontakte zum russischen Geheimdienst.

Nach dem Zusammenbruch des Sowjetstaates und dem Mauerabbau in Berlin hatte Fedor Iwitschkow, der sowohl Russisch als auch Deutsch wie eine Muttersprache beherrschte und perfekt Englisch und Polnisch sprach, sich in den Westen abgesetzt und bei den ›*Hamburger Nachrichten*‹ als Journalist gearbeitet. In einigen Kriminalfällen der St.-Pauli-Szene, aber auch bei Verbrechen in Schleswig-Holstein, die der osteuropäischen Mafia zugeordnet wurden, gelang es ihm aufgrund des guten Verhältnisses zu seinem Vater, den Ermittlungsbehörden Hinweise auf straffällige, desertierte Armeeangehörige und ausgerissene Strafgefangene zu verschaffen.

In Absprache mit der Polizei hatte er sich von der Zeitung getrennt und zwei Jahre als Kellner im ›*Doppelherz*‹, einem Lokal für Lesben und Schwule im Kiez, gearbeitet. So hatte er Zugang zum Rotlichtmilieu gefunden und kannte sich in der ›Szene‹ hervorragend aus.

Danach eröffnete er unter dem Namen Jens Leydekker ein Versicherungs- und Beraterbüro. Er galt als Vertrauensmann der osteuropäischen Mafiosi und half ihnen, die aus dunklen Geschäften erwirtschafteten Gelder über Briefkastenfirmen zu waschen und auf getarnte Konten zu überweisen. Die Provisionen entsprachen dabei den eingegangenen Risiken.

Fedor Iwitschkow besaß aus Sicherheitsgründen mehrere Pässe. Die Einkünfte aus seinem Versicherungs- und Maklergewerbe, die er dem Finanzamt Hamburg-Altona mit der Steuererklärung einreichte, hatten nie zu Beanstandungen geführt.

Er fuhr einen VW-Passat und trennte strikt die Fahrzeugkosten nach betrieblicher und privater Nutzung.

Der vierunddreißigjährige Iwitschkow galt als

Kleinbürger. Er war nicht verheiratet, hatte aber eine hübsche Freundin, die in einem Bioladen Gesundheitsprodukte verkaufte. Sie begleitete ihn am Wochenende zu den Heimspielen des HSV und wußte nichts vom Doppelleben ihres Freundes.

Die Kripo unterhielt mit Fedor Iwitschkow mehrere Briefkästen. Er war ihr wichtigster ›Maulwurf‹ im Kiez. Fedor war schlank und recht groß. Er hatte dunkelblondes, schütteres Haar, das er sehr kurz trug, und sein unauffälliges Gesicht und die bescheidene Art seines Auftretens paßten gut zu dem, was er zu sein vorgab, nämlich zur Rolle des nicht eben erfolgreichen Vertreters, der ein Durchschnittsbürger war.

Über den Himmel zogen weiße Wolkenfetzen. Möwen schossen über die Kurzpromenade, und die Brandung grollte wie entfernter Donner. Der Sturm trieb die Spaziergänger zu schnellen Schritten an und blähte ihre Jacken und Mäntel auf. In Gegenrichtung kämpften Wanderer mit dem harten Wind und kamen nur langsam vorwärts.

Bresser und Münter standen im Windschatten des Kurcafés, neben dem sich eine Buchhandlung befand, und genossen das eindrucksvolle Naturschauspiel.

Irgendwann tauchte auch Fedor auf. Er trug eine halblange Lederjacke und Jeans und wirkte mit seinem blassen Gesicht und dem schütteren Haar wie ein Buchhalter der Kurverwaltung. Sein Blick war geradeaus gerichtet, während er mit großen Schritten und vorgebeugtem Oberkörper gegen den Wind ankämpfte. Er näherte sich ihnen mit teilnahmslosem Blick, nahm die Stufen der Steintreppe und fragte wie abwesend: »Gibt es drinnen das Hamburger Abendblatt.«

»Vermutlich, zumindest die Bild«, antwortete Münter.

Fedor Iwitschkow nickte.

»Café Zander, Liebigstraße, Nähe Leuchtturm«, sagte Münter leise und trat mit Bresser in den Wind. Sie gingen über die Strandstraße, überquerten die Straße ›Am alten Leuchtturm‹ und betraten das Café. Es war um diese Zeit gut besucht.

Die Beamten hängten ihre Jacken an die Garderobe und nahmen an einem Tisch Platz, den ein Ehepaar mit lärmenden Kindern gerade verließ. Die Bedienung räumte das Geschirr ab.

»Bitte schön?« fragte sie höflich.

»Zwei Kännchen Ostfriesentee, und für mich ein Stück Obsttorte mit Sahne«, sagte Münter.

»Für mich bitte Rumflockentorte«, fügte Bresser hinzu.

»Klaus, um diese Zeit schon Alkohol«, scherzte Münter. »Also wirklich!«

»Ich muß doch irgend etwas gegen mein Lampenfieber tun – schließlich lerne ich Fedor Iwitschkow kennen! Bin gespannt, was er uns zu berichten hat«, sagte Bresser.

»Du kannst davon ausgehen, daß er bereits alles über deine Vita weiß«, meinte Münter grinsend und beobachtete die Eingangstür. Bresser trug über dem Oberhemd eine schwarze Lederweste. Er griff in die Innentasche, nahm die Zigarilloschachtel, fischte mit seinen dicken Fingern einen Zigarillo heraus und legte ihn auf den Tisch.

Die Bedienung brachte die Stövchen, den Kluntjebecher und den Sahnetopf und stellte sie samt Geschirr auf den Tisch. Bresser zündete die Teelichter an. »Danke«, sagte die Bedienung, nahm die Teekännchen vom Tablett und stellte sie auf die Stövchen. »Der Kuchen kommt gleich.« Damit eilte sie davon.

»Fedor macht bestimmt noch einige Kontrollgänge um das Café herum. Er überläßt nichts dem Zufall«, meinte Münter.

Das Fräulein brachte den Kuchen, und die Beamten ließen es sich schmecken. Dann schob Bresser sich den Zigarillo zwischen die Lippen, zündete ihn an und blies den weißen Qualm genüßlich von sich.

»Da kommt er«, sagte Münter und wies zum Eingang hinüber. Bresser beobachtete den blassen Mann, der wie suchend an den Tischen mit den Urlaubern vorbeischritt und sich ihnen wie ein Fremder näherte, eine Zeitung unter dem Arm. Er blickte die Beamten fragend an: »Ist hier noch ein Platz frei?« fragte er höflich und legte eine Hand auf die Stuhllehne. Um sein Handgelenk lag das Lederarmband einer billigen Kaufhausuhr.

»Bitte, wenn es Sie nicht stört, daß ich rauche«, erwiderte Bresser gelassen.

»Danke, ich bin selbst Raucher«, meinte Fedor verkniffen und nahm am Tisch Platz. Er winkte der Bedienung und bestellte ein Kännchen Kaffee und einem Berliner, schlug die Zeitung auf und vertiefte sich in sie.

Bresser fand sein Benehmen übertrieben, doch er rauchte geduldig und wartete. Die Bedienung brachte Fedor Iwitschkow den Kaffee und das Gebäck. Bresser drückte den Zigarillo in den Aschenbecher. Iwitschkow legte die Zeitung auf den Tisch, aß schweigend den Berliner, trank Kaffee, steckte sich eine Zigarette an und sagte dann leise: »Die Osteuropäer sind Neueinsteiger. Es kommen viele und gehen viele. Ihre Vergangenheit holt sie oft ein, aber Iwan

Maslow und Swetlana Roederich waren bei meinen Gewährsleuten unbekannt.«

»Dr. Bredefeld interessiert sich für eine Lebensversicherung«, warf Münter ein.

»Die kann er abschließen«, murmelte Fedor Iwitschkow und drückte die Kippe im Aschenbecher aus. Er zog aus der Innentasche seiner Lederjacke einen Kugelschreiber und einen leeren Briefumschlag und schrieb auf das Kuvert: *»In der Zeitung finden Sie meinen Bericht. Iwan Maslow ist auf dem Kiez unbekannt. Ich suche am Abend den Kaiserhof auf, um die Roederich zu sehen.«*

Fedor Iwitschkow steckte das Kuvert in die Tasche, stand auf, ließ die Zeitung liegen und schritt grußlos davon. Er zahlte am Tresen und verließ das Café.

»Ein seltsamer Kauz«, sagte Bresser und nahm das ›Abendblatt‹ an sich.

* * *

Die Hamburger Beamten trafen Dr. Bredefeld vor der Haustür an. Er trug einen Anorak und eine Prinz-Heinrich-Mütze. Sie standen im zugigen Wind. Es hatte aufgeklart, und am Himmel leuchtete ein frühes Abendrot.

»Kripo Hamburg«, stellte sich Münter vor und hielt die Polizeimarke in der offenen Hand. »Mein Kollege Bresser«, fügte er hinzu.

Der Zahnarzt blickte die Besucher überrascht an.

»Sie wollen in die Stadt?« fragte Bresser.

»Ich war für einige Tage bei meiner Tochter, und jetzt bin ich eigentlich auf dem Wege zum Yachthafen. Ich muß unter Menschen! Ehrlich gesagt, ich habe Angst«, gestand Dr. Bredefeld.

»Das ist nur zu verständlich«, meinte Münter. »Kommen Sie«, sagte Dr. Bredefeld, öffnete die Tür und führte die Beamten über die Treppe zu seinem Appartement. Er steckte den Schlüssel ins Schloß und schob die Tür weit auf. »Bitte, treten Sie ein und legen Sie ab!« forderte er die Beamten auf und wies auf die Garderobenhaken im Korridor. Dann betraten sie das Wohnzimmer, von dessen Fenster aus der Blick bis zum Strand reichte, der weiß war vom Schaum der auslaufenden Brecher.

»Nehmen Sie bitte Platz«, sagte der Zahnarzt und wie auf die kleine Sesselgruppe, die mit einer Couch um einen kleinen Tisch stand.

»Gemütlich«, sagte Münter. Die Beamten nahmen Platz.

»Gedacht für die Rentnerjahre – und jetzt muß ich fürchten, daß mir gar nicht mehr viel Zeit bleibt«, seufzte Bredefeld und setzte sich auf die Couch.

»Mein Freund Hoogelycht war völlig ahnungslos – es ist einfach schrecklich. Dabei lag mir nur wenig an dem Wohnhaus in der Nähe des Kiez. Aber man kann doch nicht jeder Erpressung nachgeben – es ging mir mehr um das Prinzip!«

»Wir haben mit Ihrem Steuerberater gesprochen. Dieser Iwan Maslow, was ist das für ein Mensch?« fragte Bresser.

»Sie verdächtigen ihn? Nein, nein, da irren Sie sich ganz bestimmt! Er kam mit einer Wurzelentzündung in meine Praxis. Er war erst seit einigen Wochen im Westen, besaß noch keine Versicherungskarte. Er bemühte sich um Papiere, suchte Arbeit, hat einen kleinen Sohn und wohnte, so berichtete er, vorübergehend bei irgendwelchen Verwandten. Auf mich hat er einen sehr guten Eindruck gemacht. Er war Mechaniker, verstand etwas von Schiffen, deshalb habe ich ihn gefragt«, erklärte der Zahnarzt und schaute die Beamten fragend an. »Darf ich Ihnen einen Tee anbieten?«

»Danke, wir haben bereits Tee getrunken. Aus unserer Sicht kann der Anrufer einen Killer angeheuert haben, der die Bundesrepublik vielleicht schon wieder verlassen hat. Es ist unwahrscheinlich, daß der Anrufer selbst die Schüsse auf Ihren Freund abgefeuert hat, und nach dieser schrecklichen Geschichte, die viel Staub aufgewirbelt hat, wird er es sicher nicht noch mal versuchen«, erklärte Münter. »Sie können ohne Furcht tun, was Sie wollen«, fügte Bresser hinzu.

»Ihr Kollege van Elderen ist der gleichen Meinung. Dennoch bleibt ein bißchen Angst. Man weiß ja nie!«

»Hielt Iwan Maslow sich noch auf Borkum auf, als Sie mit Hoogelycht den Törn besprachen?« fragte Münter.

»Er hat Borkum verlassen, nachdem wir das Schiff zu Wasser gelassen hatten«, antwortete der Zahnarzt.

»Und Sie haben nichts mehr von ihm gehört?« wollte Bresser wissen.

»Nein«, sagte Bredefeld. »Die Fahnung nach ihm läuft. Der Anrufer hat den Artikel mit Ihrem Foto dazu benutzt, dem Todesschützen das Opfer seines Anschlags zu avisieren«, erklärte Bresser.

»Und der hat mich mit Ulfert verwechselt«, ergänzte der Zahnarzt.

»War es Ihre Idee, gemeinsam den Törn nach Helgoland zu unternehmen?« fragte Bresser weiter.

»Ja, ich kann mein Schiff nämlich alleine nicht mehr segeln. Ich bin zu alt dazu. Ich habe auf der Bootsmesse in Düsseldorf ein kleineres Schiff gekauft, das aber noch nicht geliefert werden konnte«, sagte Dr. Bredefeld.

»Die Schwiegertochter Ihres Freundes ist Rußlanddeutsche?« wollte Münter wissen.

»Ja ich habe sie nicht kennengelernt, aber Ulfert mochte sie«, erwiderte der Zahnarzt.

»Und an Bord der Motoryacht haben Sie nur einen Mann bemerkt?« fragte Bresser.

»Das kann ich nicht sagen. Diese Boote sind kompakt, und die Yacht war bereits zu weit weg. Hinzu kam meine Panik!« Bredefelds Miene verdüsterte sich, als er an den schrecklichen Abend zurückdachte. »Der Mörder hat eine Salve auf Hoogelycht abgefeuert. Wer sagt mir, daß er nicht doch auch auf mich schießen wird?«

»Hier auf Borkum sind Sie sicher. Wir haben nachher ein Gespräch mit Kommissar van Elderen und werden ihn bitten, Sie mit einem Kollegen aus Leer aufzusuchen, der eine Phantomzeichnung Ihres Gehilfen Iwan Maslow erstellt«, sagte Münter. »Für alle Fälle.«

»Vielen Dank! Er kann mich ja anrufen. Gleich fahre ich erst einmal zum Clubhaus, um auf andere Gedanken zu kommen«, sagte Dr. Bredefeld. Er begleitete die Beamten hinaus und verabschiedete sich vor dem Haus von ihnen.

Am Abend saßen Bresser und Münter mit van Elderen im Clubzimmer des Hotels. Sie hatten beim Ober Bier bestellt. Der kleine Raum war rustikal, aber gediegen eingerichtet und urgemütlich. Niemand störte die Beamten bei ihren Betrachtungen über den Mordfall. Der Ober brachte die Biere und verließ dann das Clubzimmer, um draußen weiter zu bedienen.

Sie prosteten sich zu und nahmen einen kräftigen Schluck. Bresser setzte sich einen Zigarillo an.

»Fedor ist im Moment im ›Kaiserhof‹. Er will sich ein Bild von Swetlana Roederich machen. Man kann nie wissen«, sagte Münter. Auch er rauchte.

»Fedor hat uns einen Bericht gegeben. Er konnte auf dem Kiez keine Gruppierung ausfindig machen, die ein Interesse an dem Haus von Dr. Bredefeld gezeigt hat.«

Bresser nahm die Seiten, die Iwitschkow ins Hamburger Abendblatt gelegt hatte. Er las: »Rivalisierende Albaner-Banden bestimmen oft auch durch den Einsatz von Jugendlichen und Kindern das Straßengeschäft mit Rauschgift. Die türkischen Zuhälter überschreiten die Grenze von Nord nach Süd und entreißen den Deutschen die Stundenhotels. Auffällig ist, daß zur Zeit viele Russen in das Bordellgeschäft einsteigen und sich auch stark im verbotenen Waffenhandel engagieren.

Auf dem Kiez gibt es fünfhundert Lokale und mehr als dreißig Discos, fast genauso viele Spielhallen, circa zwanzig Sexshops, etwa zehn Sado-Maso-Etablissements, fünf Strip-Lokale und geschätzte sechzig Bordelle. Da suchen wir mit einem ›Osteuropäer‹, der den Hamburger Zahnarzt bedroht und erschießen will, nach der sprichwörtlichen Stecknadel im Heuhaufen. Die einst ›bürgerlichen‹ Gegenden um die Paul-Roosen- und Clemens-Schulz-Straße bilden heute den Grenzbereich zum sich ausweitenden Rotlichtmilieu. Von daher betrachtet könnte das Haus des Zahnarztes für deutsche und türkische Gangster aus diesem Bereich von Interesse sein. Doch dafür besitze ich keine Beweise, weil meine Kontakte sich auf die osteuropäische Szene beschränken. Auch meine persönliche Inaugenscheinnahme des Hauses spricht gegen ein Interesse eines russischen Mafiaangehörigen, weil die Vorherrschaft der Türken dort zu einem offenen Kampf führen würde. Hierzu kommt, daß das Haus auf der Clemens-Schulz-Straße sich noch in einer bürgerlichen Nachbarschaft befindet. Einen osteuropäischen Killer gegen gute Bezahlung anzuheuern, das ist auf St. Pauli ein leichtes Unterfangen. Zehntausend auf die Hand, und der Mörder hinterläßt keine Spur. Ich werde meinem Auftrag weiterhin gewissenhaft nachgehen.

Jens Leyendecker«

Bresser legte den Bericht zur Seite. »Wir faxen ihn morgen dem Staatsanwalt zu«, sagte er. »Dr. Bredefeld ist überzeugt, daß ein Osteuropäer ihn bedroht hat.«

»Es war kein Türke, davon gehe ich aus«, sagte Münter.

Van Elderen trank einen Schluck Bier und versank in dumpfes Brüten. Etwas an dieser Geschichte gefiel ihm ganz und gar nicht, aber er kam einfach nicht darauf, was es sein konnte.

* * *

Am nächsten Morgen regnete es, doch der Wetterbericht sorgte für Trost. Er kündigte einen Hochdruckkeil an, der sich von Belgien her langsam näherte.

Borkum bot seinen Besuchern nicht nur Strand und Dünen. Das Meerwasserwellenbad sorgte für Badespaß, und im Kursaal genossen die Gäste die Operettenklänge der tschetschenischen Kurkapelle.

Van Elderen stand am Fenster seines Dienstzimmers. Regentropfen rannen über die Scheibe, und die Rinnsteine neben dem Bürgersteig glichen reißenden Flüssen.

Das Fährschiff hatte vor zwanzig Minuten angelegt,

und der Kommissar wartete auf seinen Kollegen aus Leer. Van Elderen hatte mit dem Präsidenten des Yachtclubs gesprochen. Am Abend wollten die Mitglieder, soweit sie sich auf Borkum aufhielten, zu einer außerordentlichen Mitgliederversammlung im Clubhaus zusammenkommen.

Der Kollege betrat das Dienstzimmer. »Grieger, Kripo Leer«, stellte er sich vor.

»Van Elderen. Leider haben wir heute Schmuddelwetter, so daß Sie nicht den besten Eindruck von der Insel bekommen.« sagte der Kommissar und reichte dem Kollegen die Hand.

»Auf Dienstreisen ist das Wetter nicht so wichtig!« erwiderte der Besucher.

»Stellen Sie die Reisetasche ruhig hier ab, ich begleite Sie später zu Ihrem Hotel«, sagte van Elderen. »Dr. Bredefeld erwartet uns; ich denke, wir fahren am besten gleich zu ihm.« Der Kommissar begleitete Grieger zum Dienstwagen.

Dr. Bredefeld saß nachdenklich in seinem Sessel. Vor ihm auf dem Tisch lag der Schreibblock. Er hielt den Bleistift in der Hand und blickte unzufrieden auf die Zeichnung hinunter, an der er sich gerade versucht hatte. Trotz vieler Versuche gelang es ihm einfach nicht, das Gesicht des Russen so wiederzugeben, wie er es in Erinnerung hatte.

Das Läuten der Haustürklingel riß ihn aus seinen Betrachtungen. Er erhob sich, betrat den Korridor, drückte die Sprechtaste.

»Kripo, van Elderen«, tönte es ihm entgegen. Er betätigte den Türöffner und ging auf den Flur. Wenig später stand der Kommissar vor ihm in Begleitung eines etwa vierzigjährigen Mannes mit dunkelblonden Haaren und Schnauzer, der Bredefeld auf Anhieb sympathisch war. Die Trägerriemen einer Ledertasche lagen über seiner Schulter.

Van Elderen reichte dem Zahnarzt die Hand. »Mein Kollege Grieger aus Leer«, stellte er den Mann vor.

»Angenehm«, sagte Dr. Bredefeld und begrüßte den Beamten, der Jeans und einen Anorak trug. »Treten Sie ein und legen Sie ab.« Der Zahnarzt reichte ihnen zwei Kleiderbügel, zeigte ihnen die Garderobe und bat die beiden Beamten ins Wohnzimmer.

»Nehmen Sie Platz«, sagte er und wies auf die Sitzecke.

Die Beamten ließen sich in den Sesseln nieder.

Grieger stellte seine Tasche auf den Boden. »Herr Dr. Bredefeld, mich interessiert das Gesicht Ihres verdächtigen Mithelfers«, sagte er ernst.

»Sie wollen eine Phantomzeichnung anfertigen?« fragte Dr. Bredefeld.

»Ja, ich denke, daß wir sie heute abend im Yachtclub schon Ihren Kollegen vorstellen können«, antwortete Grieger.

Dr. Bredefeld nickte.

»Wir werden das Phantombild nicht an die Presse geben«, sagte van Elderen. »Es geht aber an alle Polizeidienststellen.«

»Wie wäre es mit einem Tee?« fragte der Zahnarzt. Der Regen trommelte auf den Balkon.

»Gerne, aber bitte nachher«, antwortete Grieger. Er öffnete die Tasche, entnahm ihr einen Zeichenblock, Kohlestifte und ein Buch, das einem Versandhauskatalog glich.

»Bitte beschreiben Sie den Mann«, sagte er, und blätterte in dem Buch.

Dr. Bredefeld tat sein Bestes, und Grieger schob das

Buch über den Tisch. Dr. Bredefeld betrachtete fasziniert die Abbildungen. »Dieser hier«, sagte er, »hat schon viel Ähnlichkeit mit Maslow.« Er erhob sich, trat an den Eßtisch. »Ich habe selbst schon versucht, Maslow zu zeichnen!« Er nahm den Schreibblock vom Tisch und trug ihn zu Grieger hinüber. Dieser betrachtete die Laienzeichnung und verglich sie mit seiner Typensammlung

»Hervorragend«, sagte er, griff nach einem Kohlestift, übertrug die Ansätze auf seinen Block und begann, die Augenpartie zu verfeinern.

»Ja«, sagte Dr. Bredefeld. »Das Kinn«, fügte er nachdenklich hinzu, »war etwas breiter.« Unter seiner Anleitung entstand eine Phantomzeichnung, die, so Dr. Bredefeld, eine Fotografie des Russen hätte sein können. Dann kochte Bredefeld Tee, den sie mit Kluntje und Sahne tranken, während der Regen noch immer unaufhörlich gegen die Scheiben prasselte.

Über dem Tresen im Clubhaus hingen Schiffslampen. Der Pächter versah den Ausschank, seine Frau trug die Getränke an die Tische. Die Wände des Raumes waren getäfelt und dunkel vom Rauch. Auf den Regalen standen Pokale gewonnener Regatten und die Fähnchen befreundeter Clubs.

Die großen Panoramafenster boten einen freien Blick in den Yachthafen, wo die Boote im kabbeligen Wasser schaukelten.

An den Tischen saßen etwa dreißig Segler, die sich laut unterhielten. Der Präsident begrüßte die Beamten und wies ihnen Plätze zu. Danach wandte er sich an seine Clubkameraden:

»Ich eröffne unsere außerordentliche Mitgliederversammlung. Doch bevor wir uns mit den Tagesordnungspunkten befassen, bitte ich euch, euch von euren Plätzen zu erheben. Wir wollen mit einer Schweigeminute unseres ermordeten Segelkameraden und Altmitglieds Ulfert Hoogelycht gedenken.«

Die Clubmitglieder erhoben sich und senkten den Blick. Nachdem die Schweigeminute beendet war, stellte der Präsident die Kripobeamten vor und erklärte seinen Segelkameraden den Grund für ihren Besuch. Dann erteilte er Kommissar van Elderen das Wort. Dieser stand auf und begann: »Im Rahmen unserer Recherchen hat mein Kollege Grieger eine Phantomzeichnung angefertigt. Sie zeigt den russischen Staatsbürger Iwan Maslow, der Dr. Bredefeld bei den Überholungsarbeiten an seiner Yacht geholfen hat. Ich muß nicht auf Einzelheiten eingehen. Der Staatsanwalt schließt nicht aus, daß Maslow, falls er nicht der Todesschütze war, der Mafia auf St. Pauli Hinweise geliefert hat. Wir wüßten gern, ob Sie Maslow kurz vor dem Attentat hier auf dem Gelände des Yachthafens oder sonstwo auf Borkum gesehen haben. Wir verteilen jetzt Kopien der Phantomzeichnung und bitten Sie, sich diese genau anzusehen.«

Grieger trat an die Tische und verteilte die Kopien. Die Segler taten, wie ihnen geheißen, und gaben ihre Kommentare ab. Die meisten erinnerten sich an den schweigsamen Mann, der nur gebrochen Deutsch gesprochen hatte.

»Der war harmlos«, rief ein Segler.

»Ein fleißiger Mann«, meinte ein anderer Skipper.

Es gab eine Meldung, die alle Anwesenden überraschte. »Ein oder zwei Tage vor dem Unglück bin ich ihm begegnet, das glaube ich zumindest. Er kam aus dem Bootsschuppen und trug eine Tasche. Es muß nach siebzehn Uhr gewesen sein, denn ich war gerade auf dem Heimweg. Wahrscheinlich ist er zum Fährschiff gegangen«, sagte der Skipper.

»Ich war vor dem Törn einige Tage in Hamburg, und deshalb hätte Maslow eigentlich keinen Grund gehabt, herzukommen«, meinte der Zahnarzt.

»Kann es sein, daß Ihr russischer Helfer noch Sachen oder Werkzeug im Spind vergessen hatte?« fragte der Skipper.

Dr. Bredefeld nickte. »Das kann schon sein. Er hatte einige Werkzeuge selbst mitgebracht.«

»Herr Doktor Bredefeld, ich nehme das zu Protokoll«, sagte der Kommissar.

»Ich habe mich mit dem Mann länger unterhalten, das liegt allerdings schon eine Weile zurück. Das war nicht so einer«, sagte ein bärtiger, älterer Mann. »Sie irren sich ganz bestimmt, wenn Sie ihn verdächtigen!«

Es gab keine weiteren Wortmeldungen.

Van Elderen und Grieger erhoben sich. »Ich bedanke mich für Ihre Aufmerksamkeit und wünsche Ihnen einen schönen Abend«, sagte der Kommissar.

»Einen Moment noch, meine Herren, wir wollten noch etwas bekanntgeben«, erklärte der Präsident und wandte sich an den Zahnarzt. »Dok, dir liegt verständlicherweise besonders viel an der Aufklärung des Mordes. Du hast eine Belohnung von fünftausend Mark für die Überführung des Mörders ausgesetzt. Wir möchten, in Solidarität mit dir, ebenfalls eine Prämie für Hinweise, die zur Ergreifung des Täters führen, aussetzen«, sagte er. »Wir haben uns auf den Betrag von zweitausend Mark geeinigt.« Er wandte sich an die Beamten. »Teilen Sie das dem Staatsanwalt mit.« Dann schüttelte er den beiden Männern die Hand und geleitete sie zur Tür.

Ein stabiles Azorenhoch lag über Ostfriesland und bescherte der Insel endlich schönes Sommerwetter. Die Geschäfte mit den Gästen liefen zur Zufriedenheit der Insulaner, und selbst die Kurheime, die wegen der einschneidenden Maßnahmen der Gesundheitsreform noch im Frühjahr um ihren Bestand gebangt hatten, atmeten auf.

Der Mord an dem Hotelier Hoogelycht beschäftigte immer noch die Urlauber, die zum Yachthafen pilgerten, um die ›*Clara*‹ zu fotografieren.

Van Elderen verließ das Fährschiff ›*Westfalen*‹. Der Schiffsingenieur hatte die Phantomzeichnung in die Hand genommen und sich erinnert, den Passagier bei seinen Rundgängen gesehen zu haben.

Eine Kellnerin hatte ihm einen Kaffee serviert. Es gab keine Zweifel: Der Russe Iwan Maslow hatte nach der Reparatur der ›*Clara*‹ Borkum noch einmal betreten.

Van Elderen suchte sein Dienstzimmer auf, setzte sich an den Schreibtisch und öffnete die Post. Das Labor teilte ihm mit, daß die Geschoßhülsen und Projektile von der Kalaschnikow AK 47 stammten, einem russischen Schnellfeuergewehr der Roten Armee. Es gab keine verwertbaren Fingerabdrücke an Bord der gestohlenen Motoryacht. Das originelle Toilettenpapier stammte aus Holland.

Van Elderen war kein Waffenkenner, doch die Ermittlungen schienen sich in die richtige Richtung zu bewegen. Der Kommissar ging ins Schreibzimmer hinüber und faxte den Bericht an den Staatsanwalt und seine Kollegen in Hamburg.

Nach der Mittagspause läutete das Telefon. Van Elderen nahm den Hörer ab und meldete sich.

»Otto Koplin, Korschenbroich. Herr Kommissar, ich

bin der Eigner der gestohlenen Yacht«, sagte der Anrufer im rheinischen Tonfall.

»Gut, daß Sie sich melden«, erwiderte der Kommissar. »Ihr Boot liegt im Norddeicher Yachthafen. Ich habe es mir gründlich angeschaut. Die Beschädigungen halten sich zum Glück in Grenzen. Uns interessiert vor allem, wo die Yacht beheimatet ist.«

»Ich bin Mitglied des Yachtclubs Accumersiel. Meine Frau und ich besitzen dort eine Ferienwohnung. Ich bin Bäckermeister, unser Sohn arbeitet als Diplom-Ingenieur bei einer amerikanischen Computer-Firma, und wir waren gerade für ein paar Wochen in den Staaten. Die Nachbarn hatten für uns die Zeitungen aufbewahrt, und darin stießen wir auf die Meldung. Was ist denn nun genau passiert?«

»Wir gehen davon aus, daß Angehörige der osteuropäischen Mafia Ihr Schiff aufgebrochen und es für einen Mordanschlag benutzt haben. Sie haben die Heckbuchstaben entfernt und auch den Namen unkenntlich gemacht«, sagte van Elderen.

»Unser Schiff heißt ›MABO‹, wie gesagt Heimathafen Accumersiel«, antwortete der Bäckermeister.

»Das gehört zur Gemeinde Dornum, wenn ich mich nicht täusche«, meinte van Elderen und erinnerte sich an die Blocks mit Ferienwohnungen, die in Dornum direkt am Deich lagen.

Er war wie der Staatsanwalt davon ausgegangen, daß die Yacht in Holland entwendet worden war.

»Herr Kommissar, das stimmt. Der Gedanke, daß sich an Bord der ›MABO‹ ein Mörder aufgehalten hat, ist wirklich scheußlich. Wir besuchen Sie demnächst auf Borkum und geben alles zu Protokoll«, sagte Koplin gutmütig und ohne hörbare Erregung.

»Einen Moment, nennen Sie mir bitte für alle Fälle

Ihre Anschrift«, sagte der Kommissar. Er griff nach dem Kugelschreiber und schrieb mit:

Otto Koplin
Gilleshütte 17
41352 Korschenbroich

»Danke, und wann darf ich Sie erwarten?« fragte er dann.

»Heute ist Freitag ... Sagen wir am Montag«, antwortete Koplin.

»Bis dann«, erwiderte van Elderen und legte den Hörer auf.

Drei Tage später, an einem schönen Sommertag, traf das Ehepaar Koplin auf Borkum ein. Der ehemalige Bäckermeister – er hatte sich schon zur Ruhe gesetzt – und seine Frau betraten gegen Mittag das Büro des Kommissars.

»Van Elderen«, stellte sich der Kripobeamte vor, schritt dem Ehepaar entgegen und reichte ihnen die Hand. »Sie sind die Eigner der Yacht? Nehmen Sie bitte Platz!«

»Herr Kommissar, was unsere ›MABO‹ betrifft, der Schaden hält sich in Grenzen. Der Motor sprang sofort an. Wir haben das Boot nach Accumersiel überführt, um es dort überholen zu lassen. Wir sind mit dem Fährschiff gekommen, wegen der Versicherung«, sagte Koplin treuherzig.

»Sie kommen als Zeuge, Ihnen steht also auch Zeugengeld zu«, erwiderte van Elderen lächelnd. »Mir ist nicht klar, warum der Mörder gerade Ihr Schiff in Accumersiel gestohlen und, wie es scheint, ohne große Manipulation den Motor hat starten können.«

Otto Koplin lachte. »Ein geschickter Mechaniker benötigt nur einen Schraubenzieher, um den Motor zu starten. Bevor wir zu unserem Sohn in die Staaten reisten, haben wir noch einen Törn nach Texel unternommen«, sagte der Bäckermeister.

»Dort haben Sie auch Toilettenpapier gekauft?« fragte der Kommissar.

Koplin nickte. »In Accumersiel haben wir im Hafen unser Auto beladen und sind dann direkt nach Korschenbroich gefahren. Vielleicht hat man uns beobachtet. Es gibt keinen sicheren Schutz gegen Einbruch in die Kajüte. Die Schlösser sind einfach zu schwach!«

»Wir haben einen Mann in Verdacht, der sich mit Schiffen gut auskannte«, sagte van Elderen nachdenklich, erhob sich und holte die Schreibmaschine aus dem Schrank. »Ich fertige ein Protokoll an. Sie können dann gleich unterschreiben«, sagte er und spannte eine Seite ein.

* * *

Der Hotelier Ulfert Hoogelycht, Ehemann, Vater, Bruder, Schwager und Onkel, wie es in der Todesanzeige geheißen hatte, war eines gewaltsamen Todes gestorben und in aller Stille im kleinsten Kreis auf dem Friedhof der Insel beigesetzt worden. Niemand der Hinterbliebenen hatte ihm nach der kleinen Trauerfeier Tränen nachgeweint. Weder von ihm noch von Dini Hoogelycht befand ein vergrößertes Foto Platz an irgendeiner Wand des Betriebes oder in den Privaträumen. Das Leben ging weiter!

Die Befürchtungen des Verstorbenen, dessen Träume von der Freiheit unter Segeln so abrupt geendet hatten, trafen nicht ein. Das Haus ›*Kaiserhof*‹ blieb unter der Leitung seines Sohnes Focko den anspruchsvollen Gästen nichts schuldig. Im Gegenteil, die Umgestaltung der Wohnung der Seniorchefin in ein Solarium mit angrenzendem Fitneßbereich und einer großzügigen Sauna fand bei den Gästen regen Zuspruch.

Die Investitionen des Juniors begannen sich auszuzahlen, doch ihm war es nicht gegeben, den Gästen zu imponieren. Er blieb wie in seiner Kindheit der Hausclown. Es war Swetlana, die mit ihrem Charme die Gäste für das Haus einnahm. Ihr stetes Lächeln, ihre ausgeglichene Wesensart gefielen den Urlaubern. Auch das Hauspersonal war ihr sehr zugetan. Swetlana war zu einer ›Galionsfigur‹ des Unternehmens geworden. Sie besaß kaufmännisches Geschick, und selbst die ›Rückstände‹ ihres russischen Akzents wirkten eher sympathisch, als daß sie störten.

Swetlana liebte Focko aufrichtig, sie schätzte seine Großzügigkeit und mochte ihn so, wie er war. Seine Mutter war zu ihrem Lebensgefährten gezogen und bewohnte mit diesem die Wohnung oberhalb der Pizzeria. Sie kam nur gelegentlich auf eine Tasse Tee vorbei und hatte sich mit Enrico Tomello eine eigene Existenz geschaffen.

Swetlana hatte mit Focko nur zwischen Frühstücksbüffet und Mittagessen an der Eröffnung der Pizzeria ›*Ischia*‹ teilnehmen können, weil ihre Aufgaben im ›*Kaiserhof*‹ ihnen keine Zeit gelassen hatten.

Viele Bürger waren der Einladung gefolgt, zum Beispiel der Leiter der Bank, der Architekt, der Bürgermeister und die Herren des Stadtrats. Swetlana und Focko hatten zusammen mit Tomma und Tomello auf ein gutes Gelingen angestoßen.

Enrico Tomello hatte eine Serviererin und einen gelernten Pizzabäcker aus Italien eingestellt. Hinzu kam ein italienischer Kellner, der als Barkeeper fungierte.

Das Interieur war elegant und besaß südländisches Flair, und Tomma war sichtlich stolz. Niemand stellte die Frage, wie Ulfert Hoogelycht auf den raschen Positionswechsel seiner Frau reagiert hätte.

Eine Bericht in der Borkumer Zeitung erinnerte die Insulaner dann noch einmal an den hinterlistigen Mord, dem Ulfert Hoogelycht wegen seiner Ähnlichkeit mit dem Hamburger Zahnarzt zum Opfer gefallen war. Sie brachte das Phantombild des Russen Iwan Maslow, der Dr. Bredefeld bei den Arbeiten an seiner Yacht geholfen hatte. Immer noch lag die ›Clara‹ am Steg und galt als Attraktion. Die Kripo bat um Hinweise, und die Zeitung verwies auf die hohe Belohnung von siebentausend Mark.

Tomma Hoogelycht und Enrico Tomello saßen am späten Abend in den Polstersesseln vor dem kleinen Eichentisch, tranken Rotwein, rauchten Zigaretten, knabberten Erdnüsse und Pistazien und zogen glücklich Bilanz.

Die Pizzeria war ein voller Erfolg, schon jetzt warf sie soviel Gewinn ab, daß die Kredite bald abbezahlt sein würden. Tomma machte die Arbeit viel Spaß, und nebenbei kümmerte sie sich um die Einrichtung der kleinen Wohnung im ersten Stock.

Ihr Schlafzimmer hatten sie aus Tirol bezogen. Der große Kleiderschrank mit den bemalten Türen und den folkloristischen Motiven auf der Vorderseite war ein richtiges Schmuckstück, und auch sonst wurde es mit jedem Tag gemütlicher.

Tomma und Enrico waren verliebt wie am ersten Tag und genossen ihr Zusammensein. Nur manchmal wurde Tomma plötzlich still, und ein Schatten fiel über ihr Gesicht.

»Tomma, es tut mir leid um Ulfert, aber du mußt ihn vergessen. Hier ist jetzt dein Zuhause, und alles, was früher war, zählt nicht. Unsere Pizzeria läuft hervorragend. Das Personal macht zur Zeit Überstunden. Wie wäre es, wenn wir einfach einen Ruhetag einlegten?« Enrico nippte zufrieden an seinem Weinglas. »Der Montag ist der umsatzschwächste Tag«, murmelte Tomma. Sie hatte gerade geduscht und trug einen flauschigen Bademantel.

»Damit werden unsere Angestellten zufrieden sein«, sagte Enrico. Er trug einen bunten Schlafanzug und saß mit übereinandergeschlagenen Beinen im Sessel.

»Ich hätte noch gerne für das Wohnzimmer einen flämischen Eichenschrank«, sagte Tomma und zeigte auf die Zimmerwand, an der ein einfaches Bücherbord stand.

Sie trank einen Schluck Wein.

»Einverstanden. Montag ist Ruhetag!« meinte Enrico. »Du fährst nach Hamburg und kaufst den Schrank. Schau dich ruhig auch noch in den Boutiquen um.« Damit erhob er sich und küßte Tomma auf die Wange. Er trug die leere Weinflasche in die Küche und kam mit einer weiteren zurück, die er gekonnt entkorkte. »Die Beisetzung deines Mannes, die Eröffnung unserer Pizzeria, die Sache mit deiner Schwiegermutter – das alles war viel für dich. Du mußt mal wieder raus hier«, sagte er mitfühlend.

Sie hoben die Gläser, prosteten sich zu und tranken den Wein. Sie konnten mit dem, was sie gemeinsam aufgebaut hatten, zufrieden sein.

Die Hamburger Kriminalbeamten parkten den Wagen vor der Auricher Post. Sie stiegen aus und gingen zum

Schloß hinüber. In der Luft lag der süßliche Duft der Heckenrosen. Vor dem Schloßportal säumten zwei Löwen aus verwittertem Stein die breiten Steinstufen und erinnerten an historische Glanzzeiten der Kreisstadt.

»Eine richtige Idylle«, meinte Münter und blickte in den gepflegten Schloßpark.

»Und hinter der Fassade der ehemaligen Residenz bekämpfen in muffigen Zimmern wackere Beamte das organisierte Verbrechen«, meinte Bresser ironisch. Sie orientierten sich an den Hinweistafeln und fanden so rasch zum Dienstzimmer des Staatsanwalts.

Die Vorzimmerdame empfing sie freundlich. »Kripo Hamburg«; sagte Bresser.

»Herr Grothuis erwartet Sie bereits!« Die junge Frau öffnete die Tür des Dienstzimmers, und der Staatsanwalt kam den Beamten schon entgegen!

»Grothuis«, stellte er sich vor und begrüßte die Beamten.

»Münter, mein Kollege Bresser. Wir haben öfter miteinander telefoniert.«

Der Staatsanwalt trug bereits einen leichten Sommermantel. »Das Schiff legt um vierzehn Uhr in Emden ab. Ich habe meine Reisetasche im Wagen. Die Zimmer sind gebucht. Kommen Sie mit, ich zeige Ihnen den Parkplatz für Ihren Wagen«, sagte Grothuis und verließ mit den Beamten das Vorzimmer.

* * *

Van Elderen hob das Fahrrad aus dem Ständer, legte seine Aktentasche unter die Klemme des Gepäckträgers, stieg auf und radelte los. Die Sonne schien, und der leichte Wind sorgte für ein wenig Abkühlung. Am Strand badeten die Urlauber. Die Stühle der Terrassencafés waren voll besetzt. Tagesgäste bummelten durch die Innenstadt. Van Elderen radelte über die Langestraße, bog in die Norderstraße ein und erreichte schließlich die Lange Fenne. Er stellte das Fahrrad ab, nahm die Tasche vom Gepäckträger und betrat das Hotel ›Barke‹.

Den Dienst an der Rezeption versah eine junge Frau. Sie lächelte ihn freundlich an.

»Van Elderen, Kripo Borkum«, stellte er sich vor.

»Ihre Kollegen sitzen in Raum 013. Möchten Sie auch einen Tee?« fragte die Frau.

»Danke, ja. Die Herren warten schon auf mich«, sagte van Elderen und ging durch den Flur zum Zimmer 013.

Der Staatsanwalt und die Hamburger Kollegen saßen bereits um den Tisch, der mitten im Raum stand. An einer Wand stand der Fernseher in einem Regal zwischen Büchern und Spielen. Von der Decke fiel das weiße Licht einer Neonröhre.

»Moin«, sagte van Elderen und setzte sich auf den einzigen freien Stuhl. Gleich darauf kam eine Kellnerin herein, deckte den Tisch und stellte eine Platte mit Butterkuchen ab.

»Es ist wie auf unseren Tagungen. Es gibt Tee und Kuchen, bevor dann die Probleme auf den Tisch kommen«, sagte der Staatsanwalt.

Die Kellnerin war kurz hinausgegangen und kam mit Teekännchen, Sahne und Kluntjes auf einem Tablett wieder herein. Sie stellte die Kannen auf die Stövchen und zog sich dann zurück.

Kurz danach kam Dr. Bredefeld, für den noch ein Stuhl herangeschafft wurde. Der Staatsanwalt begrüßte den Zahnarzt und bat ihn, Platz zu nehmen.

»Bitte, bedienen Sie sich«, sagte er.

Nach der Teepause fragte Grothuis: »Herr Dr. Bredefeld, Sie haben nach dem Anruf eine Fangschaltung bei der Telekom beantragt. Der Anrufer hat sich nicht wieder gemeldet?«

»So ist es. Und das, obwohl ich mich entschlossen habe, zu verkaufen. Mir reicht als Preis der normale Marktwert«, erklärte Bredefeld.

Münter und Bresser rauchten. Dr. Bredefeld stopfte seine Pfeife und zündete sie an.

»Zur Zeit steht, wie Sie wissen, Ihr Handwerker Iwan Maslow im Mittelpunkt unserer Recherchen. Die Eigner der Motoryacht hatten nach einem Hollandtörn in Accumersiel angelegt. Sie haben noch im Yachthafen ihren Wagen beladen, um ins Rheinland zu fahren. Halten Sie es für möglich, daß Maslow die Situation genutzt haben könnte, um sich in den Besitz des Bootes zu bringen? Hatte er Kontakte nach Accumersiel?«

Bredefeld brauchte nicht lange nachzudenken, er winkte sofort ab.

»Ich halte es, gelinde gesagt, für unmöglich, daß Iwan Maslow sich auf so etwas eingelassen hätte«, sagte er. »Und in Accumersiel kannte er auch niemanden, soweit ich weiß!«

»Sie haben über dreißig Jahre in Hamburg praktiziert. Sie haben Ihre Praxis an Ihren Nachfolger verkauft. Haben Sie sich vielleicht dort Feinde geschaffen oder Neider besessen, die Ihnen ans Fell wollten?« fragte Bresser.

»Dieser Anrufer gehört mit Sicherheit nicht zu meinem Bekanntenkreis. Neider mag ich genügend besessen haben, doch sicher niemanden, der mich deshalb gleich umbringen würde!«

»Wir wollen Ihnen nicht zu nahe treten, aber unser

Vertrauensmann im Kiez hat recherchiert und uns mitgeteilt, daß es zur Zeit auf St. Pauli keine osteuropäische Gruppierung gibt, die an Ihrem Haus ein Interesse bekundet hätte«, sagte Münter und stieß den Rauch heftig aus.

Dr. Bredefeld schaute den Kommissar überrascht an. »Mich hat ein Osteuropäer angerufen und bedroht, damit ich mein Haus verkaufe. Das sind Realitäten!« sagte Dr. Bredefeld verärgert, griff und leerte seine Pfeife über dem Aschenbecher aus.

»Sie haben schon recht. Der Mord an Ulfert Hoogelycht ist eine weitere Realität«, meinte Münter. Er drückte die Kippe in den Ascher und fuhr fort: »Iwan Maslow kann den Artikel des Hamburger Abendblattes auf der Motoryacht hinterlassen haben, um uns zu täuschen.«

»Verzeihen Sie, aber das halte ich für Unsinn!« schimpfte der Zahnarzt.

»Es geht zuerst einmal nur um Denkansätze, die uns dazu verhelfen sollen, das Motiv zu ergründen und den Tathergang zu rekonstruieren. Wir müssen dieser Version nachgehen. Fest steht, daß jemand den Zeitungsartikel und die Geschoßhülsen hinterlassen und Ihnen nach dem Leben getrachtet hat«, erklärte der Staatsanwalt und blickte eindringlich in die Runde. Der Zahnarzt schenkte sich Tee ein, und seine Hände zitterten dabei. In der Luft lag eine knisternde Spannung.

»Es gab einen Todesschützen. Er – oder vielleicht auch einer seiner Kumpane – hat Sie angerufen, und dann wurde der Hotelier Hoogelycht wegen seiner Ähnlichkeit mit Ihnen oberhalb der Nordspitze von Norderney von Bord der gestohlenen Yacht aus erschossen. Warum?« fragte Bresser.

Der Zahnarzt blickte den Kommissar irritiert an. »Weil ich nicht verkaufen wollte«, sagte er verärgert.

»Das ist unsere Annahme! Doch was hatte der Mörder davon? Er bekommt das Haus nicht und hetzt sich auch noch die Polizei auf den Hals!« gab Münter zu bedenken.

»Da muß mehr dahinter stecken«, meinte der Staatsanwalt.

»Und Rache?« fragte Münter.

»Ich kenne wirklich keinen Menschen, der mir nach dem Leben getrachtet haben kann«, sagte Dr. Bredefeld. Er rieb sich stöhnend den Schweiß von der Stirn.

»Sie fahren oft genug mit dem Rad durch die Dünen. Der Mörder hätte Sie leicht aus dem Hinterhalt vom Fahrrad schießen können«, meinte van Elderen.

Der Zahnarzt blickte den Kommissar verwirrt an. »Wahrscheinlich schätzte er seine Chance, mit einem Boot zu entkommen, besser ein!«

»Darüber kann man geteilter Meinung sein«, sagte der Staatsanwalt nachdenklich.

»Und unzufriedene Mieter?« fragte Bresser

Dr. Bredefeld schüttelte den Kopf. »Seit mehr als zehn Jahren habe ich niemandem mehr gekündigt.«

»Vielleicht war es ein Patient, den Sie auf Ihrem Marterstuhl zu sehr gequält haben?« warf Münter trocken ein, und seine Frage lockerte endlich die gespannte Atmosphäre. Alle grinsten, und auch Dr. Bredefeld rang sich ein Lächeln ab.

»Der Mörder kannte sich in Ihren Vermögensverhältnisse aus Er wußte um Ihren Törn nach Helgoland. Er dachte logisch, stahl das Boot des Bäckermeisters in Accumersiel und kreuzte Ihren Kurs. Er schoß auf Hoogelycht, ließ die Hülsen an Bord. Er warf den Zeitungsartikel mit Ihrem Foto in eine Ecke und legte dann das Boot in Norddeich an einen Steg«, sagte Bresser und steckte sich noch einen Zigarillo an.

»Warum hat er das Boot nicht einfach versenkt? Sollte es vielleicht gefunden werden?« überlegte van Elderen.

Es wurde still im Raum. Alle dachten über diese Möglichkeit nach. Schließlich meinte der Staatsanwalt: »Jedenfalls müssen wir zuallererst in Erfahrung bringen, ob Maslow bei dem Mord eine Rolle gespielt hat. Er war vertraut mit Ihrem Schiff und besaß möglicherweise auch Kenntnisse über Ihre Vermögenslage.«

»Er hat in meinem Haus einmal die Heizung repariert. Aber rein gefühlsmäßig? Nein, er war es nicht«, sagte Dr. Bredefeld entschieden.

»Entschuldigen Sie, es geht aber hier nicht um Gefühle, sondern um Beweise, die zur Aufklärung des Mordes an Ihrem Freund Hoogelycht führen können«, erwiderte der Staatsanwalt.

»Nach den bisherigen Recherchen ist es ebenfalls denkbar, daß der Todesschütze es in der Tat auf Ihren Mitsegler abgesehen haben kann. Wir suchen schließlich immer noch vergeblich nach dem Interessenten für Ihr Haus«, gab Kommissar Bresser zu bedenken.

»Das ist doch blanker Unsinn«, fuhr Dr. Bredefeld ihm dazwischen.

»Solange uns das Motiv des Mörders unbekannt ist, müssen wir davon ausgehen, daß der osteuropäische Anrufer seine Mordabsichten in die Tat umsetzen wollte«, antwortete der Staatsanwalt.

»Das stimmt! Der Schütze wollte sicher mich ermorden«, stimmte ihm der Zahnarzt aus vollem Herzen zu. »Nur so kann es sein!«

»Herr van Elderen, fertigen Sie bitte ein Protokoll der Besprechung an. Wir werden uns jetzt zum Yachthafen begeben. Ich möchte mir die Yacht, die ich bisher nur aus den Protokollen kenne, persönlich anschauen«, sagte Grothuis und schloß die Sitzung.

* * *

Der pensionierte Postbeamte Uwe Schneddermann ging mit seinem kleinen Dackel im Schlepptau energischen Schrittes die Hein-Kollinke-Straße entlang in Richtung der Telefonzelle am Supermarkt. Dort steckte er die Telefonkarte, die er immer bei sich trug, in den Schlitz, fand die Telefonnummer der Polizei im Telefonbuch und wählte die Nummer.

»Revier Davidswache, Schüller«, meldete sich ein Beamter.

»Schneddermann; ich rufe von der Telefonzelle am HEZ-Markt, Ecke Klipperstraße an. Ich habe im kleinen Wassergraben im Johannisgehölz vor der Gustav-Heinemann-Schule ein Gewehr entdeckt«, sagte er.

»Und es handelt sich nicht um eine Wasserkanone, die Kinder weggeworfen haben?« fragte der Beamte ironisch.

»Nein, das glaube ich nicht«, antwortete Schneddermann etwas gekränkt. Waldi jaulte, und Schneddermann bemerkte Blut an seinen Ohren.

»Was sind das für Nebengeräusche?« fragte der Beamte.

»Mein Hund. Er hat sich im Johannisgehölz an den Brombeerranken verletzt«, erklärte der Anrufer.

»Geben Sie mir bitte Ihre Anschrift durch«, forderte der Beamte ihn auf. Schneddermann tat, wie ihm geheißen, und der Polizist sagte: »Ich schicke einen Streifenwagen zu Ihnen. Bleiben Sie bitte in der Nähe der Telefonzelle!«

Schneddermann seufzte, nahm ein Tempotuch aus seiner Jeanstasche und tupfte liebevoll das Blut von den Ohren des Hundes.

* * *

Bresser stand am Fenster des kleinen Dienstzimmers und schaute auf den pulsierenden Verkehr. Über dem Hafen hing noch der Morgendunst, es war fast windstill und sonnig, aber nicht mehr so warm wie in den Tagen zuvor.

Münter betrat das Dienstzimmer. Bresser wandte sich vom Fenster ab und blickte auf seine Armbanduhr. »Harald, du kommst zu spät«, sagte er grinsend.

»Das hat seine Gründe«, antwortete Münter, stellte seine Tasche ab und setzte sich an seinen Schreibtisch.

»Ich weiß, du hast mit Elisabeth bis spät in die Nacht gescrabbelt und dann den Wecker überhört«, scherzte Bresser.

»Nichts dergleichen. Ich habe meinen Beihilfeantrag abgegeben und mit dem Einsatzleiter in der Kantine noch einen Kaffee getrunken. Elisabeth ist zu unserer Tochter gefahren. Hedwig muß sich auf eine Lehrprobe vorbereiten. Wenn sie es schafft, wird sie Studienrätin«, sagte Münter stolz.

Bresser setzte sich ebenfalls an seinen Schreibtisch.

»Hier ist der Einsatzbericht des Streifenwagens Nummer sechs. Wachtmeister Schüller hat ihn mit einem Zusatz versehen«, sagte Münter und reichte seinem Kollegen den Bericht.

Bresser las. »Ach, da hatte einer die Hosen voll! Eine Kalaschnikow im Rinnsal des Johannisgehölzes!« Er pfiff durch die Zähne.

»Sonst fällt dir dabei nichts ein?« fragte Münter ironisch.

»Doch, das Gewehr feiert Geburtstag in diesen Tagen. Vor 50 Jahren hat der Ingenieur Michail T. Kalaschnikow es konstruiert, und mittlerweile ist es über siebzig Millionen mal gebaut worden!« Er grinste: »Habe ich gestern in der Zeitung gelesen!«

»Daß die Waffe in der Nähe des Kiez, nicht weit entfernt vom Haus des Zahnarztes, aufgetaucht ist, dürfte kein Zufall sein«, erklärte Münter.

»Das stimmt. Ich schicke sie sofort zum Labor zur kriminaltechnischen Untersuchung«, erwiderte Bresser und stand auf. »Es ist schon sonderbar, daß jemand eine Kalaschnikow, Kaufpreis geschätzte vierhundert Mark, einfach in den Schloot wirft«, sagte er und verließ das Dienstzimmer.

Auf Borkum kursierten die wildesten Gerüchte. Van Elderen hatte mehrmals seine kleine, gemütliche Stammkneipe aufgesucht und sich angehört, was die Insulaner über die ganze Geschichte so redeten. Auch im Lehrerzimmer seiner Frau tuschelten die Kollegen über den sehr rätselhaften Mord an dem Hotelier.

Da waren die Mitglieder des Heimatvereins, die bei ihrem Vorhaben, das alte Lehrerhäuschen zu einem Hort ihrer Heimatforschung einzurichten, kläglich abgeblitzt waren. Ihr moralischer Zeigefinger wies einigen Neidern die Richtung.

Wie immer bei solchen Parolen hatte niemand etwas gesagt, sondern nur zufällig gehört und weitererzählt, doch die Gerüchtemacher vermuteten den Mörder auf Borkum.

Beziehungen der Familie Hoogelycht zum Kiez bestanden mit Sicherheit nicht, das stand fest wie das Amen in der Kirche.

Van Elderen griff eines Abends zum Telefonhörer und rief den Staatsanwalt an. Die Vorzimmerdame meldete sich. »Revier Borkum, Herrn Grothuis bitte«, sagte der Kommissar.

»Grothuis«, meldete sich der Staatsanwalt, und nach einigen Begrüßungsworten kam van Elderen zur Sache.

»Auf Borkum kursieren hartnäckige Gerüchte. Da ist nicht nur das Gerede über Tomma Hoogelychts Engagement beim Kauf des Lehrerhäuschens und ihre Beteiligung an der Pizzabäckerei ihres jetzigen Lebensgefährten, sondern auch über die Verschuldung ihres Sohnes, der nach dem Tod seiner Großmutter einen hohen Kredit getilgt haben soll. Die hübsche Rußlanddeutsche hat übrigens auf Borkum Fuß gefaßt. Über sie höre ich nur Gutes«, fügte der Kommissar hinzu.

»Lieber Kollege«, erwiderte Grothuis, »wenn Sie es für sinnvoll halten, dann werfen wir einen Blick hinter die Fassade. Eine Kalaschnikow kostet nicht die Welt, und in der Familie Hoogelycht hat es ja anscheinend schon einige Spannungen gegeben.«

»Einen Versuch ist es jedenfalls wert«, sagte der Kommissar. »Ich werde mit dem Filialleiter der Bank einen Termin vereinbaren.«

»Das interessiert mich auch – bitte informieren Sie mich, wann das Gespräch stattfinden soll, ich werde Sie dann begleiten.«

»All up Stee«, sagte van Elderen und legte den Hörer auf.

* * *

Iwan Maslow saß hinter dem Steuer des MAN-Sattelschleppers und blickte mißmutig in die bedrohlich dunklen Wolken, aus denen Blitze zuckten. Er zählte die Sekunden bis zu den Donnerschlägen und berechnete so die Entfernung des Gewitters von seinem Standort. Nichts lief mehr. Der Verkehrsfunk meldete, daß der Stau, in dem er sich befand, fünfzehn Kilometer lang war! Iwan Maslow hatte im Afghanistankrieg als Offizier eine Pioniereinheit geführt. Er verdankte die Anstellung als Fernfahrer seinem ehemaligen Major, der nach dem Zusammenbruch der Sowjetunion wegen seiner Verdienste für Rußland die Leitung des staatlichen Förderungsbüros für den Export russischer Waren übernommen hatte.

Maslow hatte im Hamburger Hafen Paletten mit Wodkakartons geladen. Käufer und Empfänger der Sendung war eine Firma in München, wie schon bei den vier vorangegangenen Transporten. Bisher hatte es nie Probleme gegeben, aber heute lief einiges quer. Er faßte sich in Geduld und nahm sich vor, während der Nacht am Steuer zu bleiben, dann konnte er am Morgen abladen und danach in Ingolstadt zur vereinbarten Zeit die Ladung für das VW-Werk in Emden aufnehmen.

Maslow liebte seinen Job. Er fuhr ohne Beifahrer und genoß die Freiheit, die ihm zwischen Auf- und Abladen blieb. Er hielt sich strikt an die Ruhezeiten und konnte bei Kontrollen ohne schlechtes Gewissen die Tachoscheibe vorzeigen.

Das Gewitter zog ab. Regen troff über die Frontscheibe. Er saß im Führerhaus, entspannte sich hinter dem Steuer und blickte schläfrig auf die Rücklichter eines Busses, bereit anzufahren, während der Himmel sich aufzuklären begann.

Er dachte an seine Frau Irena und den kleinen Sohn Michail, die erst vor wenigen Tagen von Hamburg in das kleine, ihnen von der Gemeinde Hinte zugewiesene Häuschen gezogen waren. Irena hatte deutsche Eltern, aber dennoch war es nicht leicht für Michail, nun eine deutsche Schule zu besuchen.

Trotz der vielen Hindernisse hatte er jedoch jetzt die Möglichkeit, in einem bescheidenen Wohlstand groß zu werden und eine gute Ausbildung zu erhalten.

Der Stau begann sich aufzulösen. Es ging schrittweise voran. Maslow beobachtete das Kreisen des Blaulichts der Polizeifahrzeuge. Er passierte die Unfallstelle und sah einen umgestürzten Wohnwagen und ein Autowrack auf der rechten Spur liegen. Die Polizei leitete den Verkehr an der Unfallstelle vorbei.

Er bekam freie Fahrt und blieb im Bremsabstand hinter dem Bus. PKW's schossen auf der Überholspur vorbei. Es wurde Abend. Iwan Maslow fuhr mit eingeschalteten Scheinwerfern zügig in die Nacht, um die Stunden aufzuholen.

Es war kurz nach Mitternacht, als er den Sattelschlepper auf den Rastplatz ›Körschinger Forst‹ lenkte. Er griff nach der Provianttasche mit seinen restlichen Broten und ein paar Äpfeln, denn er war müde vom Fahren und wollte in der Raststätte einen Kaffee trinken und die Brote und das Obst verzehren.

Er fuhr erschrocken zusammen, als er plötzlich in das Gesicht eines Mannes blickte, der auf dem Trittbrett des Führerhauses stand und eine Pistole auf ihn gerichtet hielt.

Sein ehemaliger Major hatte ihn gewarnt und gesagt, Wodka-Transporte gehören zu den Spezialitäten der Mafia. Maslow hatte vorgesorgt.

Er ließ die Tasche mit den Broten fallen und langte mit der Hand nach der Kalaschnikow, die unter einem Kissen auf dem Beifahrersitz lag. Mit der linken Hand kurbelte er langsam die Scheibe nach unten und schaute den Mann gelassen an. Er sah den Mercedes, der sich vor seinem LKW einblinkte.

»Was ist?« fragte er und lehnte seinen linken Arm aus dem Fenster.

»Aussteigen! Fahrerwechsel! Da vorne kommen Kumpel und übernehmen LKW«, sagte der Mann und sprang vom Trittbrett auf die Straße. Maslow nickte. Er hatte gelernt, mit einer Kalaschnikow umzugehen. Blitzschnell nahm er mit der rechten Hand die Waffe und schob sie an seine Schulter, richtete sie auf den Mann und rief: »So, und jetzt ab mit dir«, sagte er auf Russisch.

Der Mann senkte erschrocken die Pistole. Iwan Maslow behielt den Mercedes im Auge. Der Fremde rannte zur geöffneten Beifahrertür, sprang in den Wagen, und der Mercedes drosch davon. Maslow konnte die Zulassungszeichen bis auf das HH, das für Hansestadt Hamburg stand, nicht entziffern.

Er stieg aus, schloß den LKW ab und ging zur Raststätte hinüber. Er war froh, daß alles gut ausgegangen war, aber trotz alledem reichlich durcheinander. Schnell ging er zur Telefonzelle, schob die Telefonkarte in den Schlitz und wählte die Notrufnummer der Polizei, die sich im Sichtfeld befand.

»Polizei Ingolstadt, Hubermeyer«, vernahm er aus dem Hörer.

»Maslow, Raststätte, Korschinger Forst. Ich melde einen versuchten Überfall, waren Männer mit Mercedes, altes Modell, weiß. Nummer nicht gesehen, nur HH«, sagte er aufgeregt.

»Ich notiere. Das Kennzeichen Ihres Fahrzeugs?« fragte der Polizeibeamte.

»Ist Sattelschlepper MAN, EMD-TR 2901«, antwortete er.

»Und Ihr Name?« fragte der Beamte. »Iwan Maslow.«

»Danke, bleiben Sie bitte auf dem Rastplatz. Ein Streifenwagen fährt gleich los«; sagte der Polizeibeamte.

»Okay«, sagte Maslow müde und legte auf.

In der Raststätte entschied er sich für einen Tisch am Fenster, der ihm den Blick auf die Einfahrt ließ. Er aß sein Brot und trank Kaffee und fühlte sich etwas wohler, als er zurück zu seinem LKW ging und sich hinter das Lenkrad setzte. Er stierte auf die Einfahrt, bis er das Blaulicht sah. Es waren mehrere Fahrzeuge, die sich näherten! Seine Verwirrung wuchs, als die Polizeibeamten sich mit vorgehaltener Waffe dem LKW näherten. Er folgte der Aufforderung, das Führerhaus zu verlassen, und wollte protestieren, aber seine Einwendungen und Beteuerungen blieben ungehört. Für Maslow gab es keinen Ausweg. Die Polizeibeamten legten ihm Handschellen an, durchsuchten das Führerhaus, studierten die Ladepapiere, nahmen sie mit und fanden die Kalaschnikow. Der Einsatzleiter machte Maslow klar, daß er von der Hamburger Kripo gesucht wurde. Sie standen für Sekunden im Licht der stelzigen Parkplatzleuchte.

Der Russe war ratlos und deprimiert. Er dachte an seinen Job. »Ladung muß nach München! Muß laden in Ingolstadt für VW Emden«, rief er verzweifelt.

»Wir werden Ihre Firma benachrichtigen, keine Sorge. Es muß einiges geklärt werden«, sagte der Einsatzleiter. Dann schoben die Beamten Maslow in den VW-Bus.

Der Staatsanwalt verließ den Zug am Inselbahnhof und ging zum Revier hinüber. Urlauber füllten die Bürgersteige. Borkum war voller Leben.

Wenig später trat Grothuis ins Dienstzimmer. »Moin«, sagte er.

Van Elderen begrüßte ihn, schob den Besucherstuhl in die Nähe des Schreibtisches und bat den Staatsanwalt, Platz zu nehmen.

»Iwan Maslow ist gefaßt. Hier ist eine Kopie des Faxes der Ingolstädter Polizei«, sagte Grothuis und reichte dem Kommissar die Kopie. »Für Ihre Akte«, sagte er.

Van Elderen las und nickte zufrieden.

»Ich habe mit dem Untersuchungsrichter gesprochen. Er wird verfügen, daß Iwan Maslow in das Untersuchungsgefängnis nach Aurich überführt wird«, sagte der Staatsanwalt.

»Ein Geständnis?« fragte van Elderen.

»Weit gefehlt«, antwortete der Staatsanwalt.

»Das ist nun schon die zweite Kalaschnikow, die in unseren Fall gerät«, sagte der Kommissar.

»Sie befindet sich bereits zur technischen Spurensicherung im Labor in Hannover, und wir können auf das Ergebnis gespannt sein. Doch es mutet recht seltsam an, daß Maslow aus Angst vor den eigenen Landsleuten das Gewehr mit sich führte«, meinte Grothuis.

»Er hatte sicher Angst vor Überfällen! In dem Mercedes der Gangster befanden sich mit Sicherheit neue Kennzeichen und gefälschte Ladepapiere. Sie hätten den LKW in Richtung Bayrischer Wald gelenkt und ihn irgendwo in Tschechien abgeladen«, erwiderte van Elderen.

»Maslows Familie wohnt erst seit wenigen Tagen in Hinte, Landkreis Aurich. Ich habe mit dem Arbeitgeber bereits telefoniert. Maslow ist zuverlässig und besaß das Vertrauen seiner Vorgesetzten. Er fuhr ohne Beifahrer«, sagte der Staatsanwalt, stand auf und trat ans Fenster. Ein herrlicher Tag, dachte er. Sein Blick reichte über den kleinen sonnenbeschienenen Park bis zum Bahnhof.

»Mich irritiert, daß er seine Kalaschnikow auf dem Parkplatz nicht einfach in einen Müllcontainer geworfen hat, bevor er die Polizei eingeschaltet hat«, sagte van Elderen.

»Er hätte die Polizei überhaupt nicht einzuschalten brauchen«, stellte der Staatsanwalt fest, wandte sich um und setzte sich wieder auf den Stuhl.

»Ich habe übrigens gestern Dr. Bredefeld gesprochen. Er hat der Immobilienabteilung der Stadtsparkasse den Auftrag zum Verkauf des Hauses gegeben«, meinte der Kommissar.

»Damit sinken die Chancen für den Gangster, in den Besitz des Hauses zu gelangen. Jetzt unterliegt es dem Gesetz von Angebot und Nachfrage«, antwortete Grothuis.

»Frau Hoogelycht hat übrigens nicht lange um ihren Mann getrauert. Ich sagte Ihnen bereits, daß sie sich an der Pizzeria beteiligt haben soll«, kam van Elderen zu ihrem eigentlichen Thema.

»Und das lief alles so nebenbei, während der Alte im Bootshaus an seiner Yacht gebastelt hat?« fragte der Staatsanwalt.

»Er hat angeblich nichts von ihrem Verhältnis mit dem jüngeren Italiener gewußt. Sie hat die Leitung des Hotels inzwischen ihrem Sohn überlassen und wohnt bei ihrem Lebensgefährten.«

Der Staatsanwalt steckte sich eine Zigarette an. »Es hat nach dem Tode der Dini Hoogelycht Erbstreitigkeiten gegeben, nicht wahr?«

Der Kommissar nickte. »Der Enkel avancierte nach ihrem Tode zum Haupterben. Tomma Hoogelycht bekam eine Ausgleichssumme für den Zugewinn. Hoogelychts Schwester wurde für die Ablösung der Kommanditisteneinlage in Form eines Aktienpaketes entschädigt. Das war dem Schwager zu wenig, aber er konnte nichts dagegen tun«, erklärte der Kommissar.

Der Staatsanwalt drückt seine Kippe in den Aschenbecher. »Ob die Familienangelegenheiten der Hoogelychts mit unserem Fall verknüpft sind, stelle ich in Frage. Für Dr. Bredefeld steht fest, daß der Mord an Hoogelycht ein Versehen war«, meinte er nachdenklich.

»Der ›Osteuropäer‹ hat sich nicht wieder gemeldet, und es scheint auch keine Gruppierung der Mafia an dem Haus zu geben,« gab van Elderen zu bedenken. »Wir haben sonst keinerlei Hinweise dafür, daß die Schüsse dem Zahnarzt galten.«

»Nehmen Sie etwa an, die hübsche Swetlana, der Sohn oder Tomma Hoogelycht selbst hätten die Hände im Spiel gehabt?« fragte der Staatsanwalt ironisch.

»Solange wir bei der Version bleiben, daß der Mörder Bredefeld ermorden wollte, aber Hoogelycht traf, ergibt das keinen Sinn.«

Der Staatsanwalt nickte. »Tomello hat im Frühjahr seine Motoryacht von Ischia nach Borkum überführen lassen, und wie ich erfahren habe, hat sich nach dem Tode der alten Hoogelycht auch der Schwager aus Emden einen langgehegten Wunsch erfüllt und sich sein Motorboot gekauft – für seine Zeit als Pensionär«, murmelte der Kommissar.

»Den Schwager und den Italiener zu belasten kommt mir aber weit hergeholt vor. Interessanter finde ich den Aufstieg dieser Roederich. Vom Nichts zu enormem Wohlstand und Ansehen, wenn sie den Junior heiratet!«, sagte der Staatsanwalt.

»Das stimmt. Aber das alles hätte sie auch ohne den Tod ihres zukünftigen Schwiegervaters erreicht. Und sie ist völlig unbescholten und gilt als sanft und freundlich. Der Mörder hat den Hotelier mit einer Kalaschnikow erschossen, von einem fahrenden Boot aus – fast ein perfekter Mord, wenn wir nicht Fedor, den Maulwurf, im Kiez gehabt hätten«, stellte van Elderen fest.

»Vielleicht bringt uns der Termin mit dem Bankdirektor ja weiter, lassen Sie uns aufbrechen!« Damit erhob sich Grothuis, und van Elderen tat es ihm nach.

Es war kühl, und es wehte ein frischer Wind von Osten her. Doch das hielt die Touristen nicht davon ab, in ihren windgeschützten Strandkörben und Burgen ein Sonnenbad zunehmen, und einige Wagemutige planschten sogar in der Brandung, die weiße Schaumfetzen an den Strand trieb.

Durch die Straßen und Gassen der Insel bummelten Gäste, schleckten Eis und sahen sich die Schaufenster an.

Van Elderen begleitete den Staatsanwalt zur Filiale der Oldenburgischen Landesbank. Vor den Schaltern warteten Kunden, um ihre Bankgeschäfte abzuwickeln. Grothuis ging zum Kassenschalter und zeigte dem Angestellten seinen Dienstausweis. »Wir sind angemeldet«, sagte er.

»Einen Augenblick bitte«, erwiderte der Kassierer und griff zum Telefon.

Dem Schalter gegenüber befand sich eine Sitzecke. Die Beamten nahmen in den Sesseln Platz, doch schon ein paar Minuten später betrat der Filialleiter, ein hochgewachsener, grauhaariger Mann mit klaren blauen Augen, durch eine Seitentür die Schalterhalle. Er trug eine graue Hose, ein blaues Oberhemd mit Krawatte und einen dunkelblauen Blazer.

»Moorland, Sie wollten mich sprechen«, sagte er, reichte den Besuchern die Hand und blickte sie fragend an.

»Staatsanwalt Grothuis. Mich begleitet Kommissar van Elderen«, sagte der Staatsanwalt. Sie folgten dem Filialleiter durch einen Korridor, dessen Wände von Gemälden mit ostfriesischen Motiven geschmückt wurden.

Moorland öffnete eine Tür und bat die Beamten einzutreten. Er schloß die Tür hinter sich und zeigte auf drei Lesersessel und einen Couchtisch. »Nehmen Sie bitte Platz«, sagte er.

Die Beamten setzten sich in die Sessel.

Moorland trat an seinen Schreibtisch und berührte mit der Hand einen Schnellhefter in einer Hängeregistratur. »Eine Erfrischung? Tee, Kaffee, Sprudel?« fragte er.

»Tee, bitte«, antwortete der Staatsanwalt, und van Elderen nickte zustimmend.

»Einen Moment, bitte«, sagte der Filialleiter und verließ das Zimmer. Sein Schreibtisch war breit und aus massivem Holz geschreinert. An den Wänden standen antike Schränke, und an der Wand über dem Schreibtischstuhl hing ein historisches Gemälde, das ein Borkumer Walfängerschiff auf bewegter See zeigte.

Moorland kam in Begleitung einer jungen, hübschen Angestellten zurück, die ein Tablett mit Teegeschirr trug. »Meine Sekretärin, Frau Warding«, sagte er. Sie deckte den Tisch, lächelte den Besuchern zu und verließ den Raum.

Moorland setzte sich zu ihnen in den Sessel. »Staatsanwälte in Geschäftsräumen von Banken bedeuten meist Probleme«, scherzte er.

»Wir kommen aber nicht, um nach Kunden mit Luxemburger Konten zu suchen«, sagte Grothuis lächelnd.

»Ich weiß«, sagte Moorland. Er wies auf den Aktenhefter, der auf seinem Schreibtisch lag.

»Wir recherchieren im Fall Hoogelycht, der um ein Haar ein Fall Dr. Bredefeld geworden wäre«, erklärte der Staatsanwalt.

»Soweit bin ich im Bilde«, antwortete der Filialleiter. Er stand auf, ging zum Schreibtisch hinüber, nahm aus der Schublade eine Zigarettenpackung und Werbestreichhölzer, legte sie auf den Tisch und rückte den Aschenbecher zurecht. »Bitte«, sagte er und nahm wieder Platz.

Die Sekretärin brachte das Stövchen, zündete das Teelicht an, stellte die Kanne auf das Stövchen und eine Schüssel mit dem friesischen Blätterteiggebäck auf den Tisch. »Bedienen Sie sich bitte«, sagte sie und verließ das Zimmer.

Die Beamten taten wie geheißen.

»Herr Moorland, uns geht es zuerst einmal um die Baufinanzierung Ihres Kunden Enrico Tomello. Wir hegen im Augenblick weder gegen ihn noch gegen Frau Tomma Hoogelycht oder den Sohn Focko irgendeinen Verdacht. Aber wir müssen alle Möglichkeiten in Erwägung ziehen, und dafür brauchen wir

Ihre Hilfe«, sagte der Staatsanwalt. Er trank Tee, aß ein Plätzchen und griff nach der Zigarettenschachtel, die auf dem Tisch lag.

Moorland stand auf und holte den Hefter vom Schreibtisch, schob sein Gedeck beiseite und legte die Akte auf den Tisch. »Aus unserer Sicht bedeuten die Investitionen kein großes Risiko«, erklärte er. »Die Pizzeria paßt architektonisch gut ins Altstadtbild. Sie wird gut geführt und kommt beim Publikum, wie erwartet, gut an. Wir haben keine Bedenken, was die Sicherheit unserer Kredite anbelangt«, sagte der Filialleiter.

»Gab es dennoch bei der Kreditgewährung Schwierigkeiten?« fragte van Elderen.

Moorland aß noch ein Plätzchen, nippte nachdenklich an seiner Teetasse und nickte. »Die Finanzierung mußte neu gestaltet werden. Der Bauherr hatte die Beleihungsgrenze gegen unsere getroffenen Abmachungen überschritten. Wir baten ihn um weitere Sicherheiten, weil einerseits seine Eigentumswohnung in Turin nach Auskunft unserer italienischen Partnerbank nicht den angegebenen Wert besaß und andererseits seine Wohnung auf Ischia im Hotel seines Bruders nur begrenzt beleihbar ist. Sie gilt als unverkäuflich. Der Bauherr besitzt an ihr ein lebenslanges Nutzrecht. Frau Hoogelycht, die Lebensgefährtin des Italieners, ist schließlich eingesprungen. Sie hat nach dem Tode ihrer Schwiegermutter eine Ausgleichszahlung bekommen, mit der sie sich an der Pizzeria beteiligte«, antwortete der Filialleiter und blickte die Beamten mißtrauisch an.

»Und wenn die alte Seniorchefin sich wegen ihres Krebsleidens nicht erschossen hätte, wäre dann dem Pizzabäcker die Puste ausgegangen?« fragte van Elderen.

»Nicht unbedingt. Frau Hoogelycht besaß Reserven«, antwortete Moorland; man sah ihm deutlich an, daß ihm das Gespräch unangenehm war.

»Die Ehe der Hoogelychts war offenbar nicht mehr zu kitten. Aber den Gerüchten nach hat Ulfert Hoogelycht bis zuletzt nichts von dem Verhältnis seiner Frau mit Herrn Tomello gewußt. Könnte er Ihrer Meinung nach doch davon erfahren und seine Frau zur Rede gestellt haben?« wollte van Elderen wissen.

Moorland zuckte mit den Schultern. »Im Bankgeschäft geht es nicht um Tratsch, erst recht nicht um Gefühle. Ich bin verantwortlich für das Kapital, das uns unsere Kunden anvertrauen, und benötige Sicherheiten, wenn ich Kredite genehmige«, sagte er ausweichend.

»Nun, die besaßen Sie vermutlich auch, als der Junior bei Ihnen tief in der Kreide steckte«, erwiderte van Elderen trocken.

»Wissen Sie Genaueres?« fragte Moorland.

»Nein, nur das, was man so auf der Insel erfährt«, sagte der Kommissar.

»Focko Hoogelycht hatte bei der Übersiedlung von Hamburg nach Borkum bei der Hamburger Stadtsparkasse aufgrund der elterlichen Vermögenslage seinen Überziehungskredit bis zur äußersten Grenze ausgeschöpft. Wir haben auf Anweisung seiner Großmutter den Kredit zum Teil getilgt, die Restschuld übernommen und das Konto des Juniors entsprechend belastet«, sagte Moorland.

»Und Focko Hoogelycht hat sein Konto inzwischen ausgeglichen?« fragte der Staatsanwalt.

Moorland nickte. »Nach dem Tode seiner Großmutter.«

»Wir benötigen keine genauen Zahlen, aber ... handelte es sich um eine höhere Summe?« fragte der Staatsanwalt.

Moorland lachte. »Sie sind höherer Beamter. Ich schätze, daß die Summe knapp unter Ihrem Jahreseinkommen lag«, sagte er.

»Mein Gott, diese Dimensionen übersteigen meine Vorstellung von Einkommen«, sagte van Elderen.

»Die Familie Hoogelycht ist sehr vermögend, und Focko Hoogelycht ist der Erbe. Soweit ich im Bilde bin, floriert der ›Kaiserhof‹ unter der Leitung des Juniors auch weiterhin. Seine Partnerin ist eine tüchtige Geschäftsfrau, da gibt es nichts zu mäkeln. Die Finanzen stimmen«, sagte der Filialleiter.

»Und die unzufriedenen Verwandten in Emden?« hakte van Elderen nach.

»Der alte Hoogelycht hat die finanziellen Bedingungen des Testaments seiner Mutter korrekt erfüllt. Erkundigen Sie sich am besten bei seinem Notar. Die Familie Buss besitzt bei uns kein Konto«, sagte Moorland und schob die Akte beiseite.

»Ist Frau Tomma Hoogelycht noch irgendwie am ›Kaiserhof‹ beteiligt?« fragte der Staatsanwalt.

»Soweit die Antworten auf Ihre Fragen meine Kompetenz nicht übersteigen, bin ich bereit, Ihnen Auskünfte zu geben. Frau Hoogelycht bezog nach dem Tode der Seniorchefin von ihrem Mann ein Gehalt als Geschäftsführerin. Ihre Vertretungsvollmacht hat der Junior weder im Handelsregister noch bei uns widerrufen. Aber er ist der Eigentümer«, erklärte Moorland.

Der Staatsanwalt erhob sich. »Herr Moorland, wie bei solchen Gesprächen üblich, bitte ich Sie, darüber Schweigen zu bewahren«, sagte er.

Auch van Elderen stand auf. »Danke für den Tee und das Gebäck«, sagte er.

»Nichts zu danken. Ihre Fragen haben mich nicht in Verlegenheit gebracht«, erwiderte der Filialleiter zum Abschied.

* * *

Derweilen saß der Russe Iwan Maslow noch immer in Untersuchungshaft. Mitglieder der evangelischen Kirchengemeinde Hinte kümmerten sich liebevoll um seine Frau und ihren kleinen Sohn, denen die Gemeinde das alte Pastorenhäuschen zugewiesen hatte. Sie waren überzeugt von der Unschuld des Fernfahrers, verfaßten deshalb eine Petition, richteten sie an die Speditionsfirma und baten den Prokuristen, den Arbeitsvertrag des Russen nicht aufzukündigen. Dieser wurde an einem schönen Julimorgen dem Staatsanwalt in Aurich vorgeführt.

Bresser und Münter waren von Hamburg angereist, und van Elderen hatte das erste Fährschiff von Borkum genommen. Die drei saßen für eine kurze Vorbesprechung im Dienstzimmer des Staatsanwaltes.

»Wir werden gleich also Iwan Maslow verhören«, sagte dieser.

»Gestern habe ich das Ergebnis der technischen Laboruntersuchungen bekommen. Die Projektile und Hülsen entstammen nicht der Kalaschnikow des Russen, sondern der zweiten Kalaschnikow, die der pensionierte Postbeamte im Johannisholz gefunden hat«, trug van Elderen vor.

»Ob Maslow Verbindungen zu Landsleuten oder anderen Osteuropäern besaß, muß das Verhör klären«, fügte Bresser hinzu.

»Es ist zumindest denkbar, daß er Informationen über das Haus im Kiez und den Termin des Törns weitergegeben haben kann«, sagte der Staatsanwalt. »Gehen wir!«

Das Verhör fand im kleinen Sitzungszimmer statt. Durch das Fenster blickte man in den Park, an den weißen Wänden hingen vergrößerte Fotos von Mühlen und Krabbenkuttern hinter Glas. Der Hausmeister hatte die Tische zusammengerückt. Die Beamten nahmen Platz.

Ein Vollzugsbeamter betrat mit dem Russen das Sitzungszimmer. Iwan Maslow trug ein leichtes Jackett, ein buntes Oberhemd, dessen Kragen er über die Revers gelegt hatte, und dazu Jeans.

»Bitte, nehmen Sie Platz«, sagte der Staatsanwalt und wies auf den freien Tisch, vor dem zwei Stühle standen.

Maslow war glatt rasiert und trug sein dichtes, dunkles Haar kurz geschnitten. Er lächelte verlegen und rutschte unbehaglich auf seinem Stuhl hin und her. Der Vollzugsbeamte saß stocksteif neben ihm.

»Herr Maslow, mein Name ist Grothuis, ich bin der Staatsanwalt. Die Herren sind von der Kriminalpolizei. Den Haftbefehl gegen Sie wegen Mordverdachts hat der Amtsrichter auf meinen Wunsch hin erlassen.« Er sah Maslow ernst an. »Sie unterhielten mit dem Zahnarzt Dr. Bredefeld ein dienstähnliches Verhältnis und haben in seinem Haus auf der Schultzstraße auf St. Pauli handwerkliche Reparaturen ausgeführt. Dr. Bredefeld wurde telefonisch von einem Osteuropäer bedroht, der ihn aufforderte, das Haus zu verkaufen. Später wurde ein Mann auf seiner Yacht erschossen, der vermutlich mit ihm verwechselt worden ist. Haben Sie etwas mit dem Mord an Hotelier Ulfert Hoogelycht zu tun?«

Iwan Maslow winkte ab. Er bemühte sich, seine Nervosität nicht zu zeigen. »Herr Hoogelycht sah Chef wirklich ähnlich. Aber ich bin kein Mörder! War immer korrekt. Bin hergekommen, weil meine Frau hat deutsche Herkunft und weil ich möchte, daß mein Sohn hat mehr Chancen als seine Eltern. Habe geholfen Doktor Bredefeld und bin ihm sehr dankbar!« antwortete er.

»Das stimmt«, warf Bresser ein. »Wir haben Ihr Alibi überprüft. Sie befanden sich zur Tatzeit auf der Autobahn. Das Ergebnis der technischen Untersuchung im Labor hat bestätigt, daß die von uns gefundenen Hülsen und Projektile zwar von einer Kalaschnikow stammen, jedoch nicht aus Ihrer Waffe. Bleibt der Vorwurf der Beihilfe zum Mord. Mit Ihren Kenntnissen um die Vermögenslage des Zahnarztes könnten Sie sich in den Dienst von Kriminellen gestellt und diesen entsprechende Tips gegeben haben«, fügte der Beamte hinzu.

Iwan Maslow schaute den Kommissar empört an. »Ich habe Frau und Sohn, jetzt Wohnung in Hinte und gute Arbeit. Kenne keine Verbrecher in St. Pauli! Kameraden von Rote Armee sind keine Verbrecher. Haben mir besorgt Arbeit. Dr. Bredefeld ist ein guter Mann, hat mich behandelt, als mein Zahn kaputt ...«

»Sie verdanken Ihren Arbeitsplatz Ihrem ehemaligen Armeevorgesetzten?« fragte Münter.

»Ja, er hat gesagt, Iwan, wenn fahren Wodka-Transporte, dann paß gut auf, ist gefährlich. Hat mir besorgt die Kalaschnikow.«

»Herr Maslow, Sie hätten Ihre Kalaschnikow auf dem Rastplatz der Autobahn in einen Müllcontainer werfen können und sich viel Ärger erspart«, sagte der Staatsanwalt. »Warum haben Sie es nicht getan?«

Der Russe war ihm einen empörten Blick zu. »Kann nicht machen, muß bleiben bei Wahrheit. Wir wollen hier in Frieden leben«, sagte er und rieb sich müde mit der Hand über die Stirn.

»Herr Maslow, ist es schwer, eine Kalaschnikow zu bedienen?« fragte van Elderen, der das Protokoll führte, und schaute den Russen fragend an.

Iwan Maslow grinste. »Einfach, kann machen, wer geschossen mit Luftgewehr.«

»Ich werde dem Haftrichter vorschlagen, den Haftbefehl auszusetzen. Die Entscheidung liegt bei ihm. Bleibt nur noch der Vorwurf des unerlaubten Waffenbesitzes«, sagte der Staatsanwalt, und Iwan Maslow atmete erleichtert auf.

»Der Richter wird sicherlich in Anbetracht Ihrer Situation ein mildes Urteil finden«, sagte Grothuis und gab dem Vollzugsbeamten ein Zeichen. Die Anhörung war beendet.

Wenige Tage nach dem Verhör und der Entlastung des Russen Maslow erschien in der Borkumer Zeitung folgender Bericht:

»Der Hauptverdächtige im Mordfall Ulfert Hoogelycht, Iwan Maslow, hat gestern als freier Mann das Auricher Untersuchungsgefängnis verlassen. Die Polizei sucht weiterhin nach Zeugen, die irgendwelche Hinweise zum Motiv und den Hintergründen der Tat geben können. Auch die Herkunft der Tatwaffe, einer Kalaschnikow, ist noch ungeklärt.

Dr. Bredefeld, dessen Ähnlichkeit mit dem Opfer nicht zu leugnen ist, erhielt, wie berichtet, vor dem hinterlistigen Mordanschlag einen telefonischen Drohanruf. Bei dem Anrufer, davon ist die Polizei überzeugt, handelt es sich um einen Osteuropäer. Sie besitzt zur Zeit keine heiße Spur. »Wir fischen mit Stangen im Sumpf. Ohne weitere Zeugen sehe ich keine Chance, das Verbrechen aufzuklären«, sagte uns Staatsanwalt Grothuis auf telefonische Anfrage.

Wir bitten unsere Leser um Hinweise. Für die Aufklärung des Verbrechens ist eine Belohnung von siebentausend Mark ausgesetzt ...

* * *

Die Besprechung fand im Dienstzimmer des Staatsanwaltes statt. Er saß mit den Beamten um den Besuchertisch. Das Fenster war wegen der Wärme weit geöffnet, doch das half wenig, denn auch draußen herrschte schwüle Gewitterluft.

»Die Stadtgärtner haben Mitte Mai die Sträucher im Johannisgehölz entrümpelt. Sie sind mit Stiefeln durch den Schloot gegangen, und da lag die Waffe noch nicht im seichten Graben«, erklärte Kommissar Bresser.

»Der Mörder ist ein gerissener Hund. Er hätte die Hülsen und die Kalaschnikow in die Nordsee werfen können, doch statt dessen ließ er die Geschoßhülsen an Bord und warf das Gewehr in den Schloot, in der Nähe des Hauses von Dr. Bredefeld, weil er wußte, daß es dort wegen der Nachbarschaft des Spielplatzes und der Schule gefunden würde«, meinte Münter.

»Das spricht für einen Killer, der sich erst am Standort nach vollzogener Tat von der Waffe trennte«, stellte der Staatsanwalt fest.

»Ein Gangster, angeheuert vom Rotlichtmilieu, fürstlich bezahlt für seinen Dienst«, murmelte Bresser und drückte seinen Zigarillostummel im Aschenbecher aus.

»Das ist typisch für die Kiez-Szene; da lungert viel süchtiges Volk herum, auch viel Gesindel ohne Geld auf der Durchreise«, meinte Münter.

Grothuis zündete sich eine Zigarette an und blies den Rauch aus, der in grauen Schwaden durch den Raum trieb. Durchs Fenster drang das Grummeln eines heranziehenden Gewitters herein.

»Für geschätzte zwanzigtausend in bar kennen die Gangster keine Gnade. Sie kassieren und verduften spurlos«, sagte Münter.

»Und wenn nun doch jemand aus der Familie Hoogelycht den Plan ausgeheckt hat? Der Tod des Hoteliers hat schließlich allen Beteiligten Vorteile gebracht«, meinte van Elderen.

»Eine Menge Motive hätte es schon gegeben«, sagte Münter.

Über Aurich entlud sich ein Gewitter. Blitze schossen vom schwarzen Himmel, und darauf folgten gewaltige Donnerschläge. Der Staatsanwalt stand auf und schloß das Fenster. »Und Fedor?« fragte er und setzte sich in den Sessel.

»Der Mörder gehört wahrscheinlich zu keiner der osteuropäischen Gruppen. Fedor bemüht sich, den Waffenlieferanten ausfindig zu machen«, antwortete Bresser.

»Es gab keine Pulverspuren an Bord der ›*MABO*‹. Ich habe die Plicht mit einem Wischtuch regelrecht entstaubt. Wir müssen allerdings den starken Wind miteinbeziehen, aber es könnte sein, daß der Mörder nicht von der gestohlenen Yacht aus auf Hoogelycht geschossen hat«, sagte van Elderen.

»Es ist schon abenteuerlich anzunehmen, daß nicht

ein Killer, sondern jemand von der Familie oder der Italiener die Kalaschnikow kaltblütig auf den Hotelier gerichtet haben soll«, warf der Staatsanwalt ein.

»Es handelt sich ja bis jetzt auch nur um einen Gedanken. Angenommen, der Mörder besaß einen Gehilfen. Dieser stahl das Boot, deponierte den Artikel in die Klo-Ecke, entfernte die Beschriftung von Heck und Bug und fuhr später irgendwann nach dem Mord, vielleicht nachts, nach Norddeich, um das Boot dort an den Steg zu legen, damit es gefunden wurde«, sagte Münter.

»Eine interessante Theorie, die uns zum Umdenken zwingt. Der Mörder befand sich also gar nicht an Bord der ›*MABO*‹. Er benutzte für die Verfolgung der Segler ein anderes, vermutlich ebenfalls schnelles Boot«, resümierte Bresser.

»Wer der Mörder auch gewesen sein mag, er hat den Mord genial geplant und mit Sicherheit für alles Vorsorge getroffen. Außerdem muß er, wenn unsere Theorie stimmt, einen Komplizen gehabt haben. Und den finden wir vermutlich nicht auf Borkum, sondern im Kiez. Er hat die Kalaschnikow in den Schloot geworfen«, sagte Münter. Regen setzte ein, und der böige Wind warf klatschend große Tropfen ans Fenster.

»Und der Komplize des Mörders war sehr wahrscheinlich auch der Anrufer«, meinte van Elderen.

»Dr. Bredefeld hat bei der Telekom eine Fangschaltung beantragt. Es ist nicht auszuschließen, daß dieser Mann sich noch einmal meldet«, sagte der Staatsanwalt.

»Und eine Überwachung des Telefonanschlusses ist nicht möglich?« fragte van Elderen.

»Da wird der Amtsrichter nicht mitspielen. Es besteht nach allgemeiner Beurteilung der Lage momentan keine existenzielle Gefahr für den Zahnarzt«, antwortete Grothuis.

Draußen goß es in Strömen, das Gewitter entlud sich in grellen Blitzen und gewaltigen Donnerschlägen. Im Raum wurde es still, während die Männer jeder für sich ihren Gedanken über den Fall nachhingen.

* * *

Van Elderen hatte etwas länger geschlafen. Er kochte sich eine Tasse Tee, aß eine Schnitte, stellte das Geschirr in die Spüle, verließ die Wohnung und fuhr mit dem Fahrrad zum Dienst.

In Niedersachsen hatten die Sommerferien begonnen, und seine Frau nahm zusammen mit dem Sohn an einer Gruppenreise nach Spanien teil.

Es war ein herrlicher Sommertag. Die Luft war klar. Van Elderen stellte das Fahrrad in den Ständer im Hinterhof des Reviers, nahm seine Tasche vom Gepäckträger und betrat dann das Gebäude durch die vordere Tür. In der Halle am Tresen stand der diensttuende Kollege.

»Herr van Elderen, es ist Post für Sie gekommen«, sagte dieser.

Van Elderen nahm den Stapel Briefe entgegen und suchte sein Dienstzimmer auf, wo er sich am Schreibtisch niederließ und einen Blick auf seinen Terminkalender warf.

Am Nachmittag stand wieder einmal ein Treffen mit den Hamburger Kollegen auf dem Programm. Sie hatten sich in der ›Barke‹ einquartiert.

Van Elderen studierte die Post: Ein Schreiben der Gewerkschaft, eine Anfrage der Staatsanwaltschaft Dortmund. Dann griff er nach einem weißen Kuvert, das an ihn adressiert war. Es trug den Stempel des Briefzentrums Emden und trug keinen Absendervermerk.

Er öffnete den Umschlag, der einen Brief in DIN-A-4-Größe enthielt. Das Papier stammte von einem Schreibblock mit vorgegebenen Linien. Der Absender hatte sich eines Kugelschreibers bedient und den Text mit Druckbuchstaben verfaßt. Der Brief trug kein Datum, und auch die Anrede fehlte. Van Elderen las:

Mein Freund und ich haben uns lange überlegt, ob wir uns melden sollten.

Wir haben den Bericht in der Borkumer Zeitung gelesen und möchten Ihnen einige Beobachtungen mitteilen, die Ihnen hoffentlich helfen werden. ir wollen nicht in Erscheinung treten, möchten aber, daß der Mörder gefaßt wird. Am Abend des Mordes waren wir im Yachthafen spazieren und haben dort eine Frau und einen Mann gesehen, die von Bord eines Motorbootes gingen. Es waren Insulaner.

Wichtiger scheint uns eine Beobachtung, die mein Freund schon früher gemacht hat: Er hatte Einblick in die Düne, die zum Grundstück des ›Kaiserhofes‹ abfällt. Als sich die Seniorchefin Dini Hoogelycht erschossen hat, überflog gerade ein Düsenflugzeug die Insel. In diesem Lärm hörte er eine Detonation wie bei den Kaninchenjagden im Winter und beobachtete eine Person, die einen langen Trenchcoat und eine Pudelmütze trug. Sie hastete in die Dünen und ging dann eilig davon. Mein Freund ist sich sicher: Es kann ein Mann gewesen sein, der mittelgroß, nicht schlank, aber auch nicht besonders dick war, oder eine Frau, mit etwas untersetzter Figur.

Übrigens glaubt mein Freund, daß diese Person auch im Hafen dabeigewesen sein kann. Aber auf dem Steg war es sehr dunkel.

Der Brief trug keine Unterschrift. Van Elderen las ihn noch einmal. Die Druckbuchstaben saßen exakt auf den Linien. Er entdeckte keine Schreibfehler. Es gab also doch Zeugen, dachte er und erinnerte sich an den Nachmittag, als er die Wohnung von Dini Hoogelycht betreten hatte. Alles hatte damals auf Selbstmord hingewiesen, der Abschiedsbrief, die Fingerabdrücke, und es hatte keinerlei Anzeichen für einen Einbruch oder einen Raub gegeben.

Dr. Bareis aus Rheine, ein Kurgast, der die Tote gefunden hatte, hatte keine Bedenken gehabt. Selbstmord ohne Fremdeinwirkung, das hatte auch der Arzt des Borkumer Krankenhauses testiert und ein Kreuzchen an die entsprechende Stelle des Totenscheines gesetzt. Van Elderen fühlte, wie es ihm kalt den Rükken hinunterlief.

Hatte die Seniorchefin sich doch nicht selbst umgebracht? War ihr Abschiedsbrief gefälscht gewesen? Den Kommissar beschlichen Zweifel. »Zwei Morde?« murmelte er fassungslos. Es war ungeheuerlich! Doch wer hatte den Abschiedsbrief verfaßt, und wer war die Briefschreiberin? Warum suchten sie und ihr Freund ihn nicht auf? Offensichtlich hatten die beiden Angst – doch vor wem und vor was fürchteten sie sich? Der Fall nahm immer neue Dimensionen an! Der Kommissar ging zum Kopierer, machte einige Abzüge und faxte den Brief dann an die Staatsanwaltschaft in Aurich.

An diesem Tag verbrachte van Elderen einen großen Teil seiner Mittagspause im Büro. Er verzehrte die hausgemachten Frikadellen, löffelte einen Joghurtbecher aus und aß einen Apfel. Dann las er den Brief noch einmal durch und verließ das Revier. Er spazierte durch die fast leeren Straßen, setzte sich für eine

Viertelstunde auf eine Bank an der Promenade und starrte nachdenklich auf den milchigen Horizont. Obwohl es Essenszeit war, tummelten sich noch unzählige Urlauber am Strand, und Kinder planschten fröhlich in der Brandung herum.

Eine Idylle, stellte der Kommissar fest und dachte an Ulfert Hoogelycht, der empört reagiert hatte, als er gewissenhaft das Zimmer der Seniorchefin nach Spuren abgesucht hatte. Doch der Mörder, wenn es denn einen gab, hatte keine Spuren hinterlassen.

Ulfert Hoogeylcht war naiv und ahnungslos gewesen und hatte offenbar seine Gutmütigkeit mit dem Tod bezahlt.

Van Elderen verließ die Bank und suchte das Centralcafé auf. Bei diesem Bilderbuchwetter fand man dort draußen nur selten leere Tische, doch er hatte Glück. Er trank einen Kaffee, hielt sein Gesicht in die Sonne und wurde das Bild der alten Seniorchefin des ›Kaiserhofes‹ nicht los, die tot in ihrem Wohnzimmer gelegen hatte. Er sah das kleine, versandete Grasgelände und die Dünenböschung vor sich, über die der Mörder sich nach dem Verlassen der Wohnung davongeschlichen haben mußte. Der Trenchcoat und die Pudelmütze hatten ihm dabei als Tarnung gedient.

Van Elderen bezahlte bei der Bedienung, die ihr Haar lang und ihren Rock kurz trug. Dann kaufte er am Tresen einen Streifen Butterkuchen, ließ ihn in sechs Stücke schneiden, bezahlte und ging zum Revier zurück.

Van Elderen holte aus der Kantine einen zusätzlichen Stuhl, deckte den kleinen Beistelltisch, stellte Stövchen, Kluntjebecher und Sahnetopf bereit und legte den Butterkuchen auf den Tisch. Kurz darauf betraten die Kollegen aus Hamburg sein Dienstzimmer.

»Borkum bei Sonnenschein wirft mich um. Hier ist die Luft ja noch besser als in Hamburg«, scherzte Bresser.

»Und mehr Kriminalität haben wir hier zur Zeit auch«, gab van Elderen lachend zurück. »Bitte, nehmen Sie Platz!« fügte er hinzu und wies auf den gedeckten Beitisch.

»Es gibt Ostfriesentee und Kuchen? Das nehme ich zum Anlaß, vorzuschlagen, daß wir uns duzen. Ich bin Harald, das ist Klaus«, sagte Münter und setzte sich.

»Ich heiße Tönjes. Auf das Küßchen können wir wohl verzichten«, bemerkte van Elderen ironisch.

»Heute abend trinken wir ein Bier auf unsere nie abreißende Freundschaft«, meinte Klaus Bresser und nahm seinerseits am Tisch Platz.

Zuerst einmal trinken wir jetzt Tee«, sagte van Elderen, betrat die kleine Küchenzeile und goß heißes Wasser über die Blätter. Er trug die Teekanne an den Tisch, zündete das Teelicht an und setzte die Kanne auf das Stövchen.

»Langt zu und nehmt vom Butterkuchen. Er wird in Ostfriesland bei Taufen, Hochzeiten und Beerdigungen gereicht«, sagte er, und dann wandten die drei Beamten sich wieder ihren Amtsgeschäften zu.

»Wir haben uns im Yachthafen Emden erkundigt«, erklärte Münter. »Der Schwager und Berufsschullehrer Eilrich Buss besitzt ein Motorboot. Dieser Bootstyp ist für das Befahren des Küchenbereichs konstruiert. Die Mitgliedschaft im Club hat er nach dem Tod seiner Schwiegermutter beantragt und das Boot aus dem Erbe seiner Frau bezahlt«, sagte Münter.

Bresser schob den Teller von sich, griff nach einem Zigarillo und zündete ihn an.

»Das war zu dem Zeitpunkt, als auch der junge Hoogelycht seine Schulden tilgen konnte und Frau Hoogelycht dem Italiener über die Finanzierungskrise hinweghalf«, sagte van Elderen. Er erhob sich, nahm eine Kopie des Briefes aus seiner Schreibtischschublade und trat an den Tisch. »Ein denkwürdiger Finanzsegen für die Erben«, sagte er und reichte den Kollegen die Kopie mit den Beobachtungen der unbekannten Zeugin. Er setzte sich wieder und beobachtete gespannt die Reaktion der Kollegen.

Münter pfiff durch die Zähne. »Also noch ein Mord! Raffiniert gemacht«, sagte er.

»Dieser Zeugenbericht klingt glaubwürdig und stellt einiges auf den Kopf«, meinte Bresser nachdenklich.

»Ein anwesender Gast, er ist selber Arzt, hatte in der Bibliothek einen Schuß gehört und die Tote gefunden. Einen Moment, ich gebe euch das Protokoll«, sagte van Elderen. Er ging zum Aktenschrank hinüber, holte den Ordner heraus und legte ihn geöffnet auf den Tisch. Bresser rauchte, las und nippte an seinem Tee. Dann reichte er Münter die Akte. Durch das offene Fenster drang das Signal der Inselbahn herein.

»Ein zweiter fast perfekter Mord«, meinte Münter, als er van Elderen den Ordner zurückgab.

»Da gibt es kaum Zweifel, die alte Dame ist wohl tatsächlich ermordet worden«, sagte Bresser und drückte seinen Zigarillostummel in den Aschenbecher.

»Ich gehe davon aus, daß kein Angestellter des Hauses ›Kaiserhof‹ sich in der Privatsphäre der Seniorchefin auskannte, daß er von der Pistole im Chippendaleschrank gewußt haben kann«, sagte van Elderen.

»Der Mörder hat die Tat raffiniert und teuflisch geplant. Ich halte es für ausgeschlossen, daß an diesem Fall ein gedungener Mörder beteiligt ist. Beide Morde stehen in einem engen Zusammenhang«, sagte van Elderen.

»Den Mörder der alten Dame finden wir vermutlich in ihrer Sippschaft. Die Masche mit dem Abschiedsbrief ist genial«, meinte Bresser. »Aber wer hat ihn geschrieben! Und wurden beide Opfer von derselben Person umgebracht? Wer hat die Kalaschnikow in den Schloot des Johannisgehölzes geworfen?«

»Wir müßten diese Zeugen finden«, erklärte Münter. »Immerhin haben sie die Täter gesehen, wenn auch nur von weitem!«

»Sie haben Angst«, sagte van Elderen.

»Ihr Brief nützt uns nicht viel, solange wir sie nicht offiziell aussagen lassen können«, stellte Münter fest.

»Die jungen Leute wohnen vermutlich auf Borkum, dafür sprechen ihre Beobachtungen. Sie haben den Brief in Emden aufgegeben, um uns zu täuschen. Sie sprechen nicht von ›Herrn Hoogelycht‹, sondern vom *›ehemaligen Chef des Hotels‹*. Der Freund hat Einsicht in die *›Düne, die zum Grundstück des ›Kaiserhofs‹ abfällt‹*, und es geht weiter mit: *›als sich die Seniorchefin erschoß‹*,« trug van Elderen vor.

»Also, Angestellte des Hotels, die um ihren Job fürchten«, folgerte Münter.

»Wenn wir den Schwiegersohn aus Emden zuerst einmal außen vor lassen und annehmen, daß auch der Italiener Enrico Tomello nicht derjenige war, der getarnt die gute Stube der Seniorchefin verließ, dann bleiben nicht viele, denen wir ein Motiv unterstellen können. Die reizende Swetlana? Tomma Hoogelycht? Der Enkel Focko Hoogelycht? Wer war es, der die alte Dame umgebracht hat und vermutlich zu der Zeit bereits den Mord an Ulfert Hoogelycht geplant hatte?« fragte van Elderen.

»Der Mörder kannte die Familiensaga und das Versteck von Dini Hoogelychts Schießeisen. Er erwarb eine Kalaschnikow und verstand es, sie zu bedienen. Er wußte um die Vermögensverhältnisse des Zahnarztes, hat von dem geplanten Segeltörn der alten Herren nach Helgoland erfahren und entsprechende ›logistische Vorbereitungen‹ getroffen«, zog Klaus das Fazit.

»Der Junior erschien erst einige Zeit nach dem Tod seiner Großmutter am Tatort und benahm sich ziemlich pietätlos. Ich tippe darauf, daß er es war – ein Trenchcoat macht schlank, und eine Pudelmütze verfremdet die Erscheinung«, meinte Kommissar van Elderen.

»Wir haben in Hamburg recherchiert. Focko Hoogelycht hat als Praktikant im Hotel ›Maple‹, einem Fünf-Sterne-Schuppen, gearbeitet und ist dort fristlos entlassen worden. Nachdem er dort seine Braut kennengelernt hatte, hat er eine ganze Weile nichts gemacht und sich nur um die Freundin gekümmert. Er besitzt zwar kein Boot, doch er kannte sich im Milieu von St. Pauli gut aus«, erklärte Bresser.

»Ich schlage vor, wir begeben uns zur Pizzeria ›*Ischia*‹ und stellen Frau Hoogelycht einige Fragen. Sie ist die Mutter des Verdächtigen, die Schwiegertochter der ermordeten Dini Hoogelycht und die Witwe des Opfers, und damit die Zentralfigur in der ganzen mysteriösen Geschichte«, schlug Münter vor. »Vielleicht bekommen wir aus ihr ja etwas heraus.«

An den Tischen der Cafés saßen die Sommergäste im Freien und genossen den milden Spätnachmittag.

Die Pizzeria ›*Ischia*‹ paßte sich mit ihrer Backsteinfassade, den Sprossenfenstern und dem Friesenblau des Eingangstraktes der Architektur der schlichten Altstadtstraße gut an.

Die Beamten betraten die Pizzeria, in der es um diese Zeit noch genügend freie Plätze gab. Sie entschieden sich für einen Tisch, der ihnen die Sicht auf den Tresen bot, und nahmen Platz.

Auf der hübschen, hellblauen Tischdecke lag schon die Speisekarte bereit, die die Beamten interessiert studierten.

Eine hübsche, junge Italienerin trat an den Tisch und fragte mit charmantem Lächeln. »Sie haben gewählt?«

»Ich nehme eine Pizza Margaritha«, sagte Münter und reichte ihr die Speisekarte zurück.

»Bringen Sie mir eine Pizza mit Meeresfrüchten«, sagte Bresser.

»Ich habe mich für eine Pizza Romana entschieden«, meinte van Elderen. Außerdem bestellten alle drei einen Cappuccino.

»Und wenn es sich einrichten läßt, dann möchten wir gern die Chefin kurz sprechen«, antwortete Elderen.

»Chefin ist oben, aber ich kann sie rufen«, sagte die Bedienung und ließ sie wieder allein.

Bresser schaute sich um. »Urgemütlich«, sagte er anerkennend.

»Der Italiener und seine Lebensgefährtin haben Geschmack, das muß man ihnen lassen«, meinte Münter. Hinter dem Tresen bediente ein Italiener die Kaffeemaschine. Die Serviererin hatte das Lokal verlassen.

»Die Pizzeria hat Zukunft, das jedenfalls bestätigte uns der Bankier«, sagte van Elderen.

»Und dafür mußte die alte Dame sterben«, murmelte Harald Münter.

»Vorsicht, das ist noch nicht bewiesen«, warnte ihn van Elderen.

Die Kellnerin kam zurück, um den Cappuccino zu bringen. »Cappuccino, prego«, sagte sie und stellte die Tassen mit den weißbraunen Sahnehäubchen auf den Tisch. »Die Pizza ist gleich fertig. Chefin kommt nach dem Essen«, sagte sie und eilte wieder von dannen.

Kurz darauf wurde auch das Essen serviert, und die Beamten ließen es sich schmecken. Alle waren sich einig, daß sie lange nicht mehr so gut gegessen hatten. Zufrieden schoben sie schließlich ihre Teller zurück.

Als hätte Tomma Hoogelycht darauf gewartet, trat sie in diesem Moment an den Tisch.

Sie trug Jeans und eine hübsche dunkelblaue Folklorebluse. Ihr Haar hatte sie blond gefärbt. Ihr Gesicht war sonnengebräunt. »Herr van Elderen, machen Sie mich doch bitte mit Ihren Gästen bekannt«, sagte sie und lächelte freundlich.

»Herr Bresser, Herr Münter, meine Kollegen. Sie recherchieren in Hamburg, genauer: auf St. Pauli, um den Mörder Ihres Mannes ausfindig zu machen«, sagte van Elderen.

»Bitte setzen Sie sich für einige Minuten zu uns«, bat Münter höflich.

Tomma Hoogelycht nahm auf einem Stuhl Platz. »Ulfert ist sicher von der Mafia umgebracht worden. Seine Ähnlichkeit mit dem Zahnarzt war wohl sein Verhängnis. Er hatte sich zur Ruhe gesetzt, und das Segeln ging ihm über alles. Wie Sie ja wissen, war Dr. Bredefeld sein Clubkamerad.« Sie senkte traurig den Blick.

»Sie kennen den Zahnarzt also persönlich?« fragte Bresser.

»Ja, aber nicht sehr gut. Er hat meinen Mann nur gelegentlich im ›Kaiserhof‹ besucht. Ich hatte meistens zu tun. Ihre engere Freundschaft begann, als Ulfert in Rente ging«, antwortete Tomma Hoogelycht.

Münter griff nach seiner Zigarettenschachtel, öffnete die Packung und hielt sie ihr entgegen. »Bitte sehr.«

»Danke«, sagte sie und bediente sich. Münter reichte ihr Feuer.

Tomma Hoogelycht drehte die Zigarette zwischen ihren Fingern, an denen Goldringe glänzten. Ihre Fingernägel hatte sie rot lackiert. Sie saß sehr gerade da und schaute die Besucher freundlich an. »Möchten Sie noch etwas trinken? Vielleicht noch einen Cappuccino?«

Die Beamten nickten. Tomma Hoogelycht rief das Bedienungsfräulein an den Tisch.

»Patricia, vier Cappuccino, auf meine Rechnung«, sagte sie. Die Serviererin trat an den Tisch, lud das Geschirr auf ihr Tablett und trug es zum Tresen.

»Sie lebten von Ihrem Gatten getrennt?« eröffnete Münter das Gespräch.

Tomma Hoogelycht lächelte abweisend und blies den Zigarettenrauch in Richtung Tresen. Dann neigte sie sich vor.

»Nein, wie Sie das sagen, klingt das falsch. Mein Mann war, wie Ihnen bereits bekannt sein wird, etliche Jahre älter als ich. Er hat sich aus dem Betrieb zurückgezogen, konnte lange schlafen und war viel unterwegs. Wir hatten völlig verschiedene Zeiten und deshalb beschlossen, getrennt zu schlafen«, sagte sie und rückte ihre Kippe in den Aschenbecher.

»Und Ihren jetzigen Lebensgefährten haben Sie

während Ihrer Kur auf Ischia im Oktober kennengelernt?«

»So ist es. Wir wurden Geschäftspartner und haben hier eine Marktlücke entdeckt«, gab Tomma zurück.

»Es blieb aber nicht bei der geschäftlichen Partnerschaft. Herr Tomello wurde nach dem Tode Ihres Mannes Ihr Lebensgefährte«, stellte Münter fest.

Sie nickte. »Wir sind uns bei der Arbeit auch menschlich nähergekommen.«

Patricia servierte den Cappuccino in hübschen Porzellantassen.

»Bitte«, sagte Tomma, griff nach ihrer Tasse und führte sie an den Mund. Die Beamten taten es ihr nach.

»Sie suchen also im Hamburger Rotlichtmilieu den Mörder, der es auf Dr. Bredefeld abgesehen hatte und stattdessen Ulfert erschossen hat? Hoffentlich finden Sie ihn! Mein Privatleben geht Sie allerdings nichts an, denn es steht nicht im Zusammenhang mit Ihren Aufgaben«, fügte sie noch hinzu, und nun klang ihre Stimme gereizt.

»Die Ermittlungen in einem Mordfall können auf die Intimsphäre von Beteiligten leider keine Rücksicht nehmen«, erklärte Münter. »Wir haben im übrigen bisher vergeblich nach Hamburger Unterweltlern gesucht, die es auf Dr. Bredefelds Haus abgesehen hatten. Das läßt den Verdacht zu, daß der Mörder die Ähnlichkeit Ihres Mannes mit Dr. Bredefeld in seinen teuflischen Plan einbezogen hat, um uns zu täuschen.«

Tomma Hoogelycht blickte den Beamten irritiert an.

»Hatte Ihr Mann sich auf der Insel vielleicht Feinde geschaffen?« fragte Bresser und trank einen Schluck von seinem Cappuccino.

»Wer hätte Ulfert töten wollen?« fragte die attraktive Wirtin voller Empörung.

»Frau Hoogelycht, wir vermuten, daß der Mörder sich eines Gehilfen bediente, den wir auf St. Pauli noch nicht gefunden haben«, erklärte van Elderen ungerührt.

Tomma Hoogelycht schaute den Kommissar mit einem nicht zu deutenden Blick an. »Suchen Sie im Umfeld von Dr. Bredefeld nach dem Mörder«, sagte sie dann kalt.

»Der Täter hat auf der entwendeten Motoryacht Spuren hinterlassen, die auf seine Zugehörigkeit zu einer osteuropäischen Mafia schließen lassen. Die Todeswaffe war eine Kalaschnikow. Wir fanden sie in Kiez-Nähe, nur unweit vom besagten Haus des Zahnarztes, für das sich nach unseren Erkenntnissen niemand interessiert. Wir wissen nicht, ob der Mörder sich an Bord der gestohlenen Yacht befunden hat. Es liegt nahe, daß er den Anschlag von einem anderen Boot aus verübt hat. Zeugen haben Sie und Ihren Lebensgefährten am besagten Abend im Yachthafen gesehen, als Sie von Bord eines Motorboots gingen, während wir nach dem Mörderschiff fahndeten«, bluffte Münter.

»Ja, und zwar gegen einundzwanzig Uhr«, warf van Elderen ein.

Tomma Hoogelycht war sichtlich verwirrt. Sie entnahm der Schachtel ungefragt noch eine Zigarette, ließ sich von Münter Feuer reichen und machte einen Zug. »Ich schaue da nicht durch. Ich wußte nichts vom Törn meines Mannes. Ulfert hatte mir nichts gesagt. Warum auch? Er war Rentner; ich dagegen voll ausgelastet mit der Führung des Hotels«, sagte sie, rauchte und nahm einen Schluck vom Cappuccino. »Da geht so etwas schon mal unter.«

»Und was hat es auf sich mit den Zeugenaussagen?« fragte Bresser hartnäckig.

»Ich habe am besagten Nachmittag eine Radtour unternommen und bin mit meinem Lebensgefährten am Abend an Bord unserer Motoryacht gestiegen. Wir haben eine Spritztour rund um Borkum gemacht. Ab und zu müssen auch wir mal raus«, sagte sie.

»Ich verstehe nur wenig davon, aber ich habe mir sagen lassen, daß das Boot Ihres Lebensgefährten einen 120-PS-Motor besitzt. Bis zur Ostspitze von Norderney würde es nicht mal zwei Stunden benötigen. Ich denke allerdings, Sie oder Herr Tomello werden wohl kaum selbst vom Boot aus eine Kalaschnikow in Anschlag gebracht haben, um Ihren Mann zu erschießen«, sagte van Elderen trocken.

Tomma Hoogelycht starrte den Kommissar entsetzt an. »Unterlassen Sie bitte solche Späße! Solche Äußerungen kommen einem Rufmord nahe!« zischte sie, und ihre Hände zitterten, als sie ihre Tasse nahm.

»Wir besitzen weitere Zeugenaussagen, die uns veranlassen, den Selbstmord Ihrer Schwiegermutter anzuzweifeln«, fuhr Münter fort. »Ein Mann, er war bekleidet mit einem Trenchcoat und einer Pudelmütze, verließ am Tag der Tat den Rasen vor dem Zimmer Ihrer Schwiegermutter und eilte in die Dünen. Der Zeuge hatte vorher einen Schuß gehört. Die Fenster des Wohnzimmers der Seniorchefin standen offen, wie Herr van Elderen bestätigen kann«, fügte der Beamte hinzu.

Tomma Hoogelycht senkte einen Augenblick den Kopf, dann blickte sie den Kommissar an. »Unmöglich!« stieß sie hervor. »Meine Schwiegermutter hat sich selbst erschossen! Herr van Elderen, Sie sind mein Zeuge! Es gab keine Hinweise! Da will uns jemand was anhängen!«

»Um das zu klären, erwarten wir von Ihnen einige Auskünfte. Der Tod Ihrer Schwiegermutter ist für die Hinterbliebenen nicht ohne Folgen geblieben – recht angenehme Folgen, wie ich meine«, sagte Bresser. »Ihr Sohn konnte die Altschulden aus seiner Hamburger Zeit tilgen. Sie sind mit dem Kapital der Zugewinngemeinschaft bei Ihrem Partner eingestiegen, der das Geld exakt zu diesem Zeitpunkt sehr gut brauchen konnte. Ihr Schwager erfüllte sich einen alten Wunschtraum, kaufte sich ein Motorboot und wurde Mitglied im Emder Yachtclub. Kann er es gewesen sein, der, mit einem Trenchcoat und einer Pudelmütze bekleidet, das Wohnzimmer Ihrer Schwiegermutter verlassen hat, um in die Dünen zu entkommen?«

»Das ist ja ungeheuerlich! Mutter hatte Krebs! Sie erschoß sich mit der Pistole meines Schwiegervaters! Sie bringen mich mit Ihren idiotischen Verdächtigungen um den Verstand!« rief Tomma Hoogelycht aufgebracht.

»Ihr Schwager hat angedeutet, daß Ihre Schwiegermutter noch geheime Reserven hatte. Diese sind nach Auskünften ihres Steuerberaters nicht mehr zum Vorschein gekommen. Ihr Sohn hat in Hamburg in einem Hotel gearbeitet und kannte sich, wie wir wissen, im St.-Pauli-Milieu gut aus. Hat er vielleicht der alten Dame die Waffe in die Hand gedrückt und den ›Schatz‹ aus den Chippendalemöbeln entwendet?« fragte van Elderen.

Jetzt geriet Tomma Hoogelycht völlig aus der Fassung und sprang hastig auf. »Sie sind ja wahnsinnig geworden! Verlassen Sie sofort mein Lokal! Ich verzichte auf die Bezahlung«, schimpfte sie wütend, und ihre Augen sprühten Blitze.

»Verzeihen Sie, aber Ihre Gereiztheit hilft uns und Ihnen nicht weiter«, erklärte Kommissar van Elderen resolut. »Wenn weder Ihr Sohn noch Ihr Schwager Ihre Schwiegermutter ermordet haben, Sie keinen Killer aus Hamburg anreisen ließen, um den Mord an Ihrem Mann ausführen zu lassen, und wenn Sie auch nicht selbst auf Ulfert Hoogelycht geschossen haben, dann sagen Sie uns, wer dazu irgend ein Motiv besessen haben kann und wer Ihre Schwiegermutter auf dem Gewissen hat.«

»Mutter hat sich selbst erschossen, und weder mein Sohn noch Herr Tomello oder ich haben irgend etwas mit dem tragischen Tod meines Mannes zu schaffen!« Damit brach sie in hysterisches Schluchzen aus und stürmte aus dem Lokal.

»Die Richtung stimmt!« stellte Bresser trocken fest.

»Gehen wir zum Revier. Dort erstellen wir ein Gedächtnisprotokoll und begeben uns heute abend auf ein Bier in den ›Kaiserhof‹«, schlug van Elderen vor.

»Mit Vergnügen! Geben wir dem Junior die Chance, unsere Verdächtigungen ad absurdum zu führen«, antwortete Münter.

* * *

Am frühen Abend bummelten Kurgäste in luftiger Sommerkleidung über die Promenade. Auf den weißen Plastikstühlen vor dem Kurhaus saßen ältere Leute und lauschten den Klängen der kleinen Kurkapelle, die heitere Operettenmelodien spielte.

Die Beamten genossen den Blick auf die Nordsee, auf deren ablaufendem Wasser sich die Strahlen der untergehenden Sonne spiegelten. Der Horizont war ein dunstiger Traum aus verschiedenen Rottönen, und davor sah man die Silhouetten einiger größerer Schiffe vorüberziehen.

Bresser, Münter und van Elderen befanden sich auf dem Weg zum ›Kaiserhof‹. Sie hatten sich nicht angemeldet, um ihrem Besuch einen mehr privaten und zufälligen Anstrich zu verleihen. Sie verließen die Promenade, stiegen die Stufen zur vorderen Tür hinauf und betraten die Eingangshalle. Swetlana schaute überrascht auf, als van Elderen an den Tresen trat und sie begrüßte. Sie trug eine weiße Bluse und hatte ihr Haar zu einem Zopf geflochten, was ihre feinen Züge noch besser zur Geltung brachte.

»Wir wollen bei Ihnen nur ein Bier trinken«, sagte der Kommissar.

Swetlanas Blick huschte über die Beamten. »Hausgäste haben Abendmahlzeit gehabt, jetzt ist es leer. Setzen Sie sich ruhig in den Speisesaal, Focko kommt gleich zu Ihnen. Mutter von Focko hat telefoniert, war sehr böse auf Sie und die anderen Beamten«, sagte sie.

»Wir sind nun einmal unbeliebt, das bringt unser Beruf so mit sich!« erwiderte Bresser ungerührt.

Sie betraten das Restaurant. An einem Tisch im vorderen Teil spielten vier ältere Damen Skat.

Die Beamten entschieden sich für einen Tisch, der in der hinteren Ecke an der Wand stand und ihnen den Blick über das Restaurant und auf den Tresen ließ.

Schiri kam aus der Teeküche. Sie band sich die Bedienungsschürze um, ordnete flüchtig ihr dunkles Haar, rückte auf dem Tresen ein paar Gläser zurecht und beobachtete die Gäste. Eine leichte Röte stieg in ihr hübsches Gesicht, als ihr Blick auf van Elderen fiel.

»Bringen Sie uns drei große Pils«, sagte der Borkumer Beamte, als sie an den Tisch trat.

»Danke, gerne«, antwortete sie und ging zum Tresen, zapfte die Biere und schaute gelegentlich verstohlen auf die Gäste, die sich unterhielten.

Bresser spielte mit seinem Zigarillo. »Wetten, daß ...« meinte vielsagend van Elderen.

»Wir stellen ihr keine Fragen. Ihr Freund gehört mit Sicherheit ebenfalls zum Personal«, meinte Münter und nahm die Zigarettenpackung aus der Brusttasche seines Jeanshemdes.

Kurz darauf kam die Türkin mit dem Tablett an den Tisch und stellte die gezapften Biere auf die Bierdeckel. »Zum Wohle«, sagte sie und schaute van Elderen fragend an. Sie hielt ihren Kugelschreiber in der Hand. Van Elderen trug eine schwarze Nappalederweste. Er entnahm der Innentasche ein vorbereitetes Formular. »Für die Abrechnung mit unserer Behörde«, sagte er und reichte es der Kellnerin. »Schreiben Sie dort, wo Mahlzeiten steht: ›Keine‹ hin und dort, wo Getränke ausgedruckt sind ›Drei Bier‹« sagte er.

Die hübsche Türkin tat, wie ihr geheißen, und legte das Blatt auf den Tisch.

»Danke«, sagte van Elderen.

»Nehmen Sie das Formular ruhig mit zum Tresen; da kommt noch einiges dazu«, meinte Bresser und zündete sich einen Zigarillo an.

Auch Münter steckte sich eine seiner Zigaretten an. Sie prosteten sich zu.

»Ein heißer Tag. Das hier soll kein Besäufnis werden, aber mir schmeckt das Bier«, sagte van Elderen und stellte das Glas ab. Die alten Damen reizten ihre Karten. Sie spielten wie Profis und klopften temperamentvoll ihre Trümpfe auf den Tisch. Van Elderen beobachtete sie amüsiert. Irgendwann spürte er, daß die

Serviererin ihn anstarrte. Als er ihren Blick erwiderte, schaute sie verlegen weg.

»Bringen Sie uns bitte noch eine Runde«, rief er ihr zu. Sie hoben die Gläser und tranken sich zu.

»Focko Hoogelycht läßt auf sich warten«, stellte Münter fest und drückte die Kippe in den Aschenbecher.

»Vielleicht sucht er noch mit seiner Mama nach einer Strategie«, meinte Bresser.

»Viel Zeit darf er sich nicht nehmen. So gegen zweiundzwanzig Uhr ist der Laden meist gerammelt voll«, meinte van Elderen.

Die Türkin brachte noch eine Runde. »Zum Wohle!« sagte sie und zog sich wieder zurück.

Sie nahmen einen Schluck und stellten die Gläser ab.

»Da kommt er«, sagte Bresser und deutete mit einer Kopfbewegung zur Tür.

Focko Hoogelycht ging hoch aufgerichtet an dem Damentisch vorbei. Er trug eine beige Leinenjacke, aus der sein stattlicher Bauch hervorragte, und eine helle Sommerhose. Sein Hawaiihemd wirkte in diesem Rahmen leicht deplaciert. Jovial lächelnd, als gelte es alte Freunde zu begrüßen, trat er an den Tisch und blickte in die Runde. »Sie wurden bereits bedient? Das ist gut für meinen Umsatz«, sagte er, ließ sich auf den freien Stuhl fallen und lehnte sich zurück. »Mein Name ist Hoogelycht. Ich heiße Sie im ›Kaiserhof‹ herzlich willkommen«, sagte er, griff in die Innentasche seines Jacketts und entnahm ihr eine Zigarre.

»Herr Hoogelycht, meine Kollegen aus Hamburg, Herr Bresser und Herr Münter. Ihre Braut sagte uns, daß Sie bereits mit Ihrer Mutter telefoniert haben«, eröffnete van Elderen das Gespräch.

Focko schaute zum Tresen hinüber. »Schiri, ein Pils!« rief er, als säße er mit Freunden am Stammtisch. Gelassen zündete er seine Zigarre an, blies den Rauch von sich. »Ja, Sie haben Mutter mit Ihren Verdächtigungen ziemlich schockiert! Meine Großmutter hat sich in der Tat erschossen! Sie hatte Angst vor dem Krebs! Sie hat nicht einmal ihren Hausarzt aufgesucht, weil sie wußte, was er ihr sagen würde. Und sie wollte nicht unnötig leiden«, erklärte der junge Hotelier. Schiri brachte ihm das Bier. Focko Hoogelycht nahm das Glas, setzte es an den Mund und trank es in einem Zug aus. »Noch eine Runde!« sagte er, als er ihr das Glas anreichte. Schiri nickte stumm und ging zurück zum Tresen.

»Herr Hoogelycht, Ihre Großmutter hat sich nicht erschossen. Wir besitzen einen Zeugen. Er hat nicht nur den Schuß gehört, sondern auch eine Person beobachtet, die die Terrasse vor der Wohnung Ihrer Großmutter verließ und in die Dünen eilte. Sie trug einen langen Trenchcoat und eine Pudelmütze. Sie, Herr Hoogelycht, erschienen erst am Tatort, nachdem ich bereits mit Ihrer Mutter und Ihrem Vater gesprochen hatte. Haben Sie nach dem Mord zuerst Ihre Maskerade abgelegt, bevor Sie sich zu uns gesellten?« fragte van Elderen und fuhr sich nachdenklich mit den Fingern über den Bart.

Hoogelycht lachte schallend auf. »Mein Gott, nein. Natürlich nicht. Oma war meine feste Burg – auf sie konnte ich mich immer verlassen, auch wenn ich mal Unsinn gemacht hatte. Warum hätte ich ausgerechnet sie ...«

»Und von Ihrem Vater hielten Sie nicht viel?« fragte Münter.

»Er hatte Vorstellungen, die ich nicht akzeptierte,

und stellte Anforderungen, denen ich nicht gerecht werden konnte, sagen wir es mal so«, erwiderte der Junior.

»Also besorgten Sie sich in Hamburg eine Kalaschnikow, entwendeten in Accumersiel die Yacht und erschossen Ihren Vater, um endlich das Hotel übernehmen zu können. Ihre berufliche Erfolgsbilanz sieht nämlich recht dürftig aus«, stellte van Elderen trocken fest.

»O Gott, weit gefehlt! Ich habe meinen alten Herrn fast gehaßt, weil er mir nie etwas zutraute, und ich war natürlich scharf auf das Hotel. Aber sein Tod kam für mich überraschend. Ich war in Emden, um dort einige Handwerker zu treffen. Es ging um den Umbau. Omas Wohnzimmer gibt es nämlich nicht mehr. Ich habe das Angebot für die Gäste um eine Sauna mit Solarium erweitert«, sagte Focko Hoogelycht stolz.

»Wir werden Ihre Aussagen überprüfen,« meinte Harald Münter skeptisch.

»Bitte, tun Sie das. Ich habe im Hotel ›Erbprinz‹ übernachtet«, sagte Hoogelycht und grinste.

Schiri brachte die Biere. Sie wirkte seltsam fahrig.

»Auf unseren Spesenzettel«, sagte van Elderen.

Schiri stellte die Gläser ab.

»Nichts da! Sie sind meine Gäste«, ordnete Hoogelycht an. Die hübsche Türkin ging davon.

»Noch!« scherzte Münter. »Ihre Mutter hat uns im ›Ischia‹ quasi vor die Tür gesetzt!«

»Kein Wunder! Sie glauben doch nicht im Ernst, daß Mutter oder ihr Lebensgefährte etwas mit Vaters Tod zu tun haben? Sie haben nur eine Spritztour gemacht«, erklärte Focko und griff nach seinem Bierglas. »Prost!« sagte er.

Die Beamten nippten an den Gläsern und stellten

sie zurück auf die Deckel. »Wir recherchieren noch. Doch zurück zum angeblichen Selbstmord Ihrer Großmutter. Ihre Braut versah zur Tatzeit den Dienst an der Rezeption. Sie selbst weisen die Tat weit von sich«, stellte van Elderen fest.

»Es gibt keinen Täter! Oma hatte Krebs!« antwortete Hoogelycht verärgert.

»Und die Zeugenaussagen?« fragte Bresser.

»Verrückte! Neider! Die können mich mal!« schimpfte der junge Hotelier.

»Und Ihr Onkel Eilrich Buss aus Emden?« fragte van Elderen.

Focko lachte schallend und schüttelte dann den Kopf. »*Der?* Der hat sich immer für was Besseres gehalten, und ich traue ihm schon einiges zu! Aber er ist sicher nicht nach Borkum gekommen, um Oma zu töten. Sie hat sich selbst umgebracht«, antwortete er überzeugt.

»Zur Tatzeit des Mordes an Ihrem Vater hielten Sie sich in Emden auf«, beharrte der Kommissar. »Sie besitzen ein schnelles Auto. Für die Strecke nach Accumersiel benötigen Sie ungefähr fünfundvierzig Minuten. Sie stahlen dort die Motoryacht des Bäckers Koplin, erschossen Ihren Vater und überführten die Yacht nach Norddeich.«

Focko Hoogelycht schaute die Beamten böse an. »Was soll de Schiet?« fragte er verwirrt.

»Spielen Sie nicht den Naiven, sondern beantworten Sie die Frage«, forderte Bresser ihn auf.

»Ist das etwa ein Verhör?« Hoogelycht war jetzt wirklich empört.

»Nein, ein Gespräch, das dazu beitragen soll, den Mörder Ihres Vaters und Ihrer Großmutter zu überführen«, sagte Münter ruhig.

»Mit Papas Tod habe ich nichts zu tun. Er hatte das Pech, daß der Gangster dieser Russenmafia ihn mit dem Zahnarzt verwechselt hat«, beharrte der junge Hotelchef trotzig.

»Schminken Sie sich diese Geschichte ab! Niemand auf St. Pauli besaß ein Interesse an dem Haus. Eine teuflische Finte des Mörders! Bleibt nur die Möglichkeit, daß Sie, Ihre Mutter oder der Lebensgefährte Ihrer Mutter einen Killer angeheuert haben, der dann die schmutzige Arbeit übernahm«, sagte Bresser, während er Hoogelycht scharf beobachtete.

»Dummes Geschwätz!« erwiderte dieser patzig.

»Mal sachte; immerhin brachte der Tod Ihrer Großmutter Ihnen und auch Ihrer Mutter finanzielle Vorteile, die nicht von der Hand zu weisen sind. Der Mord an Ihrem Vater macht Sie nach der testamentarischen Regelung zum Eigentümer des Hotels! Das ist kein Pappenstiel«, sagte Münter.

Focko Hoogelycht faßte sich an den Kopf. »Ihre Anschuldigungen sind völlig absurd und entbehren jeder Grundlage.«

»Regen Sie sich ab und beantworten Sie unsere Fragen. Haben Sie den Telefonterror gegen Dr. Bredefeld inszeniert, Herr Hoogelycht?« fragte Münter.

Der Hotelier griff nach seinem Glas und leerte es. Seine Miene drückte helle Empörung aus. Seine Hand zitterte. »Ich habe niemanden umgebracht und auch niemanden telefonisch bedroht, wie oft soll ich das noch sagen? Meine Großmutter hat sich selbst erschossen, und mein Vater ist das Opfer einer Verwechslung geworden. Das sieht doch sogar dieser Zahnarzt nicht anders, zumindest stand es in allen Zeitungen!«

»Eine andere Interpretation läßt den Schluß zu, daß

der Mörder Ihren Vater hat ermorden wollen. Um uns zu täuschen, ließ er die Yacht stehlen, deponierte auf ihr die Geschoßhülsen und weiteres Belastungsmaterial«, erklärte Harald Münter.

Focko Hoogelycht griff nach seinem Bierglas. »Und welche Rolle haben Sie mir in Ihrem Märchen zugedacht?« fragte er geringschätzig.

»Die des Mörders! Sie besitzen einen schnellen Wagen, und es sind nur sechzig Kilometer von Emden nach Accumersiel«, meinte van Elderen.

»Ich sagte doch bereits, ich war zur Tatzeit in Emden«, antwortete der Hotelier und leerte sein Glas. »Am Ende werden Sie mich auch noch ernsthaft verdächtigen, meine Großmutter umgebracht zu haben!« Langsam fand er wieder zu seiner gewohnt großspurigen Art zurück.

»So ist es«, erklärte Kommissar van Elderen, aber Focko Hoogelycht winkte energisch ab.

»Das ist doch alles Unsinn! Gut, ich kenne mich in Hamburg aus, habe auch oft meine Braut dort besucht. Außerdem habe ich bei der Bundeswehr gedient und es bis zum Panzerführer gebracht. Eine Kalaschnikow ist für mich ein Spielzeug, das ich in jeder Lage bedienen kann! Aber ...«

»Haben Sie?« fragte Bresser.

Hoogelycht grinste. »Nein, habe ich nicht!« erwiderte er bestimmt.

»Trotzdem stehen Sie in dem Verdacht, Ihren Vater ermordet zu haben. Neben Sie sich einen Anwalt. Der Staatsanwalt wird Sie zu einem Verhör einladen«, sagte Klaus Bresser.

Das Damenkränzchen reizte laut die Karten. Schiri stand hinter dem Tresen und zapfte die Biere. Focko Hoogelycht murmelte wie zu sich selbst. »Sie können mir nichts nachweisen! Ihre Zeugen kommen sicher aus der rechten Szene und wollen sich wegen der Pizzeria an mir und meiner Mutter rächen. Sie haben für ein Museum im Haus des alten Nazilehrers gekämpft und es nicht bekommen. Außerdem ist ihnen Swetlana wegen ihrer Herkunft ein Dorn im Auge!«

»Wir haben mit Ihnen nur ein Gespräch geführt und werden unsere Recherchen fortsetzen«, sagte Bresser und steckte die Zigarillo-Packung in seine Hemdentasche.

»Einen Moment. Nehmen Sie bitte Rücksicht auf meine Gäste und benehmen Sie sich nicht wie ein Spähtrupp auf Patrouille«, sagte Focko Hoogelycht verkniffen und nickte seinen Gästen zu, die an den Tischen Platz nahmen. »Trinken Sie noch einen Schluck mit mir!« Schiri servierte die Biere.

»Wir möchten gleich zahlen«, bat van Elderen.

»Bitte, zum Wohl!« meinte Focko Hoogelycht und hob sein Glas. Die Beamten tranken schweigend.

»Für mich beginnt jetzt die Arbeit«, sagte Hoogelycht, als er sein Glas geleert hatte. »Wir sehen uns später«, meinte er nervös und schritt den Gästen entgegen.

»Und dann dienstlich«, gab Bresser zurück. Schiri trat an den Tisch und legte dem Kommissar den Abrechnungsbon vor. »Das waren sechs Bier, den Rest übernimmt der Chef«, sagte sie.

Van Elderen bezahlte und gab reichlich Trinkgeld. Schiri sah blaß und müde aus. »Danke«, sagte sie.

Die Beamten verließen das Lokal.

* * *

Kommissar Klaus Bresser fuhr aus dem Schlaf und legte seine schwere Hand auf die Stopptaste des kleinen Reiseweckers. Es war acht Uhr dreißig, und die Sonne schien schon warm ins Zimmer. Neben ihm im breiten Ehebett lag Münter und schlief mit offenem Mund

»Das letzte Bier war zuviel!« murmelte er, stolperte ins Bad hinüber, rasierte sich und zog sich an. Auf dem kleinen Hoteltisch stand der volle Aschenbecher.

»Harald, aufstehen! Papa muß dich zum Kindergarten bringen!« sagte Bresser und grinste, als sein Kollege erschrocken aus dem Schlaf fuhr und ihn überrascht anblickte.

»Was ist?« fragte Münter und blinzelte.

»Junge, der Tag hat nur vierundzwanzig Stunden. Einen großen Teil davon haben wir schon verschlafen. Wir müssen an die Arbeit, aber zuerst einmal den Müll entsorgen! Leere Coladosen aus dem Supermarkt in einem Drei-Sterne-Schuppen auf Borkum. Schämst du dich eigentlich nicht?« frotzelte Bresser, langte nach einer Plastiktüte und begann aufzuräumen.

Münter gähnte und setzte sich auf. »Ich habe gut geschlafen und viel geträumt«, sagte er, stand auf und ging zum Fenster hinüber.

»Alle Beamten träumen«, sagte Bresser, »zumindest von einer besseren Besoldung.«

Eine Minute später saßen die beiden Beamten dem Kollegen van Elderen in dessen kleinem Dienstzimmer auf dem Borkumer Revier gegenüber und taten das, was sie am vorausgegangenen Abend bis Mitternacht in der Kellerbar des kleinen Hotels getan hatten, in dem sie wohnten: Sie fachsimpelten, jetzt allerdings bei Kaffee und Plätzchen.

Durch das offene Fenster zog die frische Seeluft herein. Draußen schien wieder die Sonne. Van Elderen saß am Schreibtisch, Bresser und Münter hatten auf Stühlen vor dem kleinen Beitisch Platz genommen.

Bresser spürte einen schalen Geschmack auf der Zunge und verzichtete auf seinen Zigarillo. Auch Münter ließ seine Zigarettenschachtel in der Hemdtasche.

»Ich habe eine Kurzfassung des Gesprächs mit Fokko Hoogelycht erstellte, aber es ist kein offizielles Protokoll. Das kommt dann später. Die Zeugenaussagen sind nicht eindeutig, aber dennoch halte ich Focko Hoogelycht für den Mörder seiner Großmutter. Er kannte vermutlich den Inhalt des Testaments und brauchte dringend Geld. Ob er sich zur Tatzeit in Emden aufhielt, müssen wir überprüfen.«

Van Elderen legte den Abrechnungsbon des ›Kaiserhofes‹ auf den Tisch und fügt die Kopie des anonymen Schreibens der Zeugin bei. »Wir benötigen übrigens einen Schriftexperten«, sagte er. »Schiri, die Kellnerin, hat den Brief verfaßt, das ist eindeutig.«

»Und ihr Freund steht ebenfalls auf der Lohnliste des Hoteliers Hoogelycht«, sagte Münter.

»Der Chefkoch des ›Kaiserhofes‹ kümmert sich liebevoll um seinen Enkel. Der Junge ist in der Klasse meiner Frau. Ich werde mit ihm sprechen«, sagte van Elderen.

»Der Nebel beginnt sich zu lichten: Zwei wichtige Zeugen sind identifiziert. Aber sie haben offensichtlich Angst vor ihrem Chef.«

»Wenn Hoogelycht seinen Vater ermordet haben sollte, dann muß er einen Gehilfen gehabt haben. Ob er wirklich auf St. Pauli einen Killer engagiert hat?«

»Jedenfalls hat er wahrscheinlich den teuflischen Plan geschmiedet«, meinte Münter.

»Die Richtung stimmt«, bestätigte Bresser.

Van Elderen holt die Schreibmaschine aus dem Metallschrank, spannte eine Seite ein und tippte ein Kurzprotokoll der Sitzung. »Ich faxe die Unterlagen an den Staatsanwalt«, sagte er, stand auf und verließ das Dienstzimmer.

Bresser und Münter verbrachten die Mittagspause am Strand. Sie hatten gemeinsam mit van Elderen beschlossen, am späten Nachmittag erneut die Pizzeria aufzusuchen, um mit der Mutter des mutmaßlichen Mörders ein Gespräch zu führen.

Unterhalb der Bürgermeister-Kievit-Promenade sonnten sie sich am Strand, badeten in der Brandung wie ganz normale Urlauber und erholten sich für einige Stunden zwischen Strandburgen und bunten Strandzelten. Gegen sechzehn Uhr zogen sie sich an.

»Drei paradiesische Stunden für viele geleistete Überstunden«, spottete Münter.

»Und mit frischer Kraft folgen wir wieder der grausamen Spur des unbekannten Mörders«, frotzelte Bresser, als sie den Strand verließen.

Doch an diesem Nachmittag trafen die Beamten in der Pizzeria nur Enrico Tomello an, der ihre Beschuldigungen gegen Focko Hoogelycht und den Verdacht gegen seine Lebensgefährtin als ›wirre Gedanken‹ zurückwies und sich solche Anschuldigungen für die Zukunft energisch verbat. Auch dieses Mal glich ihr Abschied eher einem Hinauswurf, wie Klaus Bresser hinterher trocken feststellte. Unverrichteter Dinge reisten Münter und er am Abend zurück nach Hamburg.

* * *

Van Elderen lenkte den Wagen auf den breiten Parkstreifen der Auricher-Straße. Er stieg aus, entnahm dem Kofferraum seine Reisetasche und näherte sich dem Hotel ›Erbprinz‹.

Die repräsentative Fassade mit Rundbalkonen, Säulen und breit ausgelegter Treppe erinnerte an längst vergangene Zeiten voller Pomp und Prunk, ebenso wie die stilvolle Vorhalle.

Der Kommissar ging zur Rezeption. Die blonde Empfangsdame war ungeschminkt und trug eine weiße Bluse und eine dunkelblaue Samtweste über einem langen Faltenrock. Sie blickte ihn freundlich an.

»Van Elderen, Kripo-Borkum«, stellte sich der Kommissar vor.

»Sie haben für zwei Nächte gebucht«, sagte sie, und vermerkte seine Anwesenheit in einer Liste. »Geht die Rechnung an Ihre Dienststelle?«

»Ich bezahle selbst«, antwortete van Elderen.

»Zimmer 34«, erklärte die Dame, nahm den Schlüssel vom Haken und reichte ihn dem Kommissar. »Abends können Sie nach Vorbestellung hier essen. Außerdem bieten wir ein reichhaltiges Frühstücksbuffet an. Bis dreiundzwanzig Uhr können Sie an unserer Hotelbar Getränke bekommen«, fügt sie geschäftstüchtig hinzu.

»Danke«, erwiderte der Kommissar und schaute durch das Fenster der Rezeption auf die Straße, über die der abendliche Berufsverkehr rollte. »Ich werde noch einmal wegfahren. Kann ich meinen Wagen unbesorgt auf dem Parkstreifen abstellen?«

»Wir verfügen über einen eigenen Parkplatz, doch wenn der belegt ist, stellen Sie Ihren Wagen ruhig dort ab. Bis jetzt ist keinem Gast vor dem Haus ein Schaden an seinem Fahrzeug entstanden«, sagte die Dame.

»Sie versehen den Dienst im Wechsel mit einem Kollegen oder einer Kollegin?« fragte van Elderen.

»Ja, mal Frühdienst, mal Spätdienst. Um zweiundzwanzig Uhr schließen wir«, sagte sie und lächelte.

Van Elderen stellte seine Reisetasche ab und entnahm ihr den Hausprospekt des ›Kaiserhofs‹ auf Borkum. »Ich habe eine Frage«, sage er und reichte der Angestellten den Prospekt.

Sie entfaltete ihn und studierte die farbigen Fotos. »Bei uns geht es einfacher zu. Hier wohnen Gäste, die ihr Geld für den Urlaub noch verdienen müssen, meist Vertreter«, sagte sie spöttisch.

»Darum geht es nicht. Meine Frage ist: Hat der junge Hotelbesitzer, dessen Foto Sie da rechts sehen, hier bei Ihnen vor etwa zwei Monaten übernachtet und mit Geschäftsfreunden in einem Sitzungszimmer getagt?« fragte van Elderen.

Die Angestellte blickte auf. »Ja, der Porschefahrer – im Clubzimmer. Es waren etwa fünfzehn Gäste, Handwerker und Vertreter«, sagte sie. »Er war nicht zu übersehen und sehr großzügig,« fügte sie noch hinzu.

»Gab es irgendwelche Vorkommnisse? Ich denke an späte Heimkehr oder so etwas?« fragte der Kommissar.

»Wir kontrollieren nicht, wann ein Gast heimkehrt. Wir schließen, wie gesagt, die Rezeption um zweiundzwanzig Uhr. Der Chef schaltet das Telefon um, falls wir noch für späte Reisenden freie Zimmer haben. Ich erinnere mich allerdings daran, daß Herr Hoogelycht sich vom Abendessen abgemeldet hat und am späten Nachmittag mit seinem Porsche losfuhr«, sagte sie.

»Danke«, sagte van Elderen und nahm seine Reisetasche.

»Drüben befindet sich ein Aufzug«, sagte die Dame.

»Ich laufe lieber«, erwiderte der Kommissar, verließ die Rezeption und stieg nachdenklich die Treppe hinauf.

Die Sonne stand bereits tief. Der Wind hatte aufgefrischt. Van Elderen öffnete die Autotür, ließ die angestaute Hitze aus dem Wagen ziehen, setzte sich hinter das Steuer, stellte den Kilometerzähler auf Null, lenkte den Golf auf die B 70 und fuhr in Richtung Georgsheil. Der Berufsverkehr war abgeebbt. Die Märkte zu beiden Seiten hatten bereits geschlossen.

Der Kommissar fuhr über die Umgehung von Suurhusen an dem schiefen Kirchturm vorbei und genoß den gelegentlichen Blick in das weite, grüne Land. Radfahrer kämpften mit dem Wind. Van Elderen folgte der B 70 in Richtung Norddeich. Über die Häuser und Höfe von Marienhafen ragte die wuchtige Backsteinkirche. In ihrem Turm hatte einst der legendäre Seeräuber Störtebecker Schutz vor den Truppen der Hanse gesucht.

In Nadörst verließ der Kommissar die Bundesstraße und fuhr über Halbemond nach Hage und von dort über Nesse und Dornum nach Accumersiel.

Er parkte den Wagen im Hafen vor dem Fischgeschäft der Genossenschaft und stieg aus. Für die zweiundsechzig Kilometer hatte er etwas mehr als eine Stunde gebraucht.

Die Kutter waren schon ausgelaufen. Im Licht der untergehenden Sonne sah er im Westen im Abendrot den Leuchtturm von Norderney. Im Osten verschmolz der Horizont in einem milchigen Grau mit dem Meer. Baltrum mit seinen roten Backsteinhäusern spiegelte sich verschwommen im auflaufenden Wasser.

Seitlich vom Hafengelände befand sich, umgeben von einem hohen Aluminiumdrahtzaun, der Yachthafen.

Die beiden großen Torflügel waren weit geöffnet. An den Stegen lagen die Boote. An Bord einiger Schiffe saßen Segler in der Plicht und genossen den milden Wind und die Abendsonne.

Van Elderen schritt über die Bootsstege, bis er das Büro des Hafenmeisters gefunden hatte. »Kripo Borkum, ich komme wegen der gestohlenen Yacht der Familie Koplin«, sagte er und wies sich aus.

Der Hafenmeister, ein grauhaariger kräftiger Mann, führte ihn zum Anleger. Am Heck der Yacht stand deutlich sichtbar der Heimathafen, und der Hafenmeister erklärte: »Koplin hat die Schäden beseitigt.«

»Hätte es Aufsehen erregt, wenn der Dieb sich nachmittags mit Farbe und Pinsel an Bord betätigt hätte?« fragte der Kommissar.

Der Mann winkte ab. »Heute schon, aber Mitte April waren noch nicht alle Boote zu Wasser gelassen, und Reparaturarbeiten zu der Zeit waren an der Tagesordnung.«

»Und drüben vor dem Yachtgelände einen Porsche zu parken?« fragte der Kommissar.

»Auch das fällt nicht sonderlich auf. Am späten Nachmittag kommen hier viele Touristen vorbei. Sie steigen auf den Deich und schauen zu den Inseln hinüber. Auch etliche Clubmitglieder fahren teure Wagen«, äußerte der Hafenmeister.

Der Kommissar bedankte und verabschiedete sich und ging zurück zu seinem Wagen. Er freute sich auf ein kühles Bier in der Hotelbar.

Wenig später lenkte van Elderen den Wagen auf den Parkplatz des Hotels. Er betrat das imposante Gebäude, winkte der Dame an der Rezeption zu und ging weiter in die Bar.

Dort waren nur wenige Tische besetzt. Eine dunkelhaarige Angestellte stand hinter der Theke und bediente eine Kaffeemaschine. Sie sah adrett aus, trug ihr Haar zu einem Pferdeschwanz gebunden und trug eine weiße Bluse und einen dunklen Plisseerock.

Van Elderen setzte sich auf einen Barhocker. Die Angestellte blickte ihn freundlich an, während sie zwei Tassen mit Kaffee füllte und diese auf ein Tablett stellte. »Einen Moment bitte«, sagte sie und trug das Tablett an einen Tisch.

»Bitte?« fragte sie, als sie zurückkam.

»Im Auto war es sehr heiß«, sagte der Kommissar. »Ich hätte gern ein großes Pils.« Während die Angestellte das Bier zapfte, dachte van Elderen an Focko Hoogelycht. Hatte er am Tatabend hier gegessen und seine dicken Zigarren geraucht?

»Bitte«, sagte die Bedienung und stellte das Glas auf die Theke. Van Elderen nahm einen kräftigen Schluck und setzte das Glas ab. Er wischte sich den Schaum vom Schnurrbart.

»Nicht viel los«, sagte er und schaute sich um. Die Bar war komplett holzvertäfelt und wirkte urgemütlich mit den rustikalen Möbeln.

»Mein Umsatz läuft mit den Stammgästen. Sie kommen meistens so gegen einundzwanzig Uhr«, sagte die Angestellte.

»Das habe ich bereits erfahren. Es sind wohl vor allem Vertreter?« fragte der Kommissar.

»Auch Ingenieure und Techniker von VW aus Wolfsburg«, erwiderte sie.

»Bedienen Sie hier jeden Abend, oder wechseln Sie sich mit Kolleginnen ab?« fragte van Elderen.

»Das ist mein Reich. Ich öffne um zwanzig Uhr und mache gegen dreiundzwanzig Uhr zu. Oft wird es aber auch später, wenn Gäste noch für Umsatz sorgen«, sagte die Barkeeperin verschmitzt.

»Das ist sicherlich manchmal unangenehm, wenn die Gäste betrunken sind?« fragte der Kommissar verständnisvoll.

»Keineswegs. Hier am Tresen hat sich noch kein Gast betrunken. Ich kenne meine Kundschaft, und sie ihre Grenzen«, sagte die Frau und bot van Elderen eine Zigarette an.

»Danke, ich bin Nichtraucher«, erklärte der Kommissar.

Sie hob die Schultern, blickte gleichgültig auf und steckte sich eine Zigarette an.

Van Elderen leerte das Glas und reichte es ihr. »Noch ein Pils, bitte«. Sie hielt das Glas unter den Zapfhahn. Van Elderen griff in die Westentasche seines Blousons. »Ich bin beruflich hier. Das ist der Prospekt eines Borkumer Hotels, dessen Eigentümer auf diesem Photo abgebildet ist, hier oben im oberen Drittel«, sagte van Elderen und reichte der Angestellten den Prospekt. »Ein geselliger Typ. Haben Sie ihn hier in der Bar vielleicht irgendwann bedient?«

Sie hielt den Prospekt in das Licht des Deckenstrahlers und betrachtete das Bild. »Ja, das ist eine Weile her,« sagte sie nach einer Weile. »Hier war viel los. Der neue Passat übertraf alle Erwartungen. VW-Leute übernachteten bei uns und feierten. Der Gast kam spät. Er bestellte zwei Bier, und setzte sich drüben an den kleinen Ecktisch. Er war allein, rauchte Zigarren und trank die Gläser wie ein Verdurstender hintereinander leer. Er fiel nicht weiter auf, blieb sitzen, bis ich schloß. Er gab mir reichlich Trinkgeld«, sagte sie.

Van Elderen griff nach seinem Glas, leerte es und hielt es der Angestellten hin. »Noch ein Pils«, sagte er, nahm den Prospekt an und steckte ihn wieder in seine Westentasche.

Eine Gruppe von Männern, die in diesem Augenblick die Bar betraten, sorgte für reichlich Arbeit an der Theke. Die Angestellte hatte alle Hände voll zu tun.

Van Elderen nahm das gefüllte Glas entgegen und legte einen Zwanzigmarkschein auf den Tresen. »Reicht das?« fragte er.

Die Angestellte nickte. »Sie bekommen noch etwas zurück«, sagte sie, während sie den Zapfhahn bediente. Der Kommissar winkte ab, trank das Bier und ging dann hinauf in sein Zimmer.

Am nächsten Morgen verließ der Kommissar nach dem Frühstück das Hotel und fuhr nach Aurich. Er parkte vor der Post und ging zu Fuß zum Schloß hinüber. Wenig später betrat er das Vorzimmer des Staatsanwaltes.

»Moin«, grüßte er.

Die Sekretärin blickte freundlich auf. »Ihre Hamburger Kollegen sind schon da«, antwortete sie und wies auf die Tür zum ›Allerheiligsten‹. Van Elderen klopfte an und betrat das Dienstzimmer, Zigaretten- und Zigarillorauch strömten ihm entgegen. Bresser und Münter saßen bereits mit dem Staatsanwalt am runden Besuchertisch.

Van Elderen begrüßte den Staatsanwalt und die Kollegen und setzte sich zu ihnen.

Grothuis hatte seine Hände auf den angewachsenen Ordner des Falles Hoogelycht gelegt. »Wir können beginnen. Bitte, Herr van Elderen, berichten Sie«, bat der Staatsanwalt.

»Ich habe gestern morgen mit Focko Hoogelycht telefoniert und ihn zu einem Gespräch eingeladen. Er wies, wie zu erwarten war, lautstark jede Beteiligung an den Verbrechen zurück. Unumwunden gab er allerdings zu, wegen der Eintönigkeit auf der Insel während der Vorsaison mehrmals Hamburg aufgesucht zu haben. Dabei hätte er genügend Möglichkeiten gehabt, eine Kalaschnikow zu erwerben und sie bei weiteren Besuchen an entsprechender Stelle zu entsorgen. Ich bin am Abend nach Accumersiel gefahren und habe den Hafenmeister aufgesucht. Er hat mich zum Liegeplatz der Motoryacht der Familie Koplin geführt«, sagte er.

»Und die zeitliche Zuordnung?« fragte der Staatsanwalt.

»Ein Mittelklassewagen braucht von Norddeich nach Accumersiel ungefähr zwanzig Minuten. Focko Hoogelycht besitzt einen Porsche, auch das kommt hin«, sagte van Elderen.

»Er mußte das Motorboot aber nicht nur stehlen, sondern auch noch präparieren«, warf Münter ein.

»Der Hafenmeister ist der Meinung, daß es kein Aufsehen gegeben hätte, wenn er sich am späten Nachmittag an die Entfernung und Überpinselung der Aufschriften gegeben hätte. Zu dieser Zeit waren die meisten Boote noch nicht zu Wasser gelassen, und nur wenige Segler befanden sich auf ihren Yachten. Von Accumersiel aus benötigt er, falls er die *›MABO‹* tatsächlich gestohlen hat, nur etwa dreißig Minuten, um die Segler abzufangen«, erklärte van Elderen.

»Und – gab es Zeugen im Hotel?« fragte Bresser

»Ja. Hoogelycht hat im Clubzimmer mit Handwerkern getagt und ist am späten Nachmittag weggefahren. Vorher hatte er sich vom Abendessen abgemeldet. Die Bardame hat Focko Hoogelycht dann am Abend, nach einundzwanzig Uhr, bedient. Er hat sich in eine Ecke des Lokals gesetzt, mehrmals Bier bestellt und Zigarre geraucht«, antwortete van Elderen.

»Die Schüsse aus der Kalaschnikow auf seinen Vater hatten seine Nerven strapaziert, und er mußte sich betäuben, um Schlaf zu finden«, bemerkte Bresser.

»Er besitzt damit kein Alibi für die Zeit zwischen siebzehn und einundzwanzig Uhr. Das belastet ihn. Es spricht einiges dafür, daß er der Mörder seines Vaters ist, und es würde mich nicht wundern, wenn er auch Dini Hoogelycht erschossen hätte«.

»Bevor Sie mit dem Amtsrichter sprechen, schlage ich vor, daß wir ein Gespräch mit der Briefeschreiberin und ihrem Freund führen.« meinte Münter. Der Duft der blühenden Heckenrosen strömte durchs offene Fenster herein. Van Elderen lehnte sich zurück:

»Ich habe mit dem Chefkoch des ›Kaiserhofes‹ gesprochen. Er vermittelt uns einen Termin zum Gespräch mit Schiri und ihrem Freund«, sagte van Elderen.

»Ein unterschriebenes Protokoll über ihre Beobachtungen wäre uns sehr von Nutzen«, meinte der Staatsanwalt.

»Tomma Hoogelycht hat übrigens mit ihrem Lebensgefährten in der Tat eine Spritztour unternommen. Ob sie nur rund um Borkum gefahren sind, wie sie behauptete, können wir im Moment noch nicht sagen. Tomello befand sich um halb fünf noch in der Pizzeria, das habe ich überprüft«, sagte van Elderen.

»Ich gehe davon aus, daß Focko Hoogelycht einen

Helfer gehabt hat, der vermutlich von St. Pauli aus den Zahnarzt angerufen hat. Fedor besaß keinen Tip in dieser Richtung, aber er möchte ein Foto von Hoogelycht«, meinte Klaus Bresser.

»Herr Bresser, Sie schicken ihm einen Prospekt des ›Kaiserhofs‹ und begleiten Herrn van Elderen zusammen mit Herrn Münter nach Borkum. Ich lasse Zimmer für Sie buchen«, entschied der Staatsanwalt.

»Mit Vergnügen«, erwiderte Münter. Die Sekretärin betrat das Büro. »Ist es recht, wenn ich jetzt Tee serviere?« fragte sie.

Der Staatsanwalt nickte. »All up Stee!« sagte er zufrieden. Es sah so aus, als seien sie auf dem besten Wege, langsam Licht in das Dunkel dieses komplizierten Falles zu bringen.

* * *

Attila Geecer belegte den ausgewalzten Teil mit einer Schicht Ziehbutter, nahm die bereits vorbereitete Deckschicht vom Tisch und warf sie gekonnt darüber. Dann griff er nach dem Nudelholz und rollte es ohne großen Druck über die Teigschichten. Er räderte Dreiecke aus und bestrich die Ränder mit Kondensmilch.

Dann gab er gemahlene Haselnüsse in eine Schüssel, fügte Butter, Bittermandelöl und Wasser hinzu und rührte die Zutaten zu einem zähen Füllbrei, den er auf den Teig strich.

Der Chefkoch trat neben ihn und schaute zu. Er befand sich alleine mit dem Jungkoch im Küchentrakt. Die Küchengehilfinnen hatten bereits gespült und waren nach Hause gegangen. »Für den Tee: Blätterteig-Nuß-Hörnchen«, sagte Attila.

Der Chefkoch nickte. »Ich habe Mittagspause. Die Salate sind soweit vorbereitet, die Aufschnittplatten stehen im Kühlschrank. Ich bin um siebzehn Uhr zurück«, sagte Sandomir. Dann schaute er sich um, als befürchte er, jemand könnte zuhören. »Attila, ich habe morgen abend Besuch, wichtigen Besuch. Es wäre mir lieb, wenn du und Schiri den Abend bei mir verbringen könntet«, sagte er.

»Chef, habe ich vielleicht Ihren Geburtstag übersehen?« fragte Attila, während er die Teilchen formte und auf das Backblech legte.

»Nein, es ist wegen des Briefes, den Schiri an die Kripo geschickt hat«, antwortete Sandomir

Der Jungkoch richtete sich erschrocken auf. Aus seinem Gesicht war alle Farbe gewichen. »O Gott«, entfuhr es ihm.

»Gibt es etwa Ärger deswegen?«

»Ja, aber nicht für euch«, flüsterte Sandomir.

»Woher wissen Sie ...?« fragte Attila und strich nervös seine weiße Schürze glatt.

»Von der Kripo. Sie verzichtete auf eine offizielle Einladung«, erklärte der Chefkoch. »Kommissar van Elderen möchte nur ein informelles Gespräch mit euch führen«.

»Und Schiri?« fragte Attila

»Mit ihr habe ich bereits gesprochen. Sagen wir morgen abend um halb neun bei mir«, schlug Sandomir vor.

Attila nickte. »In Ordnung«, antwortete er und setzte nachdenklich seine Arbeit fort, während Sandomir den Küchentrakt verließ.

Der Abend war mild. Die untergehende Sonne warf ihr Licht auf die rote Klinkerwand des gepflegten alten Backsteinhauses in der Nordkapstraße, in dem der Chefkoch des ›Kaiserhofs‹ wohnte.

»Die Beamten gingen zur Tür. Im Vorgarten blühten Rosen und Margeriten. Der Rasen war kurz geschoren. Seitlich neben der Tür hing eine Tafel mit der Aufschrift ›*Zimmer belegt*‹.

Van Elderen drückte auf den Klingelknopf. Sie vernahmen Schritte, und kurz darauf wurde die Tür geöffnet. Der Chefkoch des ›Kaiserhofes‹ trug eine Jeans und ein kariertes Hemd. Die grauen Haare umrahmten sein volles, gebräuntes Gesicht, das offen und sympathisch wirkte.

»Herr Sandomir, das sind meine Kollegen aus Hamburg, Herr Bresser und Herr Münter«, erklärte van Elderen.

»Bitte, treten Sie ein«, sagte der Koch und führte sie durch einen Korridor in das gemütlich eingerichtete Wohnzimmer. Ein Fernseher, ein Eßtisch mit Stühlen, eine Couch mit Sesseln und Rundtisch und eine alte Standuhr bildeten das Mobiliar, an einer Wand stand ein Bücherregal, an der anderen hing ein Ölgemälde, das Dünen vor anrollenden Wellen zeigte.

»Nehmen Sie doch Platz«, sagte der Koch und zeigte auf die Sitzecke. Die Beamten setzten sich in die Sessel.

»Meine Frau ist bei der Tochter und den Enkelkindern. Unser Schwiegersohn besucht im Moment einen Lehrgang. Er gehört zum Stamm der Radarstation der Bundeswehr hier auf Borkum«, fügte Sandomir stolz hinzu. Der Tisch war bereits gedeckt. Das Teegeschirr trug das ostfriesische Rosenmuster. »Mir liegt viel daran, daß die Verbrechen aufgeklärt werden. Dini Hoogelycht war eine patente Frau und Ulfert Hoogelycht nicht nur mein Chef«, erklärte der Koch.

»Woher wissen Sie, daß Dini Hoogelycht sich nicht selbst umgebracht hat?« fragte Bresser.

»Bis Attila diesen Verdacht äußerte, war es nur eine Vermutung. Wissen Sie, die alte Dame war so voller Lebensmut, daß ich es mir einfach nicht vorstellen konnte. Tja, und dann hat Attila von seiner Beobachtung erzählt ...« Die Hausglocke ertönte, und Sandomir verließ das Zimmer.

Die Beamten vernahmen Fetzen einer Unterhaltung, und kurz darauf betrat der Koch mit dem türkischen Pärchen die Wohnstube. Er hatte seine Arme um ihre Schultern gelegt. Es waren hübsche junge Menschen, die zueinander paßten, stellte Bresser insgeheim fest.

»Schiri und Attila«, stellte Sandomir die beiden vor und führte die jungen Leute an den Tisch.

Van Elderen wandte sich an Schiri. »Wir kennen uns ja bereits«, sagte er lächelnd.

»Ich bin Attila Geecer«, sagte der gutaussehende türkische Jungkoch und schüttelte den Beamten die Hand.

»Mein Name ist van Elderen, ich bin von der Kripo Borkum, meine Kollegen Herr Bresser und Herr Münter von der Hamburger Kripo. Es ist uns nicht allzu schwergefallen, Sie als die Zeugen zu identifizieren, nachdem Sie uns den Brief zukommen ließen«, fügte der Kommissar hinzu.

Schiri trug enge Jeans und ein pinkfarbenes T-Shirt mit langem Arm. Attila trug Cordjeans und ein buntes Holzfällerhemd mit aufgesetzten Brusttaschen. Sie wirkten schüchtern und verlegen.

»Herr Sandomir hat sich freundlicherweise zur Verfügung gestellt, dieses Treffen zu ermöglichen. Wir möchten Ihre Namen im weiteren Verlauf der Aufklärungsarbeit nicht an die Öffentlichkeit dringen lassen. Ihr Arbeitgeber wird von unserer Unterhaltung nichts erfahren«, sagte van Elderen.

»Bitte, setzt euch doch – ich hole rasch den Tee«, sagte Sandomir und verließ das Wohnzimmer. Die beiden jungen Leute nahmen Platz.

Sandomir kam zurück, zündete die Teelichter an und stellte zwei Teekannen auf die Stövchen. Er holte aus der Küche eine Schale mit Teegebäck und schenkte den Tee ein. Seine Hand zitterte, auch er war nervös. »Bitte«, sagte er und setzte sich seinerseits.

»Schiri, Sie haben also den Brief geschrieben«, begann van Elderen behutsam. Die hübsche Türkin nickte verlegen. »Sie können mich ruhig duzen«, antwortete sie und rutsche unbehaglich auf ihrem Stuhl hin und her. »Attila hatte an dem Tag Beobachtungen gemacht, als die Seniorchefin sich angeblich erschossen hat. Ich habe Ihnen ja schon alles schriftlich erklärt«, sagte sie und sah ihren Freund aufmunternd an.

Attila nickte ernst, griff nach seiner Tasse und nahm einen Schluck. »Ich backte gerade Kuchen für den Nachmittagstee und glaubte plötzlich einen Schuß gehört zu haben. Gleichzeitig flog ein Düsenjäger über die Insel. Als ich ans Fenster ging und auf die Wiese schaute, sah ich eine Person, die davoneilte. Sie trug einen langen Mantel, so einen Wettermantel, und eine Pudelmütze«, sagte er.

»Und was hat Sie daran gestört?« fragte Münter.

»Zuerst einmal, daß sich jemand auf der Terrasse vor dem Wohnzimmer der Seniorchefin aufgehalten haben mußte. Unsere Hausgäste respektieren normalerweise den kleinen privaten Bereich vor der Liegewiese. Außerdem war es nicht so kalt, daß man einen langen Mantel und eine Mütze gebraucht hätte – und diese Person hatte es verdächtig eilig! Erst später brachte ich sie mit dem Schuß in Verbindung«, antwortete Attila.

»Was meinen Sie mit ›erst später‹?« hakte Bresser nach.

»Schiri und ich haben die Zeitungsberichte verfolgt«, sagte er. »Nach dem Mord am Chef fiel es mir wieder ein.«

Die Beamten tranken Tee und nahmen vom Gebäck. »Diese Person hatte sich also nicht nur auffällig verhalten, sonder sich mit ihrer Kleidung getarnt. Gab es Ähnlichkeiten mit Ihnen bekannten Personen?« fragte van Elderen, setzte seine Tasse ab und wartete gespannt auf eine Antwort.

Attila blickte seine Freundin verlegen an. Die Standuhr, vermutlich ein Erbstück, schlug dumpf neunmal an. Schiri nickte ernst, und Attila überwand seine Schüchternheit. »Ja, und genau deshalb war ich so verwirrt. Zuerst glaubte ich die Chefin erkannt zu haben, doch dann kamen mir Zweifel. Es kann auch der Junior gewesen sein. Die Person hastete in die Dünen. Ich sah sie nur für Sekunden aus der Froschperspektive«, sagte er und lächelte verlegen.

Van Elderen knabberte Gebäck und schwieg abwartend. Schiri erläuterte. »Attila meint, daß die Person dicker war als unsere Chefin, aber schlanker als der Juniorchef.«

»Kann es sich um eine fremde Person gehandelt haben, die sich zufällig auf der Liegewiese vor den Dünen aufgehalten hat?« fragte Münter.

Attila fuhr sich mit einer Hand durch sein schwarzes Haar. Er winkte ab. »Nein«, sagte er überzeugt, »die Person schien mir vertraut. Wenn es die Chefin war, dann trug sie unter dem Mantel vielleicht eine dicke Jacke oder so etwas. Und sollte es der Juniorchef gewesen sein, dann hat er sich möglicherweise bemüht, schlank zu erscheinen, und nur wenig unter dem Mantel getragen. Ich habe diese Person, wie gesagt, nicht von vorn gesehen«, fügte er hinzu und trank einen Schluck Tee.

»Frau Hoogelycht trägt ihr Haar lang. Haben Sie vielleicht ihren Zopf gesehen oder bemerkten Sie Ausbeulungen unter der Pudelmütze?« fragte Bresser.

»Nein, das nicht«, antwortete Attila.

»Kommen wir zu dem weiteren Inhalt des Briefes«, sagte Bresser. Er schaute sich um, entdeckte keinen Aschenbecher und ließ deshalb seine Zigarillos in seiner Westentasche. »Eure Beobachtungen im Yachthafen: Ihr habt eine Frau und einen Mann gesehen, und zwar am Abend des Mordes an Ulfert Hoogelycht. Ist das richtig?«

Schiri lächelte verlegen. »Herr Sandomir sagte mir, daß wir offen reden dürfen. Aber ich bin zufrieden mit meiner Arbeit im ›Kaiserhof‹, und auch Attila fühlt sich dort wohl. Wir fürchten um unseren Arbeitsplatz«, sagte sie schlicht.

»Schiri, eure Aussagen helfen uns, den Mörder zu überführen. Wir garantieren euch, daß ihr wegen eurer Zivilcourage keine Nachteile zu fürchten habt«, sagte Münter.

»Die beobachteten Personen waren Insulaner?« fragte van Elderen.

»Ja. Wir saßen auf einem Poller und hörten Motorgeräusche. Ein Boot legte an. Attila sah auf dem benachbarten Steg Gestalten, und wir hörten Schritte«, antwortete Schiri.

»Wen sahen Sie?« fragte Bresser gespannt. In der

Wohnstube des Kochs war einen Augenblick lang nur das Ticken der Uhr zu vernehmen. Schiri fuhr verlegen mit der Zungenspitze über ihre vollen Lippen. Dann richtete sie sich auf und blickte die Beamten entschlossen an. »Es war schon spät, nach neun, und wir mußten nach Hause. Als wir den Hafen verließen, fuhr ein Wagen an uns vorbei. In ihm saßen Tomma Hoogelycht und ein Mann, den wir nicht erkannten«, sagte sie, langte nach ihrer Teetasse und nahm einen großen Schluck daraus.

»Nach Angaben von Herrn Tomello hat er mit Frau Hoogelycht am besagten Abend einen kleine Spritztour mit seiner Motoryacht unternommen«, sagte van Elderen.

»Das kann schon sein. Sie verließen jedenfalls den Yachthafen. Es war bereits dunkel, doch Frau Hoogelycht haben wir trotzdem erkannt«, sagte Attila.

»Wer saß hinter dem Steuer?« fragte Bresser.

»Attila und ich gingen am Kai entlang. Frau Hoogelycht lenkte den Wagen. Sie fuhr rechts an uns vorbei«, antwortete Schiri.

»Später sahen wir dann noch einen Polizeiwagen, der zum Hafen fuhr«, fügte Attila hinzu.

»Wir fertigen über dieses Gespräch ein skizzenhaftes Protokoll an, das nur für unsere interne Arbeit von Belang ist«, sagte van Elderen.

Sandomir schenkte Tee nach. »Na, Gott sei Dank, nun ist die Katze aus dem Sack«, sagte er gelöst.

»Ich bin froh, daß wir uns aussprechen durften. Wir haben außer mit Herrn Sandomir mit niemandem darüber gesprochen«, sagte Attila erleichtert.

»Wir verdanken euch wichtige Hinweise. Ich bitte euch, daraus keine voreiligen Schlüsse zu ziehen, und erwarte, daß ihr auch weiterhin eure Beobachtungen für euch behaltet. Wir haben unsere Recherchen noch nicht abgeschlossen«, erklärte Kommissar Bresser.

»Herr Sandomir, Ihnen danken wir für Ihre Vermittlerrolle und die freundliche Bewirtung«, sagte van Elderen lächelnd.

»Nichts für ungut. Das war ich meinen Schützlingen schuldig«, antwortete der Koch. »Und keine Angst – ich werde schweigen wie ein Grab!«

Münter und Bresser leerten die Tassen. »Ihr habt Mut bewiesen in einer Zeit, in der Wegsehen an der Tagesordnung ist«, sagte Münter.

»Ein bißchen Angst bleibt immer noch«, erklärte Schiri mit verlegenem Lächeln.

»Das ist verständlich, aber völlig überflüssig«, sagte Bresser.

»Wenn eure Aussagen helfen, die Morde aufzuklären, dann fällt vielleicht sogar etwas von der ausgesetzten Prämie für euch ab«, sagte van Elderen tröstend.

Attila erschrak sichtlich. »Herr Kommissar, daran haben wir nicht gedacht«, sagte er irritiert

»Aber wir«, erwiderte Münter grinsend. Die Beamten erhoben sich, reichten den jungen Leuten die Hand und verabschiedeten sich. »Sie hören von uns«, sagte van Elderen noch.

Sandomir begleitete die Beamten zur Haustür, während die beiden jungen Leute sich erleichtert anlächelten. Endlich hatten sie sich überwunden und fühlten sich beide befreit und erleichtert.

* * *

Tönjes van Elderen verfaßte das Protokoll. Er las es noch einmal prüfend durch, stand auf und ging ins Schreibzimmer hinüber. Dort machte er zwei Kopien und faxte das Protokoll an den Staatsanwalt. Danach ging er zurück in sein Dienstzimmer, heftete das Protokoll in die Akte ›*Mordfall Hoogelycht*‹ und starrte noch einen Moment darauf. Focko Hoogelycht, davon ging er aus, hatte den langen Trenchcoat und die Pudelmütze zur Tarnung getragen. Jetzt ist der Staatsanwalt am Zuge, dachte er, legte die Akte in den Metallschrank, kochte sich einen Tee und verzehrte seine Schnitten. Dazu aß er eine Tomate und löffelte hinterher eine Kiwi aus.

Nach der Mittagspause läutete das Telefon. Van Elderen nahm den Hörer ab und meldete sich. »Tönjes? Hier Klaus. Wir sind gut angekommen, doch das ist nicht der Anlaß meines Anrufes. Fedor schließt nicht aus, daß Focko Hoogelycht die Kalaschnikow irgendwo gekauft haben kann, aber nicht dort, wo sie von den Russen normalerweise angeboten werden«, trug Bresser vor.

»Dennoch setze ich auf ihn«, sagte van Elderen.

»Wir auch! Am besten heizen wir Tomma Hoogelycht ein, sie hat am meisten Einfluß auf ihn. Besorge uns von ihr und von ihrem Lebensgefährten Fotos. Fedor freut sich über jeden Auftrag«, fügte er hinzu.

»All up Stee! Bis dahin!« sagte van Elderen und legte auf. Er erhob sich, trat an die Garderobe, nahm seine Wildlederjacke vom Haken und verließ das Zimmer.

Die Sonne schien durch hellgraue Wolkenfetzen. Irgendwo auf dem Festland mußte sich ein Gewitter entladen haben, dafür sprach auch der frische, aufgebriste Wind. Der Kommissar stieg auf sein Fahrrad und radelte über die Wilhelm-Backer-Straße an der Apotheke vorbei über die Neuestraße zur Erftstraße, stellte das Fahrrad in den Ständer vor dem Gebäude und betrat die Pizzeria.

Einige Tische waren besetzt. Er entschied sich für einen Tisch, der ein wenig abseits in einer Ecke stand. Die Kellnerin fragte nach seinen Wünschen.

Van Elderen bestellte einen Cappuccino und bat: »Fragen Sie bitte die Chefin, ob sie einige Minuten Zeit für mich hat«.

Patricia ging zur Theke hinüber. Van Elderen beobachtete, wie sie mit dem Italiener, der die Kaffeemaschine bediente, kurz tuschelte, und dann das Lokal verließ. Er hörte das Zischen des abziehenden Wasserdampfes.

Eine Serviererin brachte ihm den Cappuccino und zog sich dann zurück. Wenig später erschien die Witwe Hoogelycht. Sie trug eine weiße Bluse und eine marineblaue Weste, dazu weiße Jeans, und blickte van Elderen mißtrauisch an.

»Frau Hoogelycht, ich hätte da noch ein paar Fragen. Nehmen Sie doch bitte für einen Moment hier bei mir Platz«, sagte der Kommissar.

»Ich weiß nicht. Wir haben alle Hände voll zu tun«, erwiderte sie distanziert.

»Ich besuche Sie heute dienstlich«, sagte van Elderen und wies auf den freien Stuhl.

»Patricia, für mich auch einen Cappuccino!« rief Tomma Hoogelycht resigniert Richtung Tresen und nahm Platz. »Bitte fassen Sie sich kurz«, sagte sie verärgert. Sie entnahm ihrer Weste eine Zigarettenschachtel und ein Feuerzeug. »Rauchen Sie?« fragte sie mißmutig.

Der Kommissar winkte ab.

»Ohne Ihre ständigen Bemühungen, mich zu quälen, würde ich weniger rauchen«, sagte sie und steckte die Zigarette an.

»Meine beruflichen Verpflichtungen kosten mich ebenfalls Nerven«, antwortete van Elderen.

»Und Ihren Frust geben Sie dann weiter«, stellte Tomma Hoogelycht arrogant fest.

Patricia brachte den Cappuccino und verließ den Tisch. Van Elderen nippte an seiner Tasse und rieb sich danach mit der Hand den weiß-braunen Schaum von der Oberlippe. »Frau Hoogelycht, wir benötigen von Ihnen und Ihrem Lebensgefährten ein neuzeitliches Foto«, sagte er trocken.

»Ach«, entfuhr es ihr. Heftig stieß sie den Rauch aus. »Und was wollen Sie damit?«

»Wir brauchen die Bilder für unsere Recherchen und zur Dokumentation«, antwortete der Kommissar schlicht.

Tomma Hoogelycht griff nach ihrer Kaffeetasse, nahm ein paar kräftige Schlucke zu sich, setzte die Tasse ab, führte die Zigarette mit gespreizten Fingern an den Mund, machte ein paar hastige Züge und drückte die Kippe in den Aschenbecher, als ginge es darum, ein häßliches Insekt zu zerquetschen. Dann schaute sie van Elderen an, und in ihrem Blick lag ein tiefer, unergründlicher Haß. »Sie wollen uns doch wohl nicht mit einer Schlagzeile der Boulevardpresse überlassen und sich einen Prozeß wegen Verleumdung, übler Nachrede und Geschäftsschädigung an den Hals holen?« fragte sie erregt.

»Staatsanwalt Grothuis versteht es vorzüglich, die Presse auf Abstand zu halten«, antwortete van Elderen.

»Und wenn ich mich weigere und mich auf den Schutz der Persönlichkeit berufe?« fragte die attraktive Wirtin trotzig.

»Dann wird der Staatsanwalt den Amtsrichter bitten, Sie wegen Verhinderung der polizeilichen Ermittlungsarbeit nach Aurich vorzuladen und die Fotos von Beamten erstellen zu lassen«, sagte van Elderen.

»Ihre Verdächtigungen entbehren jeder Grundlage. Mutter hat sich erschossen, und weder ich noch Herr Tomello haben mit dem Tode meines Mannes etwas zu schaffen. Sie sind auf dem falschen Dampfer! Die Russenmafia lassen Sie ungeschoren auf St. Pauli operieren, die Ausländerkriminalität wächst Ihnen über den Kopf, und nun benötigen Sie Vorzeigekriminelle«, zischte Tomma Hoogelycht wütend.

»Wir benötigen die Fotos für unsere Ermittlungsarbeit. Sie werden sicher dazu beitragen, Ihre Unschuld zu beweisen«, sagte der Kommissar und schaute die Mitinhaberin der Pizzeria auffordernd an.

»Ich weiß nicht, ob ich auf die schnelle neuere Paßfotos von mir und Enrico auftreiben kann«, erwiderte sie einlenkend.

»Nehmen Sie Urlaubsfotos von Ischia«, schlug van Elderen gelassen vor.

Tomma Hoogelycht hob ihre Tasse an den Mund und trank sie aus. Sie blickte den Kommissar noch einmal giftig an, doch dann stand sie auf und verließ wortlos den Tisch.

Tomma Hoogelycht tat van Elderen fast ein wenig leid. Sie wußte von dem Verdacht, den die Beamten gegen ihren Sohn hegten, und bemühte sich, sie von dessen Fährte abzulenken.

Im Lokal herrschte jetzt reger Betrieb. Van Elderen vertrieb sich die Wartezeit, indem er den Kindern am Nachbartisch beim Spaghettiessen zusah, doch es dauerte gar nicht lange, bis Tomma Hoogelycht mit einem Briefumschlag in der Hand wiederkam. Mit verdächtig geröteten Augen blickte sie den Kommissar an und erklärte: »Hier – da haben Sie, was Sie wollten. Und jetzt lassen Sie uns gefälligst in Ruhe!« Sie reichte van Elderen das Kuvert und ging hoch aufgerichtet davon.

Patricia schaute den Kommissar an und winkte ab, als er nach seinem Portemonnaie griff. Van Elderen verstand die Geste. Er stand auf, verließ das ›Ischia‹, stieg auf sein Fahrrad und fuhr zurück zur Dienststelle.

Urlauber strömten von den Stränden zurück in die Stadt. Die Geschäfte waren gefüllt, die Cafés und Restaurants gut besucht. Die Uhr vor der Apotheke zeigte Viertel vor sechs.

Van Elderen stellte sein Fahrrad ab und suchte sein Dienstzimmer auf. Dort setzte er sich an seinen Schreibtisch und öffnete das Kuvert. Der Inhalt bestand aus postkartengroßen Fotos, die Tomma Hoogelycht im Bikini am Strand, in Jeans und T-Shirt auf einer kleinen Hafenmauer und in legerer Freizeitkleidung vor einer Festungsruine zeigten. Tomello saß auf einem Bild am Steuer seines Motorbootes, das jetzt im Yachthafen von Borkum lag, vor südländischer Meerkulisse. Auf einem weiteren Foto lächelten Enrico Tomello und Tomma unter Palmen an einem Cafétisch in die Kamera.

Van Elderen betrachtete nachdenklich die Fotos und ließ sie noch einmal durch seine Hände gleiten. Es waren Schnappschüsse, die Tomma Hoogelycht in einer Trotzreaktion ihrem Bestand entnommen haben mußte. Doch welches Ziel verfolgte sie damit? Zu der Zeit hatte Ulfert Hoogelycht noch an ihre eheliche Treue geglaubt, und seine Mutter hatte noch die Regie im ›Kaiserhof‹ geführt.

Tomma Hoogelycht hatte nicht viel an ihrem wesentlich älteren Mann gelegen. Das wollte sie mit den

Fotos dokumentieren, schoß es dem Kommissar durch den Kopf.

Und Focko, ihr Sohn? Er hatte gewaltsam das gesucht, was der alte Herr ihm vorenthalten hatte. Er hatte sich für die vielen Demütigungen gerächt, die er von seiten seines alten Herrn hatte hinnehmen müssen.

Van Elderen holte die Schreibmaschine aus dem Schrank und verfaßte eine Aktennotiz. Anschließend faxte er diese an den Staatsanwalt. Er entnahm dem Schreibtisch eine Versandtasche, steckte die Fotos hinein, adressierte sie an das ›*Dezernat Rauschgift- und Bandenkriminalität, Polizeipräsidium Hamburg*‹ und gab sie in die Post, ohne jedoch aus dieser Richtung neue Erkenntnisse zu erwarten. Dann verließ er das Dienstzimmer, verabschiedete sich von dem Kollegen, der den Spätdienst versah, und radelte nach Hause.

* * *

Van Elderen verließ nach einem dreistündigen Saunabesuch das Hallenbad. Dunkle Wolken zogen tief über die Insel. Er radelte nach Hause und entging gerade noch dem einsetzenden Wolkenbruch. Er leerte im Bad die Saunatasche, steckte die Badetücher in die Waschmaschine, hängte den Bademantel über einen Bügel und ging in die Küche. Dort nahm er eine Flasche Mineralwasser aus dem Kühlschrank, trug sie ins Wohnzimmer, setzte sich in einen Sessel und stillte genußvoll seinen großen Durst. Draußen goß es noch immer in Strömen.

Kommissar van Elderen verzichtete auf das Fernsehen und hing seinen beruflichen Gedanken nach. Während der Saunagänge hatten seine Freunde ihn regelrecht mit Fragen über den Fall bombardiert, auf die er natürlich keine Antworten hatte geben dürfen.

Er fuhr erschrocken aus seinen Betrachtungen auf, als das Telefon läutete. Er erhob sich und betrat das kleine Arbeitszimmer, das er sich mit seiner Frau teilte. Wenn sie nicht gerade – wie jetzt – in Urlaub war. »Spanien«, dachte er und langte voller Vorfreude nach dem Hörer.

»Van Elderen?« meldete er sich.

»Bredefeld. Herr Kommissar, ich hatte eben einen Anruf! Es war wieder der Osteuropäer, und er hat mich wieder bedroht. Er will, daß ich das Haus aus dem Angebot der Stadtsparkasse nehme und es privat anbiete!« berichtete der Zahnarzt. Er war sehr aufgeregt, wie van Elderen an seinen hastigen Atemzügen hören konnte.

»Bleiben Sie in Ihrer Wohnung. Ich rufe den wachhabenden Kollegen im Revier an. Er soll Sie abholen lassen und Sie zu mir bringen«, sagte der Kommissar ernst, legte den Hörer auf und wählte die Nummer des Reviers.

»Polizei Borkum, Nanninga«, vernahm er. »Van Elderen. Schicken Sie den Streifenwagen bitte sofort zur Strandstraße Nummer fünf, zur Wohnung von Dr. Bredefeld. Die Kollegen sollen den Zahnarzt abholen und zu mir bringen!« ordnete er an und legte den Hörer auf. Das darf doch nicht wahr sein! Der Mörder versucht erneut von sich abzulenken, fuhr es ihm durch den Kopf, und es lief ihm kalt über den Rücken. Er schaute auf die Uhr: Es war zehn nach zehn. Der Mörder versucht, seinen Kopf aus der Schlinge zu ziehen, und plant eiskalt einen dritten Mord, folgerte er.

Nach einer Weile nahm van Elderen wieder den Hörer ab und bediente die Wiederholungstaste.

»Polizei Borkum, Nanninga«, vernahm er.

»Van Elderen. Drücken Sie bitte die Funktaste. Befindet sich der Streifenwagen jetzt in der Nähe der Wohnung des Zahnarztes?« fragte er nervös.

»Bleiben Sie in der Leitung. Einen Moment, bitte!«

Van Elderen vernahm ein Rauschen. Dann drangen Wortfetzen an sein Ohr, und schließlich meldete Nanninga: »Dr. Bredefeld verläßt gerade in Begleitung eines Kollegen das Haus.«

»All up Stee!« antwortete der Kommissar erleichtert. Er verließ die Wohnung, stieg die Treppe hinunter und öffnete die Haustür. Die Luft war mild und feucht, und es roch schon ein wenig herbstlich. Der Himmel bestand aus einer dunklen, schwarzen Wolkenmasse, und gerade in dem Moment, als Kommissar van Elderen auf den Gehsteig trat, begann es zu nieseln. Der Kommissar hörte das sonore Brummen eines Motors, und dann sah er den Passat. Der Wagen hielt genau neben ihm, und der Fahrer kurbelte die Scheibe nach unten. »Wir machen anschließend noch ein paar Runden durch das Viertel«, sagte er.

»Achten Sie auf Besucher«, antwortete der Kommissar und reichte Bredefeld die Hand, der gerade ausgestiegen war. »Kommen Sie mit, Doktor.«

Der Streifenwagen fuhr davon. Van Elderen begleitete den Zahnarzt über die Treppe nach oben und betrat mit ihm die Wohnung. »Geben Sie mir Ihre Jacke«, bat er und hängte sie an die Garderobe.

Dr. Bredefeld nahm seine Tasche mit ins Wohnzimmer. »Ich bin nicht mehr der Jüngste und hasse solche Abenteuer«, meinte er müde. Sein Gesicht war blaß und faltig von der ausgestandenen Angst.

»Bei mir sind Sie sicher«, sagte van Elderen. »Machen Sie es sich bequem!«

»Er hat mich wieder bedroht!« sagte Dr. Bredefeld aufgeregt.

»Nehmen Sie doch Platz«, bat van Elderen und zeigte auf die Sitzecke. Der alte Mann setzte sich in den Sessel und schaute den Kommissar fragend an.

»Wir trinken jetzt zuerst einmal ein Bier zusammen«, sagte van Elderen, ging in die Küche, kam kurz darauf mit zwei Gläsern und einer geöffneten Flasche Bier zurück, aus der er ihnen beiden etwas eingoß.

»Prost«, sagte er und reichte Bredefeld eines der Gläser. Der Zahnarzt nahm einen großen Schluck. »Was will der Kerl noch von mir? Das Haus kann er haben. Warum bedroht er mich? Ich verstehe das alles nicht!«

»Sie bleiben heute nacht aus Sicherheitsgründen bei mir. Meine Frau und mein Sohn sind in Spanien«, sagte van Elderen. »Ich habe Platz genug.«

»Der Anrufer ... er will mich also wirklich umbringen?« fragte der Zahnarzt mit blassen Lippen.

»Er will zumindest den Mord an Ihrem Freund den im Kiez von St. Pauli agierenden osteuropäischen Mafiosi in die Schuhe schieben«, antwortete der Kommissar.

»War es der Anrufer selbst, der Ulfert erschossen hat?« fragte Dr. Bredefeld.

»Nicht unbedingt. Sie haben ja bei der Telekom eine Fangschaltung beantragt. Morgen früh erfahren Sie, wer Sie bedroht und angerufen hat. Am besten gehen Sie direkt nach dem Frühstück zum Telefonladen. Ich kann Sie leider nicht begleiten, der Staatsanwalt will mich in einer dringenden Angelegenheit sprechen«, erklärte van Elderen und trank einen Schluck Bier.

»Und der Mörder befindet sich hier auf Borkum?« wollte Dr. Bredefeld wissen.

»Davon gehen wir aus. Wir sind ihm auf der Spur. Teilen Sie mir bitte morgen früh die Rufnummer und den Anschlußpartner mit. Wenn Sie mich nicht erreichen, hinterlassen Sie einfach eine Nachricht für mich im Revier. Rufen Sie danach sofort meine Kollegen Bresser und Münter an. Sie erreichen sie unter der Telefonnummer des Polizeipräsidiums Hamburg«, bat der Kommissar den Zahnarzt.

»Darf ich?« fragte Dr. Bredefeld und nahm sein Raucheretui aus seiner Reisetasche. Van Elderen nickte. Bredefeld stopfte sich eine Pfeife. »Dann befand ich mich also in Lebensgefahr?« fragte er.

»Ja, vermutlich«, antwortete der Kommissar und schenkte Bier nach.

»Aber ich glaube nicht, daß Ihnen jetzt noch Gefahr droht!« Daß er für den Zahnarzt vom nächsten Morgen an Personenschutz anfordern würde, sagte er ihm hierbei nicht, um ihn nicht noch mehr zu beunruhigen.

* * *

Van Elderen fuhr aus dem Schlaf und stellte den Wecker ab. Es war halb sieben. Er stand auf, rasierte sich im Bad und zog sich an. Dann machte er sich in der Küche eine Schnitte. brühte sich einen Tee auf, horchte in den Flur und holte aus dem Arbeitszimmer ein Blatt Papier. Dr. Bredefeld schlief noch. Sie hatten bis spät in der Nacht Bier getrunken, und es hatte ihn viel Mühe und Überredungskunst gekostet, den alten Mann zu beruhigen und zum Schlafen zu bewegen. In großen Buchstaben schrieb er auf das Blatt:

LIEBER HERR DOKTOR, FRÜHSTÜCKEN SIE IN RUHE! KOCHEN SIE SICH TEE. IM KÜHLSCHRANK FINDEN SI- AUFSCHNITT. BROT STEHT AUF DEM TISCH.

P.S. ERKUNDIGEN SIE SICH SOFORT BEI DER TELEKOM!

Er legte die Mitteilung auf den Tisch, verließ die Wohnung, holte sein Rad aus dem Verschlag und radelte zum Revier. Der Wind war frisch, der Himmel aber nur schwach bewölkt. Das Tief hatte während der Nacht Norddeutschland überquert und war weitergezogen. Van Elderen betrat das Revier. Wachtmeister Nanninga, der Nachtdienst gehabt hatte, war noch da und wartete auf seine Ablösung.

»Von den Kollegen des Streifenwagens! Für Sie!« sagte er und reichte van Elderen ein zusammengefaltetes Blatt Papier. Der Kommissar suchte sein Dienstzimmer auf und legte die Mitteilung erst einmal ungelesen auf den Schreibtisch. Er holte die Schreibmaschine aus dem Schrank, fertigte eine Aktennotiz an und faxte sie an die Staatsanwaltschaft. Danach entfaltete er das Blatt des Streifenwagenbeamten und las:

»Es gab keine besonderen Vorkommnisse, abgesehen davon, daß wir in der Nähe der Wohnung den Hotelier Focko Hoogelycht gesehen haben. Er trug einen langen Trenchcoat und in der Hand einen Regenschirm, hinter dem er sein Gesicht zu verstecken versuchte.«

Unterschrift: Heinz Paul, Wachtmeister.«

»Also doch«, murmelte van Elderen und überlegte fieberhaft, was nun zu tun sei.

Dr. Bredefeld war äußerst nervös. Ihn hatte ein Lampenfieber ergriffen, in das sich große Angst mischte. Bereits beim Frühstück hatten die gut gemeinten Worte des Kommissars ihre beruhigende Wirkung verloren, die ohnehin nicht dazu beigetragen hatten, die Hintergründe im Mordgeschehen offenzulegen.

Am Himmel trieben weiße Schäfchenwolken. Gelegentlich stieß die Sonne durch, und ein frischer Wind wehte aus südlicher Richtung. Der Zahnarzt trug schwer an der Reisetasche, die ihm, obwohl sie nur halbvoll war, heute doch zur Last wurde.

Nach den Aussagen des Kommissars befand sich der Mörder auf Borkum, und dieser Verbrecher hatte ihm am Abend zuvor nach dem Leben getrachtet! Dr. Bredefeld schaute sich ängstlich um, beobachtete die Passanten, als könne jeder von ihnen der Mörder sein. Als er das weiße Emailleschild der Arztpraxis sah, blieb er kurz stehen, doch dann gab er sich einen Ruck, ging weiter und betrat wenig später entschlossen den Telefonladen. Er entnahm seiner Brieftasche den Paß und reichte ihn dem jungen Mann hinter dem Schalter. »Ich hatte eine Fangschaltung beantragt«, sagte er.

»Einen Moment bitte. Warten Sie«, sagte der Angestellte und verschwand kurz im hinteren Teil des Raums.

Dr. Bredefeld spürte ein Sodbrennen. Er mied die Blicke der anderen Besucher und wischte sich den Schweiß von der Stirn. Er mußte nicht lange warten. Der junge Angestellte winkte ihn zu sich.

Dr. Bredefeld trat wieder an den Schalter.

»Hier sind Ihr Paß, die gewünschte Rufnummer und die Anschrift des Anschlußteilnehmers«, sagte der Mann und schob Dr. Bredefeld die Unterlagen zu. »Bestätigen Sie bitte die Entgegennahme«, sagte er.

Der Zahnarzt unterschrieb das Formular. »Ich habe noch eine Bitte. Ich benötige die Telefonnummer des Hamburger Polizeipräsidiums«, sagte er, steckte den Paß ein und nahm das Formblatt entgegen. Seine Hände zitterten.

»Gern«, sagte der junge Mann, langte nach dem Telefonhörer. Sekunden später schrieb er die gewünschte Nummer auf einen Zettel und reichte ihn dem Zahnarzt.

* * *

Wachtmeister Paul lenkte den VW-Bus auf den Kai. Sein Kollege Sammusch saß auf dem Beifahrersitz. Van Elderen stieg aus. Auf der Nordsee kreuzten Segelboote, am aufgelockerten Himmel trieb der Wind weiße Wolken vor sich her. Van Elderen beobachtete das Anlegemanöver der ›*Westfalen*‹. Die Passagiere verließen das Fährschiff und strömten der Inselbahn entgegen. Die ersten Autos rollten von Bord.

Van Elderen näherte sich der Passagierbrücke und beobachtete die Gäste, die mühsam ihr Gepäck schleppten. Schließlich entdeckte er Grothuis. Der Staatsanwalt schaute sich suchend um. Er trug einen Aktenkoffer.

Van Elderen näherte sich ihm. »Moin! Kommen Sie, auf der Mole wartet der Wagen«, sagte er.

»Moin! Gibt es etwas Neues?« fragte der Staatsanwalt und folgte dem Kommissar zum Polizeifahrzeug.

»Sie haben mein Fax wohl nicht mehr erhalten. Dr. Bredefeld hat bei mir übernachtet. Der Osteuropäer hat ihn gestern abend erneut angerufen und bedroht.

Die Besatzung des Streifenwagens sah bei einer späteren Kontrollfahrt Focko Hoogelycht in der Nähe der Wohnung des Zahnarztes. Er versuchte sich hinter einem vorgehaltenen Regenschirm den Blicken der Beamten zu entziehen. Er trug wie Sie einen langen Trenchcoat«, sagte van Elderen.

Der Staatsanwalt grinste. »Mördermode! Stark im Kommen. Doch Spaß beiseite: Bei dem wechselhaften Wetter ist so ein Mantel wirklich praktisch. Hoogelycht hat seinen ja schon einmal bei einer ähnlichen Gelegenheit getragen. Was ist eigentlich aus Dr. Bredefelds Fangschaltung geworden?«

»Dr. Bredefeld erkundigt sich gerade danach. Er wird mir sofort eine Nachricht zukommen lassen«, sagte van Elderen. Sie näherten sich dem VW-Bus. »Uns bleibt genügend Zeit. Um achtzehn Uhr dreißig legt die letzte Fähre ab. Wenn der mutmaßliche Mörder nicht einsichtig ist, dann bringen wir ihn eben in Handschellen zum Festland. Dort wartet ein Streifenwagen auf mich. Wir haben im Untersuchungsgefängnis eine Zelle hergerichtet«, sagte der Staatsanwalt kalt.

Sammusch und Paul stiegen aus und begrüßten den Staatsanwalt.

»Sie kennen ja Ihre Aufgaben: Wir werden den mutmaßlichen Mörder möglichst ohne Aufsehen zu einem Verhör ins Revier bitten, und sollte er Schwierigkeiten machen, dann legen Sie ihm Handschellen an«, sagte Grothuis.

»All up Stee! Bitte steigen Sie ein«, erwiderte Wachtmeister Paul und setzte sich wieder hinter das Steuer. Auch der Kommissar, Staatsanwalt Grothuis sowie Wachtmeister Sammusch stiegen ein, und kurz darauf reihte sich der Wagen in den Verkehr ein.

Wachtmeister Paul parkte den VW-Bus vor der Treppe des Renommierhotels und stellte den Motor ab. Er blieb mit seinem Kollegen Sammusch im Wagen, während der Staatsanwalt und der Kommissar das Hotel betraten. Die Beamten hielten sich für den Fall bereit, daß der Mörder sich uneinsichtig zeigen würde.

Der Staatsanwalt und der Kommissar betraten den eleganten Empfangsraum und gingen zur Rezeption. Van Elderen bediente die Glocke, und der Staatsanwalt blickte sich interessiert um. Alles wirkte sauber und gepflegt. Swetlana kam aus dem Zimmertrakt herüber und erschrak, als sie den Kommissar erkannte. Rasch trat sie hinter den Tresen und blickte die Besucher fragend an.

»Ja, was wünschen Sie?« Ihr hübsches Gesicht mit den großen, braunen Augen wirkte ernst.

»Darf ich vorstellen, Herr Staatsanwalt Grothuis. Wir sind gekommen, um mit Ihrem Verlobten ein Gespräch zu führen«, sagte van Elderen.

Swetlana rang um Fassung. Sie lächelte verlegen. »Gehen Sie schon vor in den Speisesaal – ist im Moment ganz leer. Ich bestelle Tee für Sie, und Focko kommt gleich zu Ihnen«, sagte sie, bemüht, ihre Nervosität nicht zu zeigen.

»Danke, das ist nicht nötig. Wir warten hier auf Herrn Hoogelycht«, erwiderte der Staatsanwalt.

Swetlana blickte sie hilflos an. »Gut, ich hole Fokko«, antwortete sie und eilte davon. Sie trug eine Folklorebluse und einen blau-grün gestreiften, knöchellangen Rock, der ihre gute Figur unterstrich. Ihr dunkles Haar hatte sie zu einem Zopf geflochten, der ihr sehr gut stand.

»Was weiß sie?« fragte Grothuis nachdenklich.

»Immerhin ist sie die Verlobte des mutmaßlichen

Doppelmörders«, antwortete van Elderen. »Irgend etwas wird sie wohl mitbekommen haben!«

Die Besucher mußten nicht lange warten. Focko Hoogelycht schritt ihnen hochaufgerichtet entgegen. Im Kragen des weißen Hemdes saß der Knoten einer bunten Krawatte. Darüber trug der junge Hotelier eine weite Wildlederweste, und um seinen Bauch spannte sich der Bund einer Designer-Jeans. Seine Miene war ebenso arrogant wie abweisend. »Ich stehe Ihnen zur Verfügung«, sagte er mit einem spöttischen Unterton und reichte den Beamten die Hand. Er wies zum Speisesaal hinüber. »Was wünschen Sie, Tee oder Kaffee?« fragte er.

»Weder noch, Herr Hoogelycht«, erwiderte der Staatsanwalt. »Ich fordere Sie auf, eine Tasche zu pakken und uns zu begleiten. In meinem Aktenkoffer befindet sich der vom Amtsrichter unterschriebene Haftbefehl. Sie stehen im Verdacht, Ihre Großmutter und Ihren Vater ermordet zu haben«, sagte Grothuis ernst.

Focko Hoogelycht stierte den Staatsanwalt fassungslos an. Er atmete schwer. Seine Hand zitterte, als er den Krawattenknoten lockerte, und auf seiner Stirn bildeten sich Schweißtröpfchen.

»Ich soll Papa ...«, er schluckte und sah sich um, doch da war niemand, der ihm Beistand leistete.

»Ja, und außerdem haben Sie Dini Hoogelycht erschossen. Ein Zeuge hat Sie gesehen, als Sie mit einem Trenchcoat und einer Pudelmütze bekleidet die Wohnung Ihrer Großmutter verließen und in die Dünen geflohen sind. Sie haben in Hamburg eine Kalaschnikow erworben, in Accumersiel eine Motoryacht gestohlen, den Kurs der Segler gekreuzt und auf Ihren Vater geschossen«, sagte der Staatsanwalt.

»Das war ich nicht! Das waren die Russen«, schrie Focko. Er war außer sich.

»Herr Hoogelycht, nehmen Sie bitte Vernunft an. Hier ist nicht der richtige Ort, ein Verhör durchzuführen. Wir spielen nicht Räuber und Gendarm. Packen Sie eine Tasche für die Untersuchungshaft! Sie bekommen genügend Gelegenheit, zu unseren Vorwürfen Stellung zu beziehen. Wir werden Sie auf dem Revier gründlich verhören«, sagte van Elderen.

»Das kann doch nicht Ihr Ernst sein! Suchen Sie Ihren Mörder auf St. Pauli! Sie ... Sie ... Sie sind verrückt geworden!« stieß der Hotelier wütend hervor.

Swetlana kam herbeigestürzt. Sie hatte einen Teil des Gesagten mitbekommen, und ihr liefen die Tränen über die Wangen. »Lassen Sie Focko – er hat nichts getan!« rief sie aufgelöst.

»Wir wollen keine Szene. Bitte begleiten Sie Herrn Hoogelycht und den Kommissar in Ihre Wohnung! Herr Hoogelycht, ich bitte Sie. Es liegt nicht in meiner Absicht, Sie in Handschellen zum Verhör zu führen«, sagte Grothuis energisch.

»Wohnung ist nicht hier«, murmelte Swetlana. Hoogelycht starrte ihn nur böse an. Der Staatsanwalt ging zur Tür und gab den Beamten ein Zeichen. Gleich darauf betraten die Wachtmeister Paul und Sammusch das Hotel, die Händen an den Koppeln, mit den Pistolentaschen und Handschellen. Swetlana nahm ihren Verlobten schluchzend an die Hand und führte ihn zum Polizeibus. Willenlos folgte er ihr hinein, und Wachtmeister Paul lenkte den Kleinbus zu der Eigentumswohnung des ungleichen Pärchens.

* * *

Der Hausmeister hatte im kleinen Konferenzzimmer einige Tische und Stühle zusammengerückt. Staatsanwalt Grothuis nahm mit van Elderen an der Stirnseite Platz und wies den Polizisten und Focko Hoogelycht die Stühle gegenüber an.

Ein Beamter betrat das Sitzungszimmer und überreichte van Elderen eine Mitteilung. »Von Dr. Bredefeld«, sagte er und zog sich rasch wieder zurück. Der Kommissar las die Aktennotiz und reichte sie dem Staatsanwalt.

»Hervorragend«, sagte dieser, öffnete seine Aktentasche und legte die Mitteilung hinein. Er entnahm der Tasche einige vorbereitete Formulare und wandte sich an Wachtmeister Paul. »Führen Sie bitte das Protokoll. Hier ist ein Kugelschreiber«, sagte er.

Focko Hoogelycht saß breitbeinig auf dem Stuhl vor dem Tisch. Er hatte sich umgezogen und trug jetzt ein dunkelblaues Pulloverhemd und beige Cordjeans. Seine Füße steckten in festen Wanderschuhen. Er hatte seine Tasche im Bulli gelassen.

Durch die geöffneten Fenster drang warme Spätsommerluft in das Zimmer. Auf den Dächern der Nachbargebäude gurrten die Tauben.

Wachtmeister Sammusch beobachtete Hoogelycht und hielt sich bereit, einzuschreiten, falls der mutmaßliche Doppelmörder sich zu irgendwelchen Dummheiten hinreißen lassen sollte. Doch das tat der Erbe des Renommierhotels nicht. Er wirkte oft für Sekunden wie abwesend, als müsse er über vieles nachdenken. Der Staatsanwalt stellte unzählige Fragen, die Focko Hoogelycht nur zögernd und unwillig beantwortete. Im Laufe des Verhörs verstrickte er sich immer mehr in Widersprüche. Er gab zu, mehrmals Hamburg besucht zu haben. Er hatte, so gab er zu

Protokoll, sich das Angebot an Waffen auf dem schwarzen Markt angeschaut, sich sogar nach einer Panzerfaust und nach Schnellfeuergewehren erkundigt, behauptete aber, nie etwas gekauft zu haben!

»Waffen haben mich stets fasziniert. Bei der Bundeswehr habe ich gelernt, auf Pappkameraden zu schießen, und das hat mir viel Spaß gemacht«, erklärte er und vergaß für Sekunden, daß er hier vor Aufklärungsbeamten Aussagen machte, die zu Protokoll genommen wurden. Er hatte seinen Vater gehaßt, auch das gab er zu. »Aber ihn zu erschießen, nein, das wäre mir nicht einmal im Traum eingefallen«, sagte er trotz der erdrückenden Beweislast.

Zu seiner Mutter hatte er ein besseres Verhältnis gehabt. »Mama hat mir immer beigestanden, auch wenn mir mal etwas schief gelaufen war«, gab er zu Protokoll. »Daß sie sich mit meinem Vater nicht mehr verstand, war kein Wunder!«

Er kannte das ›Johannisgehölz‹ in der Nähe des Kiezes, bestritt aber, dort eine Kalaschnikow entsorgt zu haben. Auch gab er zu, daß er nach dem Gespräch mit den Handwerkern im Hotel ›Erbprinz‹ in Emden mit seinem Porsche an der Küste entlanggefahren war und sich in den Häfen Boote angeschaut hatte. Doch er erklärte vehement, er habe keines davon betreten.

»Und warum haben Sie Ihre Großmutter umgebracht?« fragte van Elderen scharf.

»Das habe ich nicht getan! Großmama hatte Krebs und wäre bald gestorben! Warum hätte ich sie töten sollen? Sie hat mir immer ausgeholfen, wenn ich Geld brauchte!« Er redete viel, um seine Unschuld zu beweisen, doch die Beamten glaubten ihm nicht.

»Ja, ich besitze einen langen Trenchcoat und auch

eine Pudelmütze. Ich mag die steifen Prinz-Heinrich-Mützen nicht!« erklärte er.

»Dr. Bredefeld hat gestern abend wieder eine Morddrohung für den Fall erhalten, daß er sein Haus nicht frei anbietet. Und der Anrufer war wieder ein Osteuropäer. Hat vielleicht ein Verwandter von Swetlana Roederich Ihnen geholfen, das Boot zu stehlen und die Telefonaktionen durchzuführen?« fragte der Staatsanwalt.

Hoogelycht sprang wie elektrisiert auf und blickte wütend um sich. »Lassen Sie um Himmels willen Swetlana aus dem Spiel!« schrie er. Wachtmeister Sammusch nahm seinen Arm und drückte Hoogelycht zurück auf den Stuhl. »Keine Mätzchen!« warnte er.

»Gibt es dann vielleicht einen osteuropäischen Killer, der Ihnen die schmutzige Arbeit abnahm und Ihren Vater erschoß?« fragte van Elderen.

»Nein, nein und nochmals nein«, schimpfte der Beschuldigte wütend.

»Wir interpretieren nur Fakten. In diesem Zusammenhang möchte ich von Ihnen wissen, ob Sie ein Eckcafé in Hamburg kennen, es liegt zwischen der Kapitän-Lührs-Straße und der Schwestern-Straße. Der Eigentümer heißt Hans-Hermann Schieneburg«, erklärte der Staatsanwalt.

»Ich kenne es zufällig, ich habe während meiner Tätigkeit in Hamburg dort gelegentlich einen Kaffee getrunken«, sagte Focko Hoogelycht.

»Der Osteuropäer hat gestern abend Dr. Bredefeld vom Anschluß des Eckcafés aus angerufen. Unsere Hamburger Kollegen werden der Sache nachgehen. Sie müssen wissen, Dr. Bredefeld hatte eine Fangschaltung beantragt«, sagte van Elderen ruhig.

Focko Hoogelycht fehlten die Worte. Er atmete schwer und griff mit den Händen an den Kragen seines Pulloverhemdes, als schnüre dieser ihm die Luft ab.

»Gestern abend wurden Sie in der Nähe von Dr. Bredefelds Wohnung gesehen. Sie beabsichtigten auch, Dr. Bredefeld zu ermorden, um erneut den Verdacht auf die Mafia zu lenken!« fuhr der Kommissar unbarmherzig fort.

Focko Hoogelycht war mit seinen Kräften am Ende. »Ich wollte den Zahnarzt nur wegen einiger Einzelheiten befragen, die mit Papas Tod im Zusammenhang stehen«, stammelte er.

»Herr Hoogelycht, am besten bemühen Sie sich um einen Anwalt oder überlassen Sie es Ihrer Mutter, für Sie einen Strafverteidiger ausfindig zu machen«, sagte der Staatsanwalt und beendete das Verhör. Der junge Hotelier schien resigniert zu haben. Er blickte nur starr vor sich hin und unterschrieb schließlich ohne Einwendungen das Protokoll. Doch auch jetzt noch leugnete er jede Beteiligung an den beiden Morden.

»Herr Hoogelycht, wenn Sie vernünftig sind, dann verzichte ich auf Handschellen und polizeiliche Begleitung«, sagte der Staatsanwalt.

»Keine Angst, ich bringe Sie schon nicht um«, erwiderte Focko Hoogelycht müde.

Was mochte in einem Menschen vorgehen, der aus Habsucht und Haß zwei Menschen getötet hatte, fragte sich der Kommissar.

»Herr Hoogelycht, folgen Sie mir zum Wagen«, sagte der Wachtmeister.

»Wenn es denn sein muß!« sagte der junge Hotelier mit finsterer Miene.

Swetlana Roederich steckte den Kopf nicht in den Sand – im Gegenteil. Sie leitete auch weiterhin das Hotel zur Zufriedenheit der anspruchsvollen Gäste. Die Nachricht von der Inhaftierung ihres Verlobten hatte wie eine Bombe eingeschlagen. Überall auf Borkum wurde gemunkelt, und hinter vorgehaltener Hand kursierten die tollsten Gerüchte.

Tomma Hoogelycht hatte Swetlana nur einmal kurz am Tresen der Rezeption aufgesucht und ihr aufgelöst mitgeteilt, daß sie von Fockos Unschuld überzeugt sei. Sie hatte für ihn einen Rechtsbeistand engagiert, ohne Swetlana zu fragen, doch die junge Frau nahm all das ungekränkt hin.

Das Personal stand geschlossen hinter Swetlana. Sie hielt trotz der vielen Anfeindungen zu Focko, obwohl ihr das Leben von einigen Insulanern recht schwer gemacht wurde. Das Gerede um die ›Russenmafia‹, die es angeblich geschafft hatte, auf Borkum Fuß zu fassen, beunruhigte Swetlana zusätzlich. Sie hatte Angst, wenn sie abends die Türen schloß und die Einnahmen im Tresor des kleinen Büros deponierte, in dem tagsüber Frau Ammermann arbeitete. Die Sekretärin war ihr eine zuverlässige Stütze und trug dazu bei, daß der Geschäftsbetrieb reibungslos ablief.

Swetlana weinte viel, wenn sie abends allein in der Eigentumswohnung saß, und weder die Sendungen im Fernsehen noch andere Zerstreuungen vermochten sie von ihrem Kummer abzulenken. Sie war von der Unschuld ihres gutmütigen Verlobten überzeugt.

Kommissar Klaus Bresser stand am geöffneten Fenster und blickte auf den pulsierenden Verkehr hinunter. Münter saß am Schreibtisch und studierte eine Akte.

»Fedor hat sich noch nicht gemeldet«, sagte er jetzt und blickte auf.

»Grothuis fährt heute nach Borkum, um Focko Hoogelycht zu inhaftieren«, erklärte Bresser. Er wandte sich vom Fenster ab und setzte sich ebenfalls an seinen Schreibtisch. Das Telefon läutete, und er nahm den Hörer ab.

»Ein Dr. Bredefeld, ich stelle durch«, klang es ihm entgegen.

Klaus Bresser drückte die Lautsprechertaste und meldete sich. »Hallo Herr Doktor, wo brennt's?« fragte er.

»Gestern abend hat mich der Osteuropäer erneut angerufen und mich bedroht. Ich soll das Haus in den freien Verkauf geben«, sagte der Zahnarzt.

»Haben Sie van Elderen benachrichtigt?« fragte Bresser.

»Ja, er weiß Bescheid. Ich habe ihm den Anschluß und die Rufnummer mitteilen lassen«, antwortete Dr. Bredefeld.

»Schießen Sie los! Sie lautet ...?« fragte Bresser und horchte in den Hörer.

»Vorwahl für Hamburg, dann 769181, Anschlußinhaber ist Hans-Werner Schienenburg, Inhaber des Eckcafés auf der Kapitän-Lührs-Straße, Ecke Schwestern-Straße.« Münter schrieb mit. »Danke, wir machen uns gleich auf den Weg«, sagte Bresser.

»Viel Erfolg«, meinte Dr. Bredefeld. Seine Stimme klang gequält.

»Seien Sie beruhigt: Ihnen droht keine Gefahr mehr!« sagte der Kommissar und legte den Hörer auf.

»Ich kenne das Café«, sagte Münter.

Über Hamburg trieben weiße Wolken. Ein milder

Wind strich durch die Straßen, durch die um diese Zeit der Berufsverkehr kroch. Auch auf den Bürgersteigen herrschte reges Treiben.

Die Tische vor dem Eckcafé waren besetzt, die Tür stand weit auf. Hinter der Ladentheke bedienten mehrere Verkäuferinnen, und es roch verführerisch nach frischem Backwerk. Die Beamten fanden im hinteren Teil einen freien Fenstertisch und nahmen Platz. Das Café war sehr modern, aber stilvoll eingerichtet, und auf dem mit glasierten Steinfliesen belegten Fußboden spiegelte sich das Licht der Deckenstrahler. Die kleinen Sessel trugen eine grünblaue, mit den Tischtüchern und der Tapete abgestimmte Bespannung. An den Wänden hingen alte Stiche von Segelschiffen. Die Bedienungen trugen halblange, dunkelblaue Röcke und weiße Blusen mit grünen Halstüchern, und die gutgekleideten Gäste gehörten zu den Bürgern, die nicht auf die Mark schauen mußten.

Bresser schaute durch das Fenster hinüber in den kleinen Park und holte seine Zigarillopackung aus der Westentasche. Eine hübsche Serviererin trat an den Tisch.

»Bitteschön?« fragte sie.

»Zwei Kännchen Kaffee«, sagte Münter.

»Möchten Sie auch Kuchen?« fragte sie und lächelte charmant.

»Was können Sie uns denn empfehlen?« fragte Bresser zurück.

»Stachelbeertorte mit Baiser, ist heute sehr frisch und gut«, erwiderte die junge Frau.

Münter nickte. »Zweimal«, bestellte er.

Die Bedienung verließ den Tisch, und Bresser stand auf. »Ich schaue mich nur ein bißchen um«, sagte er und verschwand in Richtung eines Schildes mit der

Aufschrift ›*Toilette*‹. Als er zurückkam, wurde gerade der Kuchen gebracht.

Bresser nahm den Zahlungsbon in die Hand und grinste die Bedienung freundlich an. »Wer ist der Chef dieser Goldgrube?« fragte er.

Über das hübsche Gesicht der jungen Frau flog ein Schatten. »Sie hatten doch Kuchen bestellt«, sagte sie nervös.

»Darum geht es nicht«, erklärte Münter beschwichtigend. »Wir sind sehr zufrieden.

»Kripo, wir ermitteln in einer Verkehrssache«, sagte Bresser.

Das Bedienungsfräulein atmete sichtlich erleichtert auf. »Chef ist Herr Schienenburg. Er ist in der Backstube. Er arbeitet nicht immer mit, aber heute ist eine große Hochzeit in Blankenese«, fügte sie vertraulich hinzu.

»Seien Sie artig und sagen Sie ihm, daß wir ihn unbedingt sprechen müssen«, sagte Münter, griff nach seinem Kännchen und bediente sich. Die Kellnerin schritt beeindruckt davon.

Sie aßen den Kuchen, der ihnen hervorragend schmeckte, und ein paar Minuten später kam ein hochgewachsener Mann an ihren Tisch, der weiße Jeans und ein ebensolches T-Shirt trug. Sein Gesicht war blaß, sein Haar glatt nach hinten gekämmt, und er wirkte offen und sympathisch. Die Beamten standen auf.

»Hans-Werner Schienenburg. Ich bin Konditormeister und Eigentümer dieses Cafés«, stellte er sich vor. »Kripo, mein Name ist Münter, mich begleitet Herr Bresser«, sagte er und hielt das Messingkettchen mit der Polizeimarke in der offenen Hand. Bresser, der sich in puncto Körpergröße auch nicht ganz mit dem

Hausherrn messen konnte, wies auf die Stühle. »Bitte, ich denke, wir sollten uns setzen. Übrigens: Ihr Kuchen schmeckte hervorragend«, fügte er noch hinzu.

»Danke! Aber fassen Sie sich bitte kurz. Wir müssen für eine große Hochzeit ...«

Bresser unterbrach ihn. »Das haben wir bereits erfahren.« Er steckte sich einen Zigarillo an.

»Rauchen Sie?« fragte Münter und hielt dem Konditormeister die Schachtel entgegen.

»Um diese Zeit nicht«, erwiderte Schienenburg. »Was ist nun mit der Verkehrssache?«

»Nichts«, antwortete Münter, steckte sich die Zigarette an, machte einen Zug und legte Schienenburg die Telefonnummer vor, die er sich während des Telefonats mit Bredefeld notiert hatte.

»Das ist meine Anschlußnummer«, sagte Schienenburg.

»Wir recherchieren in einer Mordsache«, ließ Bresser die Katze aus dem Sack. »Die Teilnehmernummer verdanken wir einer Fangschaltung der Telekom. Von Ihrem Anschluß aus hat jemand mit östlichem Akzent Drohanrufe getätigt«, sagte Bresser.

Der Konditormeister schaute die Beamten überrascht an. »Mordsache?« fragte er und zog die Stirn kraus.

Die Beamten nickten. »Der Mann, den wir suchen, muß nicht der Mörder sein. Er ist allerdings in den Fall verwickelt«, erklärte Münter.

»Von meinem Anschluß?« vergewisserte sich Schienenburg verunsichert.

Schienenburg legte seine großen Hände übereinander auf den Tisch. Im breiten Ehering spiegelte sich das Licht des Deckenstrahlers. »Mein Büro befindet sich in der ersten Etage, die Backstube im Souterrain.

Dort habe ich einen Anschluß hinter dem Sanitärbereich im Aufenthaltsraum. Ich beschäftige einige Kellnerinnen und einen deutsch-russischen Konditor. Er heißt Michail Slotowing. Er spricht relativ gut Deutsch und hilft gelegentlich am Verkaufstresen aus, wenn eine Verkäuferin ausfällt«, sagte Schienenburg.

»Und Herr Slotowing wohnt wahrscheinlich bei ihnen im Haus und hat Zutritt zum Telefon?« fragte Bresser interessiert.

»Ja, Michail ist ein zuverlässiger, angenehmer Angestellter. Ich bin sehr zufrieden mit ihm«, sagte der Konditormeister.

»Wir möchten ihm gern ein paar Fragen stellen«, erklärte Münter und drückte seine Kippe in den Aschenbecher.

»Er hat leider zur Zeit Urlaub und besucht Verwandte in Rußland«, sagte Schienenburg.

»Und wann kommt er zurück?« fragte Bresser.

»In zehn Tagen«, erwiderte Schienenburg und erhob sich.

»Wir bitten Sie bis dahin um Verschwiegenheit«, sagte Münter. Der Konditormeister nickte. »Na, dann viel Erfolg! Schönen Tag noch«, sagte er und ging zurück in die Backstube. Bresser winkte die Bedienung an den Tisch.

Nach der Konferenz brachten die regionalen Zeitungen Fockos Bild mit knappen, aber belastenden Berichten. Die Boulevardpresse berief sich auf ihre Informationen und versah ihre Artikel und Stellungnahmen mit reißerischen Überschriften. Sie stilisierte Fokko Hoogelycht als ›Monster von Borkum‹ hoch.

Tomma Hoogelycht war außer sich. Auf ihrem Sohn lastete der Verdacht, seine Großmutter und seinen Vater aus niedrigen Beweggründen ermordet zu haben. »Unglaublich, was diese Stümper von der Polizei sich herausnehmen dürfen – und die Presse ist noch schlimmer«, stieß sie immer wieder in ohnmächtiger Wut hervor.

Doch weder der ›Kaiserhof‹ noch die Pizzeria ›Ischia‹ verzeichneten wegen der Verdächtigungen des jungen Hoogelycht Umsatzeinbußen. Während Swetlana sich gefaßt hinter dem Tresen der Rezeption von Reportern fotografieren ließ und deren Fragen stets mit dem stereotypen Satz: »Focko ist kein Mörder«, beantwortete, begann Tomma Hoogelycht einen wahren Sturmlauf gegen das große Unrecht, das ihrem Sohn widerfuhr. Sie verließ mehrmals die Insel, um in Hamburg die Kanzlei des Rechtsanwaltes Kai Klostermann aufzusuchen und mit dem bekannten Strafverteidiger nach einer Strategie zu suchen, wie Fockos Freilassung zu erzwingen gewesen wäre.

Klostermann nahm Akteneinsicht und besuchte Focko Hoogelycht im Auricher Untersuchungsgefängnis. Doch der junge Hotelier überzeugte den Anwalt keineswegs. Sein Mandant redete unkonzentriert, kam nie auf den Punkt, so als läge ihm selbst nur wenig an der restlosen Aufklärung der Morde. Der bekannte Strafverteidiger sah die Verdachtsmomente eher bestätigt, weil Focko Hoogelycht immer dann kein Alibi vorweisen konnte, wenn es um die Ausführung der bis in das Detail geplanten Verbrechen ging.

Er kannte auch das Eckcafé, hatte dort während seiner Hamburger Zeit oft Kaffee getrunken und glaubte den Mann gesehen zu haben, der das Interesse der Kripo auf sich gezogen hatte. Er hatte ihn aber nie kennengelernt, und der Name Michail Slotowing sagte ihm angeblich nichts. Den Verdacht, zu diesem Mann Kontakt gehabt zu haben, wies er weit von sich.

Kai Klostermann gelang es nicht, den Wirrwarr der vielen Widersprüche, in die sich der mutmaßliche Mörder hineinmanövriert hatte, zu dessen Gunsten zu entflechten. So schlug er schließlich vor, Focko Hoogelycht einer psychiatrischen Untersuchung zuzuführen, um mit einem Gutachten seine Zurechnungsfähigkeit in Frage stellen zu lassen. Doch dieses Vorhaben scheiterte an dem vehementen Widerstand der Mutter und stieß auch auf die entschiedene Ablehnung des Mandanten.

Van Elderen fuhr mit dem Frühschiff nach Emden. Der Staatsanwalt hatte ihn zu einem Gespräch eingeladen.

Es war schwülwarm, und am Himmel türmten sich dunkle Gewitterwolken. In Aurich angekommen, parkte der Kommissar den Wagen vor dem Schloß und suchte das Zimmer des Staatsanwaltes auf. Grothuis empfing ihn herzlich und bat ihn, Platz zu nehmen. Er kam direkt zur Sache. »Professor Dr. Schmittmann von der Uni Bremen hat mir auf Anfrage mitgeteilt, daß eine Exhumierung der Leiche der ehemaligen Hotelinhaberin Dini Hoogelycht weder in die eine noch in die andere Richtung zusätzliche Erkenntnisse über ihren Tod zu Tage bringen würde. Und der Nachweis einer nicht diagnostizierten Krebserkrankung des Darmtraktes sei kein sicherer Anhaltspunkt für einen Selbstmord, weil auch in diesem Falle Mord nicht auszuschließen wäre. Selbst bei einem tatsächlichen Befund am Darm – die alte Dame soll über Darmbluten geklagt haben – muß sie sich ja deswegen nicht gleich erschossen haben«, erklärte der Staatsanwalt. »Andererseits – und das ist für uns wichtig – kann ihr Darmbluten sie zum Selbstmord getrieben haben, weil sie glaubte, Krebs zu haben.«

»Und was hat die Verteidigung vor?«

»Das läßt sich schwer abschätzen. Es sieht danach aus, daß der erfahrene Strafverteidiger Klostermann anhand von psychiatrischen Gutachten die Schuldfähigkeit des Hoteliers in Frage zu stellen beabsichtigt«, antwortete der Staatsanwalt.

»Endstation Klapsmühle! Und der Amtsrichter? Was meint der dazu?« fragte der Kommissar.

»Er fürchtet einen langwierigen Gutachterprozeß«, meinte Grothuis.

»Ich weiß nicht«, sagte van Elderen nachdenklich. »Focko Hoogelycht hat sicher durch den Ehrgeiz seiner Eltern Schaden genommen, weil er ihre Erwartungen nie erfüllen konnte. Aber deswegen gleich zum Mörder zu werden? Und warum verteidigt er sich nicht geschickter? Dumm ist er jedenfalls nicht. Ich habe Einsicht in seine Personalakte bei seiner ehemaligen Einheit genommen. Dort bekam er gute Benotungen und Beurteilungen. Er zeichnete sich bei den Manövern aus, war ein treffsicherer Schütze und hervorragender Panzerkommandant. Doch warum gibt er sich so verstockt? Er hätte mehr für sich herausschlagen können«, meinte der Kommissar.

»Er bestreitet, den Deutschrussen Michail Slotowing zu kennen, der wahrscheinlich sein Gehilfe bei der Ermordung seines Vaters war. Er war zumindest der Anrufer«, sagte der Staatsanwalt.

»Slotowing scheint eine Schlüsselrolle im Morddrama zu spielen«, meinte van Elderen.

»Er macht gerade Urlaub in Rußland. In einer Woche kommt er zurück. Er besitzt einen guten Leumund, und ich hoffe, daß er keine Lunte gerochen hat«, sagte Grothuis.

»Und warum so zimperlich? Slotowing wohnt im Haus des Konditormeisters. Verschaffen Sie den Hamburger Kollegen doch einfach einen Durchsuchungsbefehl«, schlug der Kommissar vor.

»Da spielt mein Hamburger Kollege nicht mit. Er schließt nicht aus, daß Slotowing, der oft Freunde mit auf sein Zimmer brachte, selbst nicht der Anrufer war. Bresser und Münter haben sich an Fedor gewandt«, sagte der Staatsanwalt und steckte sich eine Zigarette an. »Wie wäre es mit einer Tasse Tee?«

»Seien Sie mir nicht böse, aber wir Borkumer haben immer etwas zu erledigen, wenn wir zum Festland kommen«, erwiderte van Elderen lachend.

»Ich fertige über unser Gespräch ein kleines Protokoll an. Man kann nie wissen«, sagte Grothuis.

Der Kommissar verabschiedete sich vom Staatsanwalt und verließ das Dienstzimmer. Kurz darauf stand er wieder draußen in der schwülen Luft. Ein aufkommender Wind ließ auf Kühlung hoffen. Van Elderen passierte den historischen Steintorbogen und betrat die Fußgängerzone. Blumen- und Pflanzeninseln schmückten die mit Steinplatten gepflasterten Einkaufsstraßen. Urlauber studierten das Angebot der hübschen Läden. Über den Häusern der Innenstadt ragte der Kirchturm von St. Lamberti empor.

Der Kommissar ging zielstrebig dem Marktplatz entgegen. Vor dem Sous-Turm, dem modernen Metallkunstwerk eines Aachener Künstlers, standen die bunten Stände der Gemüse-, Obst-, Fisch-, Geflügel- und Honighändler. Es roch nach Bratwürsten und Berlinern.

Kommissar van Elderen ging zum Zentralcafé, stieg

die Treppe hoch und setzte sich an einen freien Tisch. Die Fensterplätze waren besetzt. In dem bürgerlichen Café saßen vor allem ältere Leute und einige junge Frauen, die sich angeregt unterhielten.

Bei einer pummeligen, freundlichen Serviererin bestellte der Kommissar ein Kännchen Kaffee. Dann entnahm er seiner Brieftasche einen Zettel, den ein Kegelbruder ihm am letzten Clubabend zugeschoben hatte und auf dem die Nummer eines Mitglieds des Schützenvereins von Bernum stand.

»Nur so, Monsieur Maigret«, hatte der Kegelbruder spöttisch gesagt und hinzugefügt: »Der Mann war lange Vorsitzender und ist jetzt Ehrenmitglied.« Mehr hatte van Elderen nicht in Erfahrung bringen können.

Das Bedienungsfräulein brachte ihm den Kaffee. Er trank einige Schlucke und las noch einmal die Adresse. ›*Wiebe Wibenga, Am Mühlenacker 18, Bernum*‹. Die Vorwahl war die der Stadt Norden. Der Kommissar blickte auf die Ausrufezeichen, die Onno hinter die Zahlen gesetzt hatte. Onno kam vom Festland und unterrichtete auf Borkum Mathematik.

Van Elderen maß diesem Hinweis wenig Bedeutung zu, aber immerhin war es ein Hinweis. Er blickte sich suchend um. Die Telefonzelle befand sich neben der Garderobe mit dem Schirmständer.

Schließlich entnahm der Kommissar seiner Geldbörse doch die Telefonkarte, verließ den Tisch und ging zur Telefonzelle hinüber. Er schob die Karte in den Schlitz und wählte die notierte Nummer.

»Wibenga«, meldete sich der Anschlußteilnehmer.

»Van Elderen, Kripo Borkum. Ich rufe aus Aurich an. soweit ich örtlich orientiert bin, könnte ich Sie in einer halben Stunde aufsuchen«, sagte der Kommissar.

»Wenn Sie mir mitteilen, weshalb Sie mich besuchen wollen, und wenn der Grund mir zusagt, dann brühe ich einen Tee auf, und mir bleibt vielleicht sogar noch Zeit, um Butterkuchen zu kaufen«, antwortete Wibenga. Seine Stimme klang freundlich.

»Ich benötige von Ihnen eine Auskunft. Ich komme dienstlich«, antwortete van Elderen.

»Und woher haben Sie meine Adresse?« fragte Wibenga.

»Ein Bekannter gab sie mir«, erwiderte der Kommissar.

»Ich bin Rentner. Wenn Sie Fragen haben, die der Gerechtigkeit dienen, dann sind Sie mir willkommen. Ich bin für jede Ablenkung dankbar«, erklärte Wibenga.

»Danke, ich fahre gleich los«, antwortete van Elderen und hängte den Hörer ein.

Der Piepton erinnerte ihn an die Telefonkarte. Er nahm sie aus dem Schlitz, betrat das Café, trank den Kaffee und zahlte bei der Bedienung. Dann ging er zurück zum Schloß, stieg in seinen Golf und fuhr nach Bernum.

Der kleine Ortsteil Bernum gehört zur Samtgemeinde Hage. Der Luftkurort mit historischer Mühle, Kurzentrum, alter Kirche und Häuptlingsburg, mit Schloß und Schloßpark lag sehr idyllisch eingebettet zwischen Wäldern und Wasserwegen, nicht weit von der Küste entfernt. Der ›Mühlenacker‹ war eine Sackgasse. Schöne Einfamilienhäuser und Bungalows mit gepflegten Vorgärten, in denen Blumen und blühende Hecken späte Sommerpracht entfalteten, fanden die Bewunderung des Kommissars.

Eine Idylle im Vergleich zu der etwas ärmeren Vegetation auf der Insel, dachte van Elderen und lenkte den Golf in die Einfahrt des Bungalows, den er gesucht hatte. Blumenkübel standen vor der Klinkerwand, und alles sah sehr einladend aus.

Ein Mann trat aus der Haustür. Er mochte um die Fünfundsechzig sein. Sein graues Haar trug er sehr kurz geschnitten, was seine untersetzte Figur noch mehr betonte. Er bewegte sich ein wenig schwerfällig, doch aus seinem gebräunten Gesicht leuchteten wache Augen, deren Blick nichts zu entgehen schien. Er musterte prüfend den Ankömmling, der aus dem Wagen gestiegen war.

»Wibenga!« sagte der Alte freundlich.

»Van Elderen. Entschuldigen Sie bitte die Störung – ich komme mehr aus einer spontanen Entscheidung zu Ihnen«, sagte der Kommissar und zeigte dem Rentner das Messingkettchen mit seiner Dienstnummer.

»Das macht nichts. Meine Frau ist schon tot, die Kinder wohnen außerhalb. Ich habe Zeit, der Tee ist bereits vorbereitet. Und da Sie mir nichts verkaufen wollen, will ich mir gerne anhören, was Sie mir zu sagen haben«, meinte Wibenga und bat den Kommissar einzutreten. Er führte ihn an der Küche vorbei in die gute Stube.

»Nehmen Sie bitte Platz«, sagte der Rentner und deutete auf die Sitzecke mit Polstersesseln, die den Kommissar an das Wohnzimmer der Dini Hoogelycht erinnerten. Auf dem Couchtisch standen das Stövchen, die Teetassen, der Kluntjebecher und der Sahnetopf.

Wibenga zündete das Teelicht an. »Einen Moment, Herr Kommissar, ich hole den Tee«, sagte er.

Van Elderen blickte durch das große Fenster in den Garten. Blühende Beete umrahmten eine kleine, gepflegte Rasenfläche. Das Fenster stand offen, und man lauschte dem Konzert der Vögel, das bis ins Zimmer drang, ohne irgendein störendes Nebengeräusch zu hören.

Wibenga kam zurück. Er stellte die Teekanne auf das Stövchen und eine Schüssel mit Plätzchen auf den Tisch. »Das mit dem Butterkuchen, das war ein Scherz«, sagte er und setzte sich in den Sessel.

Van Elderen legte die Kluntje in die Tasse, schenkte sich Tee ein und bediente auch den Alten.

Sie knabberten Plätzchen, tranken ihren Tee und schwiegen. Der Alte schaute den Kommissar neugierig an und räusperte sich. »Ich war all die Jahre nach meinem Studium als Bauingenieur beim Wasser- und Schiffahrtsamt tätig. Haben Sie vielleicht Fragen, die mit meiner beruflichen Tätigkeit in Zusammenhang stehen?« fragte er und setzte die Teetasse ab.

»Nein, das ist es nicht«, erwiderte der Kommissar, erleichtert, daß der Anfang nun gemacht war. »Mich interessieren mehr Ihre Erfahrungen aus Ihrer Zeit als Vorsitzender der ›Bernumer Schützengilde‹, deren Ehrenmitglied Sie sind, wenn mein Informant sich nicht getäuscht hat.« Damit nahm er einige Fotos aus seiner Wildlederjacke und reichte sie dem Diplom-Ingenieur.

»Unser Verein besitzt eine lange Tradition. Im Vereinshaus drüben sind die Wände fast vollständig von Urkunden bedeckt«, meinte der alte Mann und studierte die Bilder. »Die Fotos wecken zwar Erinnerungen, doch sie sagen mir zu wenig. Da müssen Sie schon konkreter werden«, sagte er schließlich und reichte dem Kommissar die Bilder zurück. Er griff nach einem Plätzchen.

Van Elderen trank einen Schluck Tee. »Sie besitzen

doch sicher eine Liste früherer Vereinsmitglieder«, sagte er.

»Ihre Fragen klingen geheimnisvoll. Ich schlage vor, Sie begleiten mich nach dem Tee zum Vereinshaus. Es ist nicht weit, nur ein kurzer Spaziergang durch den Wald«, sagte der Alte, und van Elderen nickte.

Sie tranken ihre Tassen leer, und danach erhob sich Wibenga. »Ich nehme meinen Stock und bitte Sie, nicht zu schnell zu gehen. Ich führe Sie jetzt zu unserem bescheidenen Gildenhäuschen und gestatte Ihnen einen Blick in unser Archiv«, sagte er.

Sie verließen den Mühlenacker und schritten über einen Steg, der sich über einen Graben spannte, in den Wald. Die Luft roch würzig nach Tannen und Waldmeister. Durch die dichten Kronen der Buchen fiel gefiltertes Sonnenlicht. Wiebe Wibenga geriet ins Erzählen, und van Elderen hörte geduldig zu. Das Gildenhäuschen war ein kleines Backsteinhäuschen auf einer Wiese, umgeben von Wald. Der Alte nahm den Schlüssel aus seiner Jackentasche und öffnete die grüngestrichene Holztür.

* * *

St. Pauli, der Freiburger F.C. und Fortuna Düsseldorf hatten sich vom Oberhaus des deutschen Fußballs verabschiedet und mußten sich in der nächsten Saison in der zweiten Liga bewähren. Der Hamburger SV hatte nach vielen Querelen, nach schiefer Geschäftslage und erfolglosem Herumgekicke den Klassenerhalt gerade noch geschafft und war dabei, mit einem neuen Trainer und neuen Spielern eine Mannschaft zu formen, die an alte Traditionen anknüpfen sollte.

Weder Bresser noch Münter waren große Fußballanhänger, doch an diesem schönen, sonnigen Nachmittag machten auch sie sich auf den Weg zum Stadion, um sich das öffentliche Training der Bundesligamannschaft anzusehen. Während die Fußballer mit den Bällen dribbelten und ihre Anhänger zu reichlichem Applaus veranlaßten, setzte sich Fedor zu den Beamten auf die Bank. Er war gebräunt und wirkte im ganzen erholter und gelassener als auf Borkum. Er trug ein kleinkariertes, grünliches Sakko und braune Cordjeans. »Ich gehe an den Spielfeldrand und lasse meine Bildzeitung auf dem Sitz zurück. Darin finden Sie eine Mitteilung«, sagte er leise und war gleich darauf in der Menge verschwunden.

Bresser schaute sich um. Münter steckte sich eine Zigarette an, stand auf und blickte sich aufmerksam um. Doch im näheren Umkreis gab es niemanden, der ein Interesse an ihnen nahm.

Bresser schlug die Bildzeitung auf und studierte die mit gut leserlicher Handschrift abgefaßte Mitteilung:

»Der Lieferant der Kalaschnikow Michail Slotowing verbringt seinen Urlaub nicht in Rußland. Er ist untergetaucht und wohnt bei seinem Vetter Sascha Schmittgen, ebenfalls Rußland-Deutscher, der vom Waffenhandel auf dem Schwarzmarkt lebt und sich als Zuhälter zu betätigen beginnt. Er wohnt in der Kreuzstraße, Nr. 64, 2. Etage. Vermutlich wird Slotowing seine Stelle im Café kündigen. Er ist für seine Dienste fürstlich bezahlt worden und denkt an eine Rückreise nach Rußland.

Konnte leider den Geldgeber nicht ermitteln.

Bitte, wie immer, vernichten Sie diese Mitteilung.«

Bresser reichte Münter die aufgeschlagene Zeitung

und ging an den Spielfeldrand. Fedor war bereits verschwunden. Er steckte sich einen Zigarillo an und blicke auf das Spielfeld.

»Den Geldgeber kennen wir bereits!« murmelte er zufrieden.

Staatsanwalt Grothuis verließ das Dienstzimmer des Amtsrichters und schritt nachdenklich über den Flur. Wenig später betrat er sein Vorzimmer. »Buchen Sie auf Borkum für mich das Einzelzimmer und für Bresser und Münter das Doppelzimmer«, bat er seine Sekretärin. »Wir benötigen zusätzlich den kleinen Konferenzraum.« Er ging weiter in sein Büro, trat an seinen Schreibtisch und packte die benötigten Unterlagen in seine Tasche. Dann ging er zum Fenster hinüber und schaute versunken auf das bunte Blütenmeer des Schloßparks. Vögel zwitscherten in den Bäumen. Schwalben segelten durch die milde Luft. Dem Tief ›Ulla‹ war ein Hochdruckkeil gefolgt, der für schönes Wetter sorgte.

Die Sekretärin klopfte an und steckte ihren Kopf durch den Türspalt. »Die Zimmer sind gebucht. Das Konferenzzimmer steht Ihnen zur Verfügung«, sagte sie.

»Danke. Benachrichtigen Sie bitte van Elderen. Bresser und Münter sind bereits nach Borkum unterwegs. Wir treffen uns um zwanzig Uhr zu einer Vorbesprechung«, sagte er und schaute auf die Uhr. Ihm blieb noch genügend Zeit, seinen Schreibtisch aufzuräumen, zu Hause seine Reisetasche abzuholen und um fünfzehn Uhr das Fährschiff in Emden zu erreichen.

* * *

Um Viertel vor zehn am nächsten Morgen setzte sich Wachtmeister Paul hinter das Steuer des VW-Busses. Sein Kollege Sammusch nahm auf dem Beifahrersitz Platz. Der aufgebriste Wind wehte mit der Stärke vier aus östlicher Richtung, und der Morgendunst begann sich zu lichten. Hin und wieder stach die Sonne durch. Die ersten Urlauber verließen ihre Unterkünfte und spazierten mit ihren Badetaschen zum Strand.

Paul lenkte den Wagen zum Hotel Barke und parkte in der Einfahrt. Die Beamten mußten nicht lange warten; schon nach wenigen Minuten kamen der Staatsanwalt und die Hamburger Kripobeamten aus dem Hotel, grüßten und stiegen ein. Grothuis trug einen kleinen Aktenkoffer in der Hand. Die Beamten hatten sich für saloppe Kleidung entschieden und unterschieden sich kaum von den Urlaubern.

»Kommissar van Elderen ist bereits mit dem Fahrrad losgefahren«, sagte Wachtmeister Sammusch.

»Den mageren Hering hätten wir auch noch zwischen uns klemmen können«, scherzte Bresser.

»Er wollte in Erfahrung bringen, ob der Vogel versucht hat, auszufliegen«, warf Paul ein und fuhr los

Kurz darauf parkte er den VW-Bus neben der Buchhandlung. Die Beamten stiegen aus, der Wachtmeister schloß die Türen ab und folgte dem Staatsanwalt und den Kollegen zur Pizzeria ›Ischia‹. Van Elderen trat aus dem Schatten der alten Bäume und kam ihnen entgegen. Er wies auf die geöffneten Türflügel. »All up Stee!« sagte der Staatsanwalt. »Tun wir unsere Arbeit!«

Sie betraten die Pizzeria. Eine Putzfrau verließ gerade mit einem Staubsauger an der Hand den Gastraum. An der Theke spülte ein junger Italiener Gläser.

Er trug ein weißes Hemd und eine weinrote Weste. Sein dunkles Haar war akkurat geschnitten Er schaute auf, hielt für Sekunden in seiner Arbeit inne und blickte die Beamten verwirrt an. »Mama mia«, sagte er trocken.

Patricia unterbrach ihre Arbeit und blickte erschrokken auf. Auch sie schien Schlimmes zu ahnen, denn die Uniformen der beiden Wachtmeister und die Mienen der Kripobeamten verhießen nichts Gutes.

»Schließen Sie bitte sofort die Tür, damit keine Gäste Zeuge unserer beruflichen Verpflichtungen werden!« forderte der Staatsanwalt die Kellnerin auf.

Aus Patricias Gesicht wich alle Farbe. Sie stand steif vor einem Tisch und hielt ein gefaltetes Tischtuch in den Händen, das ein blaues Karo-Muster trug.

»Bitte!« sagte Bresser. Patricia warf das Tischtuch über den Tisch und ging zur Tür. Die Beamten traten an die Theke, wo der junge Italiener sich um Haltung bemühte.

»Herr van Elderen, Sie kennen sich in den Örtlichkeiten ein wenig aus. Verhindern Sie, daß jemand den Seitenausgang benutzt«, ordnete der Staatsanwalt an.

Der Kommissar ging durch den Küchenvorraum zum Flur, von dem aus eine Treppe nach oben führte. Er trat an die Seitentür und drehte den Schlüssel um, den er danach abzog.

»Frau Hoogelycht!« rief er und blickte über die Treppe nach oben. Er vernahm Stimmen. Türen wurden geöffnet und geschlossen.

»Frau Hoogelycht, Herr Tomello«, rief er noch einmal, jetzt lauter. Einen Augenblick später hörte er Schritte auf der Treppe, und Tomma Hoogelycht kam ihm entgegen. Sie schaute ihn überrascht an. Sie trug Jeans und ein marineblaues Sweatshirt. Van Elderen sah die rotgefärbten Fußnägel in ihren modischen Sandalen.

»Was wollen Sie denn hier?« fragte sie bissig und schob sich den Rest eines Brötchens in ihren geschminkten Mund. Kaffeeduft zog in das Treppenhaus »Tomma, was ist?« rief der Italiener von oben.

»Herr Tomello, kommen auch Sie bitte nach unten. Wir müssen mit Ihnen reden! Kripo!« rief van Elderen.

Tomma Hoogelycht bewegte sich nicht. Sie stand wie erstarrt auf der Treppenstufe, ihre Hand ruhte auf dem Geländer.

»Frau Hoogelycht, der Staatsanwalt wartet im Lokal auf Sie«, sagte der Kommissar ruhig.

»Was will er denn von mir?« fragte sie schnippisch.

»Kommen Sie«, erwiderte van Elderen und sah, wie Tomello die Treppe nahm und Tomma Hoogelycht die Hand auf die Schulter legte.

»Tomma, komm, wir haben doch nichts zu verbergen? Es ist schon schlimm genug mit Focko!« sagte er gefaßt und führte Tomma an van Elderen vorbei durch den Flur. Der Kommissar folgte ihnen. Tomello schob Tomma in das Lokal. Am Tresen standen die Beamten. Der Angestellte hatte sich zurückgezogen, und auch Patricia verließ jetzt den Gastraum.

»Was wollen Sie hier? Das kommt einem Hausfriedensbruch gleich!« schimpfte Tomello, der noch immer Tommas Hand hielt.

»Den Frieden haben nicht wir gebrochen«, entgegnete Bresser und steckte sich einen Zigarillo zwischen die Lippen, ohne nach dem Feuerzeug zu greifen.

»Darf ich vorstellen? Herr Staatsanwalt Grothuis«, sagte Münter.

Tomello schaute irritiert auf den kleinen Aktenkoffer, den der Staatsanwalt bei sich trug. Tomma starrte die Wachtmeister Paul und Sammusch finster an. »Und was soll das alles?« fragte sie mit blassen Lippen.

»Ich denke, wir sollten uns erst einmal setzen«, sagte der Staatsanwalt forsch und schaute sich um. »Herr Tomello, nehmen wir doch drüben an dem großen Tisch Platz.«

Enrico Tomello führte die Beamten zu dem Ecktisch. »Bitte, nehmen Sie Platz«, sagte er gequält. Er schob Tomma auf die Sitzbank und setzte sich neben sie. Die Beamten wählten die Rundbank, und Wachtmeister Sammusch setzte sich auf einen Stuhl in der Nähe des Ausgangs.

»Was soll das Theater?« fragte Tomma und blickte den Staatsanwalt böse an.

»Wir möchten Ihnen Gelegenheit geben, zu einigen wichtigen Fragen Stellung zu nehmen«, antwortete der Staatsanwalt.

Der Italiener nahm seine Hand von Tommas Arm. »Ich gehe davon aus, daß Sie wegen Focko hier sind. Er ist unschuldig«, sagte sie aufgebracht.

»Darüber hat der Richter zu entscheiden. Noch befindet er sich als mutmaßlicher Doppelmörder in Untersuchungshaft«, sagte Grothuis. »Zu unserer Überraschung hat Ihr Sohn, ob bewußt oder unbewußt, sich zu einer Taktik entschlossen, die wir nicht durchschauen. Er ist kein Intellektueller, dennoch hätte er einige unserer Vorwürfe leicht entkräften können«, fügte der Staatsanwalt hinzu.

Tomma Hoogelycht fuhr auf: »Sie haben den von mir bestellten Strafverteidiger eingeseift! Nun wollen Sie, daß ich hier gegen meinen Sohn Aussagen zu Protokoll gebe, die in Ihr stümperhaftes Konzept passen! Und die Russenmafia lassen Sie draußen vor!«

»Nein, keineswegs. Sie können Ihren Sohn entlasten, indem Sie zugeben, daß Sie einen langen Trenchcoat und eine Pudelmütze trugen, als Sie die gute Stube Ihrer Schwiegermutter verließen«, sagte van Elderen.

Tommas Miene spiegelte tiefste Abneigung. »Was soll der Unsinn? Mutter hat sich selbst erschossen, wie oft soll ich Ihnen das noch sagen?« fauchte sie mit verzerrtem Gesicht.

Enrico Tomello blickte die Beamten der Reihe nach fragend an und begann offenbar nur langsam zu begreifen, worauf diese hinaus wollten. »Warum quälen Sie meine Lebensgefährtin mit Ihren Verdächtigungen?«

»Weil ein Zeuge Sie beobachtet hat, als Sie nach dem Mord an Ihrer Schwiegermutter durch die Dünen davoneilten. Hinzu kommt, daß ein Rußlanddeutscher aus Hamburg namens Michail Slotowing ein Geständnis abgelegt hat. Er sitzt bereits hinter Gittern und hofft auf mildernde Umstände«, sagte Bresser. Er riß ein Streichholz an und hielt es an seinen Zigarillo.

Tomello schaute seine Lebensgefährtin fragend an. »Sie bluffen doch nur!« sagte sie haßerfüllt und wandte sich wieder an die Beamten. »Der Name sagt mir nichts. Ich weiß nicht, was dieser Mann zu gestehen hatte und was das mit mir zu tun haben soll«, antwortete sie gereizt.

»Eine Menge! Dieser Deutschrusse arbeitet als Konditor im Eckcafé des Konditormeisters Schienenburg in Altona«, erläuterte Münter. »Er rief gegen gute Bezahlung Dr. Bredefeld an und bedrohte ihn. Er fuhr an einem dienstfreien Tag nach Accumersiel, stahl dort eine Motoryacht, vertäute sie im Norddeicher Yachthafen, legte Geschoßhülsen auf dem Boden ab und deponierte einen ramponierten Zeitungsartikel des Hamburger Abendblattes in der Schiffstoilette. Patronenhülsen und der Zeitungsartikel waren ihm per Post von Ihnen zugeschickt worden, und zwar nach dem Mord. Slotowing hat Ihnen auch die Kalaschnikow verkauft!« trug Münter vor.

Tomma Hoogelycht verzog gequält das Gesicht und wandte sich hilfesuchend an ihren Lebensgefährten. »Enrico, müssen wir uns das anhören?«

»Ich denke schon! Überlassen Sie dem Staatsanwalt das Wort«, warf van Elderen verärgert ein.

Tomma zuckte mit den Schultern, und ihr Lebensgefährte blickte den Staatsanwalt verunsichert an.

»Frau Hoogelycht, unsere Recherchen in Hamburg sind nicht ohne Ergebnisse geblieben. Ich bitte Sie, sich zu mäßigen«, sagte Grothuis energisch. »Kollege Bresser, sagen Sie es ihr!«

»Vor wenigen Tagen bedrohte der Konditor Slotowing Dr. Bredefeld erneut. Es ging mal wieder um sein Haus in Kiez-Nähe und um sein Leben. Eine Fangschaltung brachte uns auf die Spur des Gehilfen des Mörders«, trug Bresser vor und drückte den Rest seines Zigarillos in den Aschenbecher.

»Und wer war der Auftraggeber?« fragte Tomello mit flackernden Blicken.

»Ihre Lebensgefährtin.«

Tomma Hoogelycht lachte gekünstelt. »Sie sprechen für mich in Rätseln«, stieß sie angewidert hervor und spielte nervös mit ihrem langen Zopf.

»Frau Hoogelycht, ein Geständnis kann in Ihrer Situation nur positive Auswirkungen haben«, gab der Staatsanwalt zu bedenken.

Tomello schwieg; er blickte abwechselnd Tomma

und die Beamten an. »Sie reden irr! Ich und eine Kalaschnikow!« Tomma Hoogelycht stieß ein grelles, fast hysterisches Lachen aus.

»Nicht nur das! Sie bedienten auch die Armeepistole Ihres Schwiegervaters. Sie haben Ihre Schwiegermutter erschossen und ihren Selbstmord vorgetäuscht! Auch den Brief haben Sie gefälscht. Dini Hoogelycht war nicht an Krebs erkrankt. Auch Ihre Fahrradtour zur Tatzeit des zweiten Mordes war eine Finte! Sie haben die Motoryacht Ihres Lebensgefährten benutzt, dafür haben wir Zeugen«, sagte der Staatsanwalt mit fester Stimme.

»Hören Sie sofort auf mit dem Schwachsinn!« rief Tomma Hoogelycht empört, beugte sich vor und schlug mit der Hand auf den Stenoblock des Wachtmeisters, der das Protokoll schrieb. Sie tastete vergeblich nach der Hand ihres Lebensgefährten, der sich aschfahl an die Bank lehnte und nicht fassen konnte, was die Beamten Tomma vorwarfen.

»Frau Hoogelycht, unterlassen Sie bitte diese Mätzchen!« sagte van Elderen.

»Ich und eine Kalaschnikow! Das ist ja unglaublich!« zischte sie böse und lehnte sich zurück. »Ich weiß nicht einmal, wie eine Kalaschnikow aussieht!«

»Da sind wir anderer Meinung! Sie gehörten in jungen Jahren der Schützengilde Bernum an. Der alte Ehrenvorsitzende Wibenga konnte sich an Sie erinnern. Sie wurden mehrmals Deutsche Meisterin im Kleinkaliber- und Pistolenschießen! Sie kannten sich aus mit Waffen! Der Deutschrusse Michail Slotowing hat zu Protokoll gegeben, daß er Ihnen nicht nur die Kalaschnikow verkauft, sondern Sie auch in den Umgang mit dem Schnellfeuergewehr eingewiesen hat. Doch das ist noch nicht alles. Sie haben Ihren Besuch beim

Hamburger Möbelhaus dazu benutzt, die Mordwaffe zu entsorgen! Sie warfen die Kalaschnikow in der Nähe des Hauses von Dr. Bredefeld in den Schloot des Johannisgehölzes!« sagte van Elderen kalt.

Tomma Hoogelycht gab sich noch nicht geschlagen. Ihr Gesicht wirkte verzerrt. »Ich kenne keinen Mann und erst recht keinen Russen, der so heißt«, zischte sie giftig.

»Ach!« sagte Bresser. »dann ist Ihr Gedächtnis aber wirklich nicht das beste! Haben Sie die peinliche Situation vergessen, als Sie mit Ihren neuen Schuhen im Deckel des Gullys hängenblieben, zu Boden stürzten und sich die Knie aufschlugen? Es waren die modernen Absätze, haben Sie zu Slotowing gesagt, der am Verkaufstresen des Eckcafés Dienst machte und Ihnen zu Hilfe kam. Er gab zu Protokoll, daß er Ihnen einen Kaffee servierte und für Sie im Textilhaus Timmen neue Strümpfe besorgte! Sie kamen mit ihm ins Gespräch. Er besorgte für Sie bei seinem Vetter eine Kalaschnikow gegen gute Bezahlung und sackte für weitere Dienste eine hohe Summe ein. Er rief Dr. Bredefeld an und stahl schließlich auch für Sie in Accumersiel die Motoryacht des Bäckermeisters Koplin, von der er in Ihrem Auftrag die Beschriftung entfernte«, dozierte Bresser.

Tomma Hoogelycht kicherte irr. »Diese Geschichte kauft Ihnen keiner ab«, sagte sie belustigt.

»Wir nehmen Ihre Antworten zu Protokoll«, sagte der Staatsanwalt.

»Slotowing hat Dr. Bredefeld in Ihrem Auftrag von einem öffentlichen Fernsprechapparat aus angerufen. Sein und damit auch Ihr Verhängnis war es, daß er wegen der kurzfristigen Aufforderung, den Zahnarzt erneut anzurufen, den Firmenanschluß des Cafés benutzte. Die Fangschaltung überführte ihn«, erklärte Münter.

Die attraktive Witwe blickte Tomello hilfesuchend an. »Die spinnen«, sagte sie mit flacher Stimme.

»Frau Hoogelycht, unterlassen Sie das Versteckspiel. Sie haben die Ähnlichkeit des Zahnarztes mit Ihrem Mann teuflisch ausgenutzt und die Morde genial geplant. Bei der Durchsuchung der kleinen Betriebswohnung Ihres deutsch-russischen Gehilfen fanden wir entsprechende Beweise. Über die Höhe der Prämie macht Slotowing bisher vermutlich falsche Aussagen. Er war naiv genug, die Mitteilungen nicht zu vernichten«, sagte Münter.

Der Staatsanwalt griff nach seinem Aktenkoffer, öffnete ihn und entnahm ihm den Haftbefehl. »Frau Hoogelycht, auf Ihnen lastet der Verdacht, Ihre Schwiegermutter und Ihren Mann aus niedrigen Beweggründen ermordet zu haben. Sie tarnten sich mit einem langen Trenchcoat und einer Pudelmütze. Wir besitzen einen Zeugen, der Sie gesehen hat. Ich muß Sie dem Untersuchungsrichter vorführen! Packen Sie bitte eine Tasche für eine ungewisse Zeitdauer im Untersuchungsgefängnis! Ich gestatte Ihnen, in Begleitung des Kommissars van Elderen mit Ihrem Rechtsbeistand zu telefonieren!« sagte Grothuis ernst.

Tomello starrte seine Freundin fassungslos an. »Tomma, du hast mein Motorboot benutzt, um deinen Mann ...?« fragte er entsetzt.

Tomma schluchzte. Jetzt war es auch um ihre Fassung geschehen. »Die alte Hexe wollte mich fertigmachen! Sie bat mich zu sich, weil sie erfahren hatte, daß ich dich liebe! Sie wollte mich erschießen!« murmelte sie unter Tränen.

Enrico Tomello rückte von ihr ab, als habe er sich

verbrannt. Er stand langsam auf und wollte sich gerade abwenden, als Bresser ihn zurückhielt.

»Einen Moment noch, Herr Tomello. Auf Sie fällt der Verdacht der Beihilfe zum Mord an Herrn Ulfert Hoogelycht!«

Der Italiener schaute den Beamten verwirrt an.

»Wie war das mit der Spritztour um Borkum herum?« fragte van Elderen.

Tomello mied den Blick seiner Lebensgefährtin. »Tomma hatte am späten Nachmittag eine Fahrradtour unternommen. Ihr Fahrrad stand in der Nähe des Stegs. Sie war bereits an Bord, als ich kam«, sagte er und kämpfte mit den Tränen.

»Und Ihnen fiel an Bord nichts auf? Immerhin hatte sie das Boot bereits benutzt, wie wir wissen«, sagte der Staatsanwalt.

»Nein, es war alles wie üblich.«

»Und der Schlüssel?« fragte Münter.

»Sie muß heimlich den zweiten Bootsschlüssel genommen haben. Ich war völlig ahnungslos.«

»Sie verließen nach Zeugenaussagen gegen einundzwanzig Uhr den Yachthafen, als Beifahrer in Ihrem eigenen Wagen. Ihre Lebensgefährtin saß am Steuer«, sagte Bresser und drückte den Rest seines Zigarillos in den Aschenbecher.

»Das stimmt. Tomma war mit dem Fahrrad und ich mit dem Wagen gekommen. Wir ließen das Rad stehen. Ich hatte an Bord eine Flasche Bier getrunken«, sagte er und schaute Tomma an, die in sich zusammengesunken am Tisch saß. Sie schluchzte und mied seinen Blick.

»Und über den Tod der alten Dame haben Sie mit Frau Hoogelycht nicht weiter gesprochen? Sie hegten auch keinen Verdacht, als an Bord der ›Clara‹ Ulfert

Hoogelycht erschossen wurde, der Ihrer Lebensgefährtin und Ihnen im Wege stand?« fragte der Staatsanwalt.

Tomello schüttelte verneinend den Kopf. Tränen rannen über sein Gesicht. Er rang nach Fassung. »Ich liebe Frau Hoogelycht«, antwortete er stockend, »und wir hätten doch auch so glücklich werden können! Tomma wollte mit einem Anwalt sprechen und die Scheidung in die Wege leiten.«

»Nun, das hat sie nicht getan«, sagte van Elderen. »Statt dessen ermordete sie ihren Ehemann Ulfert, weil er Verdacht geschöpft hatte!« Er wandte sich wieder an Tomma. »Ulfert Hoogelycht, der sich, von Ihnen und Ihrem Sohn enttäuscht, zur Ruhe setzte, hatte erfahren, daß der Selbstmord der alten Dini Hoogelycht, seiner Mutter, vorgetäuscht worden war und ein Mörder seine Hände im Spiel gehabt haben sollte. Die Freundin des Zeugen hatte mit ihm ein vertrauliches Gespräch geführt. Ulfert wollte nicht wahrhaben, was er vernommen hatte, ließ sich aber bei lautstarken Auseinandersetzungen mit Ihnen und Focko zu Äußerungen hinreißen, die in entsprechende Richtung wiesen. Das war sein Todesurteil! Sie schmiedeten den teuflischen Plan!«

»Hören Sie auf!« schrie Tomma Hoogelycht hysterisch.

»Frau Hoogelycht, Ihr Mann ahnte etwas, Sie mußten handeln! Sie lernten in Hamburg Michail Slotowing kennen, und der wurde Ihr Gehilfe. Ihr Sohn ist unschuldig!« stellte der Staatsanwalt fest.

Tomma Hoogelycht richtete sich auf und schaute Tomello aus glänzenden Augen an. »Warum?« fragte er.

»Weil ich dich liebte!« gab sie zurück, stützte die

Arme auf den Tisch, barg den Kopf in den Händen und brach in haltloses Schluchzen aus.

Der Italiener trat an den Tisch, berührte sie sanft am Arm. Doch dann zog er entschlossen seine Hand zurück. »Wegen des Protokolls finden Sie mich oben im Büro«, sagte er an die Beamten gewandt und schritt gebeugt davon.

* * *

Nachtrag: Tomma Hoogelycht wartet in der Vollzugsanstalt Hameln auf ihren Prozeß und hofft mit ihrem Anwalt Kai Klostermann auf einen milden Richter.

Focko Hoogelycht, der bereits vor seiner Inhaftierung die auch für ihn nebulösen Verstrickungen seiner Mutter in das Mordgeschehen vermutet hatte, heiratete Swetlana Roederich, ohne Pomp und ohne Aufsehen zu erregen, auf der Nachbarinsel Norderney.

Sie führen den ›Kaiserhof‹ auf Borkum auch weiterhin erfolgreich, ohne Geschäftseinbußen hinnehmen zu müssen. Swetlana sieht Mutterfreuden entgegen.

Tomello verkaufte die Pizzeria an einen Landsmann, verließ Borkum und lebt auf Ischia in seiner Wohnung im Hause ›Casa Rustica‹.

Schiri und Attila, die als türkische Staatsbürger in Deutschland geboren waren, bekamen einen wesentlichen Anteil der ausgesetzten Belohnung und arbeiten beide noch immer im ›Kaiserhof‹.

Ein rätselhafter Mord an der Ostseeküste und ein nie geklärter Todesfall in einem Mädchenerziehungsheim

Eva Almstädt
OSTSEEBLUT
368 Seiten
ISBN 978-3-404-16409-7

Bei einem Orientierungslauf an der Ostseeküste wird einer der Läufer aus dem Hinterhalt erschossen. War das Opfer nur zur falschen Zeit am falschen Ort, oder steckt ein persönliches Motiv dahinter? Die Spur führt Pia Korittki zu einem ehemaligen Mädchenerziehungsheim, in dem vor vielen Jahren ein angeblicher »Selbstmord« nie ganz aufgeklärt wurde. Haben neben alten Freundschaften auch alte Feindschaften überdauert? Pia Korittki, die privat vor einer schweren Entscheidung steht, findet Hinweise, dass der Täter erneut zuschlagen wird ...

Bastei Lübbe Taschenbuch

»Ein verdienter Kandidat für die Krimibestenliste!«

DER STANDARD, Wien

Claus Cornelius Fischer
UND VERGIB UNS
UNSERE SCHULD
BLT
352 Seiten
Klappenbroschur
ISBN 978-3-404-92315-1

Am Abend des in ganz Holland wie ein Volksfest gefeierten Königinnentages wird in Amsterdam ein zwölfjähriger Junge ermordet – unter Umständen, die sogar der Polizei das Blut in den Adern gefrieren lassen. Commissaris Bruno van Leeuwen, ohnehin belastet durch den Verfall seiner schwer kranken Frau Simone, nimmt in der von sommerlicher Hitze beherrschten Grachtenstadt die Ermittlungen auf. Er ahnt nicht, dass der Schlüssel zur Lösung des Falls ausgerechnet in Simones Krankheit zu finden ist …

BLT

Werden Sie Teil der Bastei Lübbe Familie

- Lernen Sie Autoren, Verlagsmitarbeiter und andere Leser/innen kennen
- Lesen, hören und rezensieren Sie unter www.lesejury.de Bücher und Hörbücher noch vor Erscheinen
- Nehmen Sie an exklusiven Verlosungen teil und gewinnen Sie Buchpakete, signierte Exemplare oder ein Meet & Greet mit unseren Autoren

Willkommen in unserer Welt:

www.lesejury.de